Hjalmar Söderberg DIE SPIELER

DIE ANDERE BIBLIOTHEK
Herausgegeben
von Hans Magnus Enzensberger

»Wir drucken nur Bücher, die wir selber lesen möchten.«

Motto der Anderen Bibliothek seit 1985

Herausgegeben von Hans Magnus Enzensberger, gestaltet von Franz Greno, verlegt bei Eichborn. Jeden Monat erscheint ein neuer Band.

In der **Anderen Bibliothek** begegnen Sie: Hand- und Nutzbüchern, Forschungsreisen, Reportagen, Lebenszeichen, Bio- und Autobiographien, Briefen, Tagebüchern, Vielvölker-Erzählungen, Märchen, Sprichwörtern, ethnologischen Berichten, Politischen Interventionen. Der deutschen Literatur, europäischen und außereuropäischen Literaturen. Gläubigen und Ungläubigen. Dichtern und anderen Künstlern.

Mehr Informationen (auch über die Möglichkeit, die **Andere Bibliothek** zu abonnieren und über die **Lesegesellschaft der Anderen Bibliothek**) erhalten Sie kostenlos und unverbindlich vom Verlag. Bitte Karte mit Ihrem Absender versehen, frankieren und einsenden.

Ja, bitte informieren Sie mich unverbindlich und kostenfrei über die **Andere Bibliothek,** die Lesegesellschaft der Anderen Bibliothek und das Gesamtprogramm Ihres Verlags.

Name ....

Straße ....

PLZ/Ort ....

Hinweis:
Alle Bücher des Eichborn Verlags
sind im Buchhandel erhältlich. Fragen Sie
Ihre Buchhändlerin oder Ihren Buchhändler.
Weitere Informationen im Internet:
www.eichborn.de

Eichborn Verlag

Die Andere Bibliothek

Kaiserstraße 66
60329 Frankfurt am Main

Hjalmar Söderberg
DIE SPIELER

Zwölf Erzählungen und ein Roman

Aus dem Schwedischen
von Günter Dallmann und Helen Oplatka

EICHBORN VERLAG
Frankfurt am Main 2000

ISBN 3-8218-4184-2
© für diese Ausgabe Eichborn Verlag AG,
Frankfurt am Main, 2000

Inhalt

Die Tuschzeichnung 7
Der Pelz............................. 11
Das Sakrament des Abendmahls 19
Der Spleen........................... 25
Eine Tasse Tee 31
Der Spaßvogel 37
Der blaue Anker...................... 43
Die Spieler.......................... 53
Die Abendeinladungen des Generalkonsuls..... 65
Mit dem Strom....................... 97
Doktor Glas 133
Blom 321
Aprilveilchen 335

Biographie 363

Die Tuschzeichnung

An einem Apriltag vor vielen Jahren, in jener Zeit, da ich noch über den Sinn des Lebens grübelte, ging ich in ein kleines Zigarrengeschäft in einer kleinen Nebenstraße, um eine Zigarre zu kaufen. Ich wählte eine dunkle, kantige El Zelo aus, stopfte sie in mein Futteral, bezahlte sie und machte mich zum Gehen bereit. Aber plötzlich fiel es mir ein, dem jungen Mädchen, das im Laden stand und bei dem ich oft meine Zigarren zu kaufen pflegte, eine kleine Tuschzeichnung zu zeigen, die ich zufälligerweise in meiner Brieftasche aufbewahrte. Ich hatte sie von einem jungen Künstler erhalten, und nach meinem Empfinden war sie sehr schön.

»Schauen Sie her«, sagte ich und reichte sie ihr, »was halten Sie davon?«

Sie nahm das Bild mit neugierigem Interesse in die Hand und betrachtete es sehr lange und aus der Nähe. Sie wendete es von einer Seite zur anderen, und ihr Gesicht erhielt einen Ausdruck angestrengten Nachdenkens.

»Na, was bedeutet das?« fragte sie schließlich mit einem wißbegierigen Blick.

Ich war leicht betreten.

»Es bedeutet nichts Besonderes«, antwortete ich. »Es ist nur eine Landschaft. Da ist Boden und dort ist Himmel, und dort ist ein Weg ... Ein gewöhnlicher Weg ...«

»Ja, das kann ich wohl sehen«, zischte sie in recht unfreundlichem Ton; »aber ich will wissen, was es *bedeutet*.«

Ich stand ratlos und verlegen; es war mir nie eingefallen, daß es etwas bedeuten sollte. Aber ihre Idee war nicht zu erschüttern; sie bildete sich nun einmal ein, daß das Bild eine Art »Wo ist die Katze?« sein müßte. Warum sollte ich es ihr sonst gezeigt haben? Schließlich hielt sie es an die Fensterscheibe, um es durchsichtig zu machen. Man hatte ihr wohl einmal eine eigentümliche Art von Spielkarten gezeigt, die bei gewöhnlicher Beleuchtung die Neun oder den Buben, gegen das Licht gehalten jedoch etwas Unanständiges darstellen.

Aber ihre Untersuchung blieb ohne Resultat. Sie gab mir die Zeichnung zurück, und ich wollte gehen.

Da wurde das arme Mädchen plötzlich feuerrot, und mit Tränen in der Stimme brach es aus ihr heraus: »Pfui, das ist richtig garstig von Ihnen, mich so zum Narren zu halten. Ich weiß sehr wohl, daß ich ein armes Mädchen bin, das es sich nicht hat leisten können, sich etwas Bildung zu verschaffen; aber deshalb brauchen Sie mich wohl nicht zum Narren zu machen. Können Sie mir nicht sagen, was Ihr Bild bedeutet?«

Was sollte ich antworten? Ich hätte viel darum gegeben, ihr sagen zu können, was es bedeutete; aber das konnte ich nicht, denn es bedeutete ja nichts!

Ja, seither sind mehrere Jahre vergangen. Ich rauche nun andere Zigarren und kaufe sie in einem anderen Geschäft, und ich grüble nicht länger über den Sinn des Lebens; aber nicht deshalb, weil ich glauben würde, ihn gefunden zu haben.

Der Pelz

Es war ein kalter Winter in jenem Jahr. Die Menschen schrumpften in der Kälte zusammen und wurden kleiner, abgesehen von denen, die Pelze besaßen.

Der Amtsgerichtsrat Richardt hatte einen großen Pelz. Das gehörte übrigens beinahe zu seiner Amtspflicht, denn er war geschäftsführender Direktor in einer eben gegründeten Gesellschaft. Sein alter Freund Doktor Henck besaß hingegen überhaupt keinen Pelz: er hatte indessen eine schöne Frau und drei Kinder. Doktor Henck war mager und blaß. Gewisse Menschen werden vom Heiraten fett, andere werden mager. Doktor Henck war mager geworden; und so kam der Weihnachtsabend.

»Ich habe heuer ein schlechtes Jahr gehabt«, sagte Doktor Henck zu sich selbst, als er am Weihnachtsabend gegen drei Uhr, es begann zu dämmern, auf dem Weg war zu seinem alten Freund John Richardt hinauf, um Geld zu leihen. »Ich habe ein sehr schlechtes Jahr gehabt. Meine Gesundheit ist labil, um nicht zu sagen zerstört. Meine Patienten hingegen sind wieder auf dem Damm, fast die ganze Gesellschaft; ich sehe recht wenig von ihnen neuerdings. Ich werde vermutlich bald sterben. Das glaubt auch meine Frau, ich habe es ihr angesehen. Es wäre in diesem Fall wünschenswert, wenn dies vor Ende Januar geschähe, bevor die verdammte Lebensversicherungsprämie einbezahlt werden muß.«

Und als er in seinem Gedankengang diesen Punkt erreicht hatte, befand er sich an der Ecke Regeringsgata–Hamngata. Wie er eben die Straßenkreuzung zu überqueren hatte, um dann die Regeringsgata hinunter weiterzugehen, glitt er auf einer vereisten Schlittenspur aus und fiel, und im selben Augenblick kam ein Droschkenschlitten in voller Fahrt daher. Der Kutscher fluchte, und das Pferd wich instinktiv zur Seite aus, aber Doktor Henck bekam trotzdem von der einen Kufe einen Schlag an die Schulter, und außerdem verfing sich eine Schraube oder ein Nagel oder etwas dergleichen in seinem Überrock und riß ein großes Loch hinein. Menschen sammelten sich um ihn herum. Ein Polizeikonstabler half ihm auf die Beine, ein junges Mädchen bürstete ihm den Schnee ab, eine alte Frau gestikulierte auf eine Weise vor seinem zerrissenen Mantel herum, die andeutete, daß sie ihn auf der Stelle hätte flicken wollen, wenn sie gekonnt hätte, ein Prinz aus dem königlichen Haus, der zufälligerweise vorbeiging, hob seine Mütze auf und setzte sie ihm auf den Kopf, und so war alles wieder gut, abgesehen vom Mantel.

»Pfui Teufel, wie du aussiehst, Gustav«, sagte der Amtsgerichtsrat Richardt, als Henck zu ihm hinauf ins Kontor kam.

»Ja, ja, ich bin überfahren worden«, sagte Henck.

»Das sieht dir wieder gleich«, meinte Richardt und lachte gutmütig. »Aber nach Hause gehen kannst du so nicht. Du kannst dir gerne meinen Pelz leihen; dann schicke ich einen Jungen heim zu mir nach meinem Überrock.«

»Danke«, sagte Doktor Henck. Und nachdem er sich die hundert Kronen geliehen hatte, die er benötigte, fügte er hinzu: »Willkommen zum Abendessen also.«

Richardt war Junggeselle und pflegte den Weihnachtsabend bei Hencks zu verbringen.

Auf dem Heimweg war Henck in besserer Laune, als er seit langem gewesen.

»Das ist wegen des Pelzes«, sagte er zu sich selbst. »Wenn ich klug gewesen wäre, hätte ich mir schon längst auf Kredit einen Pelz angeschafft. Er hätte mein Selbstvertrauen gestärkt und mich in der Achtung der Leute steigen lassen. Man kann einem Doktor im Pelz nicht so kleine Honorare bezahlen wie einem Doktor im gewöhnlichen Überrock mit ausgefransten Knopflöchern! Dumm, daß ich nicht früher daran gedacht habe. Nun ist es zu spät.«

Er ging eine Zeitlang durch den Kungsträdgården. Es war schon dunkel, es hatte aufs neue zu schneien begonnnen, und die Bekannten, die er antraf, erkannten ihn nicht.

»Wer weiß im übrigen, ob es zu spät ist?« fuhr Henck für sich selber fort. »Ich bin noch nicht alt, und ich kann mich, was meine Gesundheit betrifft, geirrt haben. Ich bin arm wie ein kleiner Fuchs im Wald; aber das war auch John Richardt noch vor kurzem. Meine Frau ist seit einiger Zeit kalt und unfreundlich gegen mich. Sie würde mich sicher wieder lieben, wenn ich mehr Geld verdienen könnte und wenn ich einen Pelz trüge. Es kam mir vor, als ob sie John besser mochte als früher, seitdem er sich einen Pelz angeschafft hat. Gewiß war sie als junges Mädchen ein bißchen verliebt in ihn; aber er fragte sie nie, ob sie ihn heiraten wolle, sagte im Gegenteil zu ihr und allen Leuten, daß er nie wagen würde, sich mit weniger als Zehntausend im Jahr zu verheiraten. Aber ich wagte es; und Ellen war ein armes Mädchen und wollte gern verheiratet sein. Ich glaube nicht, daß sie mich auf die Weise liebte, daß ich sie hätte verführen können, wenn ich gewollt hätte. Aber das wollte ich ja auch nicht; wie hätte ich von einer solchen Liebe träumen können? Das habe ich seit meinem sechzehnten Jahr nicht mehr getan, als ich zum erstenmal *Faust* in der Oper sah, mit Arnoldson. Aber ich bin trotzdem sicher, daß sie mich am Anfang gern hatte, als wir frisch verheiratet waren; in solchen Dingen täuscht man sich nicht. Warum sollte sie es nicht wieder tun können? Während der ersten Zeit nach unserer Hochzeit sagte sie John Bosheiten, so oft sie sich trafen. Aber dann gründete er eine Firma und lud uns hin und wieder ins Theater ein und schaffte sich einen Pelz an. Und da wurde es meine Frau natürlich mit der Zeit müde, ihm Bosheiten zu sagen.«

Henck hatte vor dem Abendessen noch einige Besorgungen zu machen. Es war schon halb sechs, als er heimkam, schwer beladen mit Paketen. Er verspürte einen starken Schmerz in der linken Schulter; sonst gab es nichts, was ihn an sein Mißgeschick am Nachmittag erinnerte, außer dem Pelz.

»Es wird amüsant sein, zu sehen, was meine Frau tut, wenn sie mich im Pelz erblickt«, sagte sich Doktor Henck.

Der Flur war ganz dunkel; die Lampe war nur während der Sprechstundenzeit angezündet.

»Nun höre ich sie im Salon«, dachte Doktor Henck. »Sie geht so leicht wie ein kleiner Vogel. Es ist eigentümlich, daß es mir noch immer jedesmal, wenn ich ihren Schritt in einem angrenzenden Zimmer höre, warm ums Herz wird.«

Doktor Henck bekam recht mit seiner Vermutung, daß seine Frau ihm einen liebenswürdigeren Empfang bereiten würde als sonst, weil er einen Pelz trug. Sie schmiegte sich im dunkelsten Winkel des Korridors dicht an ihn, schlang die Arme um seinen Hals und küßte ihn warm und innig. Dann bohrte sie den Kopf in seinen Pelzkragen und flüsterte: »Gustav ist noch nicht zu Hause.«

»Doch«, antwortete ihr Doktor Henck mit leicht bebender Stimme, wähend er mit beiden Händen ihr Haar streichelte, »doch, er ist zu Hause.«

In Doktor Hencks Arbeitszimmer brannte ein großes Feuer. Auf dem Tisch standen Whisky und Wasser.

Amtsgerichtsrat Richardt lag ausgestreckt in einem großen ledernen Lehnstuhl und rauchte eine Zigarre. Doktor Henck saß zusammengesunken in einer Ecke des Sofas. Die Tür zum großen Zimmer stand offen, wo Frau Henck und die Kinder damit beschäftigt waren, den Weihnachtsbaum anzuzünden.

Beim Abendessen war es sehr still gewesen. Nur die Kinder hatten gezwitschert und sich unterbrochen und waren guter Laune.

»Du sagst nichts, alter Knabe«, meinte Richardt. »Sitzt du vielleicht und grübelst über deinen zerschlissenen Überrock?«

»Nein«, antwortete Henck. »Eher über den Pelz.«

Es war einige Minuten still, bevor er weiterfuhr: »Ich denke auch an etwas anderes. Ich sitze und denke daran, daß dies die letzten Weihnachten sind, die wir miteinander feiern. Ich bin Arzt und weiß, daß ich nicht mehr viele Tage vor mir habe. Ich weiß es jetzt mit völliger Sicherheit. Ich will dir deshalb danken für all die Freundlichkeit, die du in der letzten Zeit mir und meiner Frau erwiesen hast.«

»Oh, du irrst dich«, murmelte Richardt und blickte zur Seite.

»Nein«, antwortete Henck, »ich irre mich nicht. Und ich möchte dir auch dafür danken, daß du mir deinen Pelz geliehen hast. Er hat mir die letzten Sekunden Glück geschenkt, die ich im Leben empfinden durfte.«

Das Sakrament des Abendmahls

Es geschah noch fast in meiner Kindheit. Es war an einem windigen Herbstabend, an Bord eines der Schärenboote. Wir waren von unserer Sommerwohnung noch nicht in die Stadt zurückgezogen, und ich fuhr wegen der Schule hin und her. Wie gewöhnlich war ich faul gewesen und sollte nun in einigen Fächern geprüft werden, um in eine höhere Klasse aufsteigen zu können.

Ich ging in der Dämmerung auf Deck umher, den Kragen heraufgeschlagen, die Hände in den Jackentaschen, und dachte an meine Mißerfolge in der Schule. Ich war fast sicher, sitzenzubleiben. Als ich mich über die Reling beugte und sah, wie der Schaum weiß aufzischte und wie die Backbordlaterne gleißende grüne

Reflexe über das schwarze Wasser warf, fühlte ich in mir die Versuchung, über Bord zu springen. Da wenigstens würde wohl der Mathematiklehrer seine Kleinlichkeit bereuen – wenn es zu spät war...

Aber auf die Dauer wurde es da draußen kalt, und als mir schien, ich hätte genug gefroren, ging ich in die Raucherkabine.

Noch heute meine ich die Wärme und die Gemütlichkeit jenes Raums zu spüren, die mir entgegenstrahlten, als ich die Tür öffnete. Die angezündete Deckenlampe schwankte langsam – wie ein Pendel – hin und her. Auf dem Tisch dampften vier Punschgläser; vier Zigarren glühten, und vier Herren erzählten schweinische Geschichten. Ich kannte die vier als Nachbarn aus der Sommerfrische: ein Direktor einer Gesellschaft, ein alter Pastor, ein berühmter Schauspieler und ein Knopfhändler. Ich verbeugte mich höflich und ließ mich in einer Ecke nieder. Ich hatte zwar das schwache Gefühl, daß meine Gegenwart vielleicht überflüssig erscheinen könnte; aber andererseits war es doch zuviel verlangt, daß ich draußen im Wind herumgehen und frieren sollte, wenn es in der Kajüte so viel Platz gab. Außerdem war ich überzeugt davon, daß ich wohl zur Unterhaltung beitragen konnte, wenn es nötig würde.

Die vier Herren warfen einen kühlen Seitenblick nach mir, und es entstand eine Pause.

Ich war sechzehnjährig und vor kurzem konfirmiert worden. Man hat mir gesagt, daß ich zu jener Zeit ein naives und unschuldiges Aussehen gehabt habe.

Die Pause wurde trotzdem nicht lang. Einige Züge aus den Gläsern, einige an den Zigarren, und der Meinungsaustausch war wieder in vollem Gang. Ein eigenartiger Umstand erstaunte mich jedoch: alle Geschichten, die erzählt wurden, hatte ich schon unzählige Male gehört, und ich fand sie für meinen Teil äußerst einfältig. Schweinische Geschichten können, wie bekannt, in zwei Hauptgruppen eingeteilt werden: die eine konzentriert sich auf den Verdauungsprozeß und die damit verbundenen Umstände, während die andere, die unvergleichlich höher im Kurs steht, sich vorwiegend mit Frauen beschäftigt. Die erste Gruppe hatten ich und meine Schulkameraden schon seit langem hinter uns; um so mehr überraschte es mich deshalb, zu hören, wie diese gestandenen Herren ihr das lebhafteste Interesse entgegenbrachten, während die andere, weit interessantere Gruppe mit Schweigen übergangen wurde.

Ich verstand das nicht. Handelte es sich vielleicht um irgendeine unnötige Rücksichtnahme auf mich? Ich brauche nicht zu sagen, wie sehr dieser Verdacht mich ärgerte. Die angeregte Stimmung in der Kajüte hatte mich angesteckt und unternehmungslustig gemacht, und ich nahm mir energisch vor, diesen Kindereien ein Ende zu bereiten.

»Hör, Onkel«, brach ich ganz unvorbereitet in die Stille nach einer Geschichte ein, die so unschuldig war, daß nur der Pastor über sie lachte, »kannst du dich an jene Geschichte erinnern, die der Kapitän vorgestern erzählte?«

Der »Onkel« war der Direktor, ein Freund meines Vaters.

Und ich fuhr unerschrocken fort: »Das war die tollste, die ich in meinem Leben bisher gehört habe. Die solltest du erzählen!«

Vier verblüffte Augenpaare richteten sich auf mich, und es entstand eine peinliche Stille. Ich begann fast schon, meinen plötzlichen Mut zu bereuen.

Der Direktor brach das Eis mit einem kleinen, leichtsinnigen Lachen, das nur ein schwaches Echo jener Lachgewitter war, die er vor zwei Tagen hatte rollen lassen, als der Kapitän die Geschichte erzählt hatte.

»Hi, hi – ja, die war nicht schlecht...«

Und er begann sie zu erzählen. Sie war stark gewürzt, und sie handelte von Frauen.

Der Schauspieler versteckte anfangs seine Gefühle hinter seiner gewohnten Maske von würdigem Ernst, während der Knopfhändler, ein alter Bock, in der Sünde ergraut, mich mit einem gewissen verstohlenen Interesse betrachtete, in dem etwas von gestiegener Achtung für meine Persönlichkeit zu spüren war.

Aber als die Anekdote eine etwas bedenkliche Wendung zu nehmen begann, fiel plötzlich der Pastor, ein wohlwollender alter Mann mit einem frommen, kindlichen Ausdruck in seinem glattrasierten Altweibergesicht, ein: »Verzeih, lieber Bruder, daß ich dich unterbreche, aber«, und er drehte sich leicht, so daß er seine Worte an mich richten konnte, »wie alt sind Sie eigentlich, junger Mann? Waren Sie schon bei des Herrn heil..., beim Abendmahl?«

Ich spürte, wie ich blutrot wurde. Ich hatte vergessen, daß sich ein Pastor in der Gesellschaft befand.

»Ja-a«, stammelte ich fast unhörbar. »Ich war im letzten Winter im Unterricht.«

»Ja, dann«, antwortete der Pastor, indem er langsam den Löffel in seinem Glas bewegte.

Und er fügte hinzu, ohne aufzusehen, mit einer Stimme, die ein vierzigjähriger Mittlerdienst zwischen Gott und der Welt mit dem milden Ton der Nachsicht und der Verträglichkeit geprägt hatte: »Fahr fort, lieber Bruder. Verzeih, daß ich dich unterbrochen habe.«

Der Spleen

Mein Leben hat die dunkle und seltsam verwirrende Farbe eines Traums. Die ersten Straßenlaternen begannen schon aufzuleuchten, als ich gestern abend meine Behausung verließ, nachdem ich den ganzen Tag lang über das Rätsel des Lebens gegrübelt hatte. Verzweifelt, keine Lösung zu finden, sagte ich zu mir selbst: »Du Tor, der du deinen Tag in fruchtloser Grübelei über Dinge vertrödelst, die zu kennen dich ganz sicher nicht glücklicher machen würde«, und ich richtete statt dessen meine Aufmerksamkeit auf ein Schachproblem in vier Zügen. Aber als mein Scharfsinn sich auch dafür als unzureichend erwies, schleuderte ich das Schachbrett zum Fenster hinaus, einem alten Mann mit Holzbein an den Kopf, für den der Tod nur eine Wohltat bedeutete, und darauf warf ich mich ins Weltgewimmel, voller Selbstverachtung.

Der Abend war warm und klar und wunderbar still. Gerade über dem Schloß stand der Mond, rund wie ein alter Pastor, gelbrot und märchenhaft groß. Der Laut der Menschenschritte auf dem Pflaster glich dem Ticken von tausend Uhren und ließ mich beim Gedanken an die Schnelligkeit, mit der mir die Sekunden aus den Händen rannen, erschauern... Eine Straßenbahn kam vorbei. Ich sprang auf und fuhr einige Male auf der Ringlinie rundherum. Diese Zerstreuung hat nämlich das seltsame Vermögen, meine Schwermut zu verscheuchen; die ganze Welt schien mir wie ein Karussell im Kreis zu gehen, und als Kind hatte ich immer laut lachen müssen, wenn ich Karussell fuhr. So ging es auch jetzt; ich war kaum drei Runden auf der Ringlinie gefahren, als ich schon aus vollem Halse lachte.

»Guten Abend«, sagte eine Stimme dicht vor mir, und ein Gesicht drehte sich von der nächstvorderen Bank nach mir um, ein blasses und langes Gesicht, das ich mich vergeblich wiederzuerkennen bemühte. »Ich erkenne Sie an Ihrem Lachen«, fuhr er fort. »Sie lachten auf genau dieselbe Weise bei der Bestattung meiner Tante vor sieben Jahren, als der Pastor über meine und der anderen Erben Trauer sprach. Sie hielten uns alle zum Narren mit Ihrem Lachen, so daß auch wir lachen mußten, selbst der Pastor und wahrscheinlich auch meine Tante. Sie sind eine Frohnatur.«

»Ja«, antwortete ich höflich, »ich bin eine Frohnatur. Und Sie selbst, lieber Herr?«

»Ach, wir wollen nicht über mich sprechen, ich bin ein unverbesserlicher Banause. Das bin ich, seitdem ich meine Tante beerbt habe.«

»Ja, ich weiß es«, antwortete ich zerstreut.

»Wissen Sie es?« fragte er und sperrte zwei große, einfältige und melancholische Augen auf. »Wer hat es Ihnen gesagt?«

»Das versteht sich doch von selbst. Bevor Ihre Tante starb, waren Sie fröhlich und munter, weil Sie hofften, sie würde sterben, damit Sie sie beerben könnten. Dann starb sie, und Sie konnten erben, und nun haben Sie keine Tante mehr zu beerben. Also haben Sie weiter nichts zu hoffen, und deshalb sind Sie betrübt. So einfach ist das.«

Der arme Mann starrte nun nicht mehr bloß mit den Augen, sondern sogar mit dem Mund. Seine ganze Seele starrte mir durch drei riesige Löcher entgegen.

»Sie haben recht«, antwortete er schließlich. »Sie haben das, was ich lange geahnt habe, in Worte gefaßt. Danke, herzlichen Dank.«

Er schüttelte meine Hand mit Rührung und sagte dann: »Sie haben einen Stein von meiner Brust gewälzt. Nichts ist unbehaglicher, als sich schwermütig zu fühlen, ohne zu wissen warum. Aber nun ist es vorbei, und Sie haben mir einen großen Dienst erwiesen. Lassen Sie uns nun gemeinsam soupieren.«

Diese neue Idee sagte mir in verschiedener Hinsicht zu. Zwar konnte ich mich bestimmt nicht an den

Namen des Mannes erinnern, aber ich habe schon lange gelernt, von Unwesentlichkeiten abzusehen; und was bedeutet schon ein Name?

Wir sprangen also hinunter von der Straßenbahn und hinauf in eine Droschke und fuhren in vollem Trab weg zu einem kleinen Gasthaus weit draußen auf dem Land. In diesem idyllischen Nest vertrieben wir uns die Zeit, indem wir Hering, Radieschen und neue Kartoffeln aßen und norwegischen Branntwein und drei Sorten Champagner tranken. Dann sprangen wir aus dem Fenster, nahmen eine Flasche Whisky und etwas Apollinaris mit; als wir auf den Füßen landeten, befanden wir uns zu unserer Freude auf einem nur schwach geneigten Blechdach mit einer herrlichen Aussicht über den alleridyllischsten See, von Schilf und Weiden umkränzt. Jeder schenkte sich einen Punsch ein, und wir setzten unser Gespräch fort.

»Ja«, sagte ich, »der Reichtum ist für den Menschen eine Quelle von mancherlei Kummer. Ich hatte einst einen Freund, dem immer kalt war. Er spielte in der Hamburger Lotterie in der Hoffnung, eine so große Geldsumme zu gewinnen, daß er sich einen Pelz kaufen könnte. Da gewann er dreihunderttausend Kronen. Ein so großer Gewinn konnte nicht verheimlicht werden. Alle seine Freunde hörten, wie von der Sache gesprochen wurde, und borgten sich sogleich einen so großen Teil der Summe, daß er für den Rest gerade noch einen unechten Biberpelz kaufen konnte – aber das tat er nicht. Und wie hätte er es auch tun können? Jedermann wußte doch, daß er sein Geld in der Lotterie gewonnen hatte; und man kann, zum Teufel, nicht mit einem Lotteriepelz auf den Straßen herumlaufen!«

»Nein, das ist vollkommen unmöglich.«

»Natürlich.«

»Ja-a.«

Wir saßen einen Augenblick schweigsam, jeder in seine eigenen Gedanken versunken.

Da plötzlich erhob sich Herr Kihlberg (er hatte mir beim fünften Glas der dritten Champagnersorte anvertraut, daß er so heiße) mit einem plötzlichen Freudestrahl im Auge und fragte mich: »Wie groß ist der höchste Gewinn in der Hamburger Lotterie?«

»Ich glaube entweder fünf- oder gar siebenhunderttausend«, antwortete ich. »Jedenfalls ist es völlig sicher, daß es nicht sechshunderttausend sind; denn die Spielleiter wissen wohl, daß die ungeraden Zahlen eine Macht über die Phantasie des Menschen besitzen, die den geraden abgeht.«

»Also mindestens fünfhunderttausend«, fuhr Herr Kihlberg fort. »Von meiner Tante habe ich nur zweihunderttausend Kronen geerbt. Wenn ich nun in der Hamburger Lotterie spiele, kann ich also hoffen, mein Vermögen mehr als zu verdoppeln: ich kann hoffen, weitere anderthalb Tanten zu beerben. Da habe ich doch noch etwas, wofür ich leben kann!«

»Ja, gewiß. Die Zukunft lächelt Ihnen wieder entgegen.«

»Ja, ich kann noch hoffen. Ich will in der Hamburger Lotterie spielen; aber wenn ich gewinne? Dann ist alles verloren, da bleibt mir nur der Tod.«

Eine Tasse Tee

Es heißt, daß man in England einen guten Teil seines sozialen Ansehens aufs Spiel setzen kann, wenn man Branntwein oder damit vergleichbare Getränke in der Öffentlichkeit zu sich nimmt. Na ja, jedes Land hat seine Sitten. Ich setzte mich gestern abend nicht übel in die Nesseln, als ich im Kaffeehaus eine Tasse Tee trinken wollte..., es kann ja gleichgültig sein, um was für ein Café es sich handelte.

Die Sache ist die, daß ich gerade damit beschäftigt bin, an einen Roman in zwei Teilen, in dem ich den Schwindel des ganzen modernen Gesellschaftslebens enthüllen werde, letzte Hand anzulegen. Nur noch das Schlußkapitel fehlt, und ich hatte mir eben vorgenommen, es gestern zu schreiben. Ich stand also morgens um acht Uhr auf, setzte mich, brennend vor Schreibfieber, im bloßen Hemd ans Pult und begann: »Die Oktoberdämmerung breitete sich immer dichter über der Stadt aus, während der Herbstregen...« Weiter kam ich nicht, als mein Telephon klingelte. Es war einer meiner Freunde, der Geld leihen wollte – eine Bagatelle, einige hundert Kronen –, aber er brauchte es sofort. Ich konnte natürlich nicht nein sagen, und da ich zufälligerweise niemanden hatte, den ich damit hinschicken konnte, mußte ich selbst gehen. Ich ging also – und auf dem Heimweg, gerade vor meiner Haustür, traf ich einen anderen meiner Freunde, der damit beschäftigt war, in einer Droschke herumzufahren und eine Gesellschaft zu gründen, und der mich fragte, ob ich nicht Lust hätte, den Posten des Kassendirektors zu übernehmen. Ich wollte nicht so ohne weiteres nein sagen, das hätte ja unhöflich ausgesehen; ich stimmte deshalb erst einmal zu, mit ihm zu frühstücken, um die Sache weiter zu diskutieren. Erst frühstückten wir also, und dann begannen wir zu diskutieren. Es war zwei Uhr geworden, und wir waren eben nahe dabei, zu einem definitiven Resultat zu kommen, als meine Jungfer, die auf unerforschliche Weise meinen Aufenthaltsort ausfindig gemacht hatte, hereingestürzt kam und berichtete, daß meine Schwiegermutter im Sterben liege. Sie wohnt auf Kungsholmen; ich nahm also ein Droschke und fuhr hin. Ganz richtig, meine Schwiegermutter lag wirklich im Sterben, aber sie starb erst gegen sechs Uhr. Endlich konnte ich ans

Heimkehren denken und meinen Roman fertig schreiben... Aber siehe da: auf dem Jakobsplatz blieb ich wie gewohnt vor Silvanders Geschäft stehen, um mir eine neue Art Handschuhe anzuschauen, und als ich mich umdrehte, um heimwärts weiterzugehen, stand ich dem dritten meiner Freunde gegenüber, einem Mann, der es leid geworden war, Gesellschaften zu gründen, und der lieber Schach spielen wollte. Er fragte mich also, ob ich Whisky trinken und Schach spielen wolle. »Tausend Dank«, antwortete ich ohne Nachdenken, denn ich hatte meinen Roman ganz und gar vergessen, und als ich mich im nächsten Augenblick wieder daran erinnerte, hatte ich nun schon ja gesagt und konnte nicht mehr nein sagen – das hätte von Charakterlosigkeit gezeugt. Wir gingen also zu ihm nach Hause, und bis um elf Uhr tranken wir Whisky und spielten Schach.

Da sagte ich gute Nacht und ging heim mit dem unerschütterlichen Vorsatz, meinen Roman fertig zu schreiben – und nun beginnt die Geschichte.

Hört also zu:

Mein Heimweg dauerte ungefähr zehn Minuten. Als ich die Hälfte gegangen war, bemerkte ich, daß ich müde und etwas schläfrig war, und ich hatte unwillkürlich den Gedanken, daß es vermutlich mit dem Schreiben nicht gut gehen werde, wenn ich nach Hause ginge und mich in dem Zustand, in dem ich war, an den Schreibtisch setzte.

»Hier rechts liegt ein sehr gemütliches Kaffeehaus«, sagte ich zu mir. »Wenn ich da hineingehe und eine große Tasse starken Tee trinke und dann heimgehe und schreibe, wird das Schlußkapitel meines Romans wunderbar.«

Ich ging also hinein.

Im Café saß wie gewöhnlich das schwedische Volk und trank Punsch. Ein einziger kleiner Tisch war frei, und der stand in der Mitte des Saales. Dort ließ ich mich nieder.

»Kann ich eine Tasse Tee haben«, sagte ich zu einer der Bedienerinnen.

Es wurde vollkommen still im Saal. Rundherum saß das schwedische Volk mit dicken Bäuchen und rosigen Wangen und trank Punsch; und in regelmäßigen Abständen stieß es mit den Gläsern an und sagte: »Nun trinken wir aus in einem Zug!«

Aber als ich eine Tasse Tee verlangte, wurde es vollkommen still im Raum.

»Eine Tasse Tee?« fragte die Bedienerin mit unsicherem Tonfall.

»Ja«, antwortete ich, »eine Tasse Tee!«

»Soll es nur Tee sein? Wollen Sie nicht Butter und Brot? Und Branntwein und Bier? Und Punsch?«

»Nein danke«, antwortete ich freundlich. »Ich will nur eine Tasse Tee.«

»Jawohl«, antwortete sie.

Man starrte mich von allen Seiten an. Während einer ganzen Minute gab es keinen, der sein Glas in einem Zug leerte.

Rundherum sprach man von mir, und ich hörte einen Teil von dem, was gesprochen wurde.

»Das ist ein verrückter Ausländer«, sagte einer.

»Pfui Teufel, wieviel Heuchelei und Schwindel gibt es nicht heutzutage«, sagte ein anderer.

»Er ist besoffen und will nüchtern werden«, sagte ein dritter.

»Wie kann man nüchtern werden wollen, wenn man besoffen ist«, sagte ein vierter.

Die Bedienerin kam mit meinem Tee. Ich bezahlte sofort und gab ihr eine Krone Trinkgeld, damit sie nicht glauben sollte, ich trinke Tee, weil mein Geld nicht dazu ausreichte, Punsch zu trinken.

Aber ich kam nie so weit, diesen Tee auszutrinken. Ich saß ganz still und friedlich und rührte darin und versuchte durch mein ganzes Benehmen meinen Nachbarn klarzumachen, daß ich ihnen nicht böse war – als ein alter Kamerad aus Uppsala, den ich seit fünfzehn Jahren nicht mehr gesehen hatte, plötzlich vor mir stand und mit starren Augen auf mich und meine Teetasse stierte.

»Bist du es wirklich?« fragte er entrüstet. »Willst du wirklich diese Brühe trinken?«

»Ja«, sagte ich schüchtern.

»Aha, so weit ist es schließlich mit dir gekommen. Schändlich ist das.«

Ich meinte, daß er scherze, und wollte etwas im selben Ton antworten.

»Ich glaube, du versuchst, geistreich zu tun«, antwortete mein alter Kamerad.

Und jetzt erst merkte ich, daß er stockbetrunken war.

Ohne Umschweife gestand er mir dann, daß er mich von der ersten Stunde unserer Bekanntschaft an nie habe leiden können. Er habe sofort bemerkt, daß ich ein Schwindler oder, wenn ich wolle, daß er sich deutlicher ausdrücke, ein Schweinehund sei. Er habe sich immer nach einer passenden Gelegenheit gesehnt, mir das sagen zu können, und jetzt sei es gesagt!

Mein alter Kamerad hatte sich mehr und mehr in Hitze geredet; zuletzt schrie er, daß man es im ganzen Saal hörte. Alle lauschten entzückt, und der Oberkellner erschien in der Tür. Er war ein großer, hochroter Kerl.

»Was ist denn los?« fragte er mit drohender Stimme und sah sich in der Gesellschaft um.

Da zeigten alle auf mich und sagten im Chor: »Es ist der Herr da; der sitzt hier und ist unverschämt!«

Im nächsten Augenblick befand ich mich auf der Straße, und was meinen Roman betrifft, so gedenke ich ihn heute fertig zu schreiben.

Der Spaßvogel

Gestern huschte auf der Straße ein bekanntes Gesicht an mir vorbei. Es war blaß und hatte einen müden Ausdruck, aber die Züge waren scharf geschnitten.

Ich kannte seinen Namen nicht. Ich war sicher, daß ich ihn einmal gesehen hatte, vielleicht vor langer Zeit, aber ich konnte mich nicht erinnern, wann und unter welchen Umständen. Sein Gesicht hatte mein Interesse geweckt, ohne daß ich den Grund erklären konnte, und ich grub hunderterlei alte Erinnerungen aus der Rumpelkammer meines Gedächtnisses hervor, um ihn zu identifizieren, aber es war vergeblich.

Am Abend war ich im Theater. Dort traf ich ihn zu meiner Überraschung auf der Bühne wieder, in einer

Nebenrolle. Er war nur leicht maskiert, ich erkannte ihn sofort und suchte im Programm nach seinem Namen. Ich fand ihn, doch er war mir unbekannt. Ich folgte mit gespanntem Interesse seinem Spiel. Er stellte einen armen, dummen und lächerlichen Bedienten dar, über den sich alle lustig machten. Die Rolle war ebenso armselig wie das Stück, und er spielte sie mechanisch und konventionell; aber seine Stimme bekam in gewissen Tonlagen eine bittere und scharfe Klangfarbe, die nicht zur Rolle gehörte.

Er klang mir in den Ohren nach, dieser Tonfall, noch spät in der Nacht, als ich in meinem Zimmer auf und ab ging. Und mit seiner Hilfe glückte es mir schließlich, die Erinnerung, mit der er zusammengehörte, hervorzugraben. Ich kam darauf, daß wir Schulkameraden gewesen waren; aber er war viele Jahre jünger als ich. Als ich in die oberste Klasse ging, besuchte er eine der untersten.

Als ich in die oberste Schulklasse ging, stand ich eines Tages gegen Ende der Vormittagspause am Fenster. Die Schulpausen besaßen für mich eine besondere Eigenart: ich vermochte nicht, etwas zu unternehmen. Ich wußte, daß ich meine Aufgaben nicht konnte – und brachte es nicht über mich, noch zu lernen. Das bißchen Unruhe, das ich vor der kommenden Lektion empfand, wurde immer von einer größeren, der Unruhe vor dem Leben, betäubt, von dem nagenden Vorgefühl, daß die Tage, die mich erwarteten, ebenso leer und sinnlos sein würden wie die vergangenen...

So ging ich mit den Händen in den Jackentaschen hin und her und konnte nichts tun, und zwischendurch blieb ich beim Fenster stehen, das offen war. Während ich dort stand, wurde meine Aufmerksamkeit von einem eigentümlichen Vorfall gefesselt, der sich eben unten auf dem Hof ereignete, unmittelbar unter dem Fenster. Ein kleiner Junge aus einer der niedrigsten Klassen, ein Kind von zehn oder elf Jahren, lag ausgestreckt auf dem Rücken, von einer Menge anderer Jungen in einem Kreis umgeben. Ihre Gesichter, das der meisten jedenfalls, hatten jenen Ausdruck bösartiger Neugierde, den Kinder und Ungebildete nicht zu verstecken verstehen. Ein kleiner breitschultriger Knabe mit hervorstehenden Backenknochen, der den Eindruck machte, für sein Alter sehr stark zu sein, stand mit einer Rute in der Hand im Ring.

»Du bist mein Sklave«, sagte er zum Jungen auf dem Boden, »stimmt's? Sag: ›Ich bin dein Sklave!‹«

»Ich bin dein Sklave«, antwortete der Knabe, ohne zu zögern; man hörte, daß er es nicht zum ersten Mal sagte.

»Steh auf«, befahl der andere.

Der Junge stand auf.

»Mach B. nach, wie er aussieht, wenn er ins Schulzimmer kommt.«

B. war ein Lehrer, der an Krücken ging. Der Junge entfernte sich einige Schritte aus dem Ring, der sich öffnete, um ihm Platz zu machen; dann ging er zurück auf die improvisierte Bühne und führte dabei mit Armen und Beinen eben die Bewegungen eines Mannes aus, der an Krücken geht. Er machte seine Sache sehr gut; die Illusion war vollkommen, und die Zuschauer jubelten, aber der kleine Schauspieler blieb ernst. Er hatte ein kleines bleiches Gesicht und schwarze Kleider, vielleicht hatte er neulich seinen Vater oder die Mutter verloren.

»Lach!« befahl der andere mit einem leichten Hieb der Rute, die er in der Hand hatte.

Der Junge versuchte zu gehorchen, aber es ging nicht recht. Sein Lachen tönte am Anfang gekünstelt, doch es dauerte nicht lange, bis es ihm glückte, sich in ein wirkliches, völlig natürliches Gelächter hineinzulachen, und er wandte sich dabei seinem »Herrn« zu, wie wenn er diesen auslachte. Aber den verlangte es schon danach, seinen Sklaven neue Künste zeigen zu lassen.

»Sag: ›Mein Vater ist eine verdammte Sau!‹«

Der Junge sah sich mit einem hilflosen Blick im Kreise um. Als er merkte, daß keiner Miene machte, ihm zu helfen, und daß im Gegenteil alle gespannt auf etwas richtig Lustiges warteten, sagte er, so leise er wagte: »Mein Vater ist eine verdammte Sau.«

Es gab einen grenzenlosen Jubel.

»Lach! – Weine!«

Der Knabe begann, Weinen zu imitieren, aber er kam auch jetzt in die Gemütsstimmung hinein, die nachzuahmen ihm befohlen worden war. Sein Weinen stockte ihm im Halse, und er weinte wirkliche Tränen.

»Laßt ihn«, sagte ein älterer Junge im Ring, »er weint ja wirklich.«

Und gleichzeitig läutete die Schulglocke.

Einige Tage später lief er auf dem Schulweg an mir vorbei. Ich bemerkte, daß seine Jacke im Rücken aufgeschlitzt war.

»Warte«, sagte ich zu ihm, »deine Jacke ist am Rücken aufgeplatzt.«

»Nein«, sagte er, »die ist nicht geplatzt, sie haben sie mit einem Federmesser zerschnitten.«

»Haben sie dir auch dieses Buch hier beschmutzt?« fragte ich.

»Ja, sie haben es in den Rinnstein gelegt.«

»Warum sind sie so böse zu dir?«

»Ich weiß es nicht. Sie sind stärker als ich.«

Er wußte keinen anderen Grund. Aber es war wohl nicht der einzige; es mußte an ihm etwas gewesen sein, das sie reizte. Ich sah ihm an, daß er nicht war wie die andern. Die Ausnahme, die Abweichung reizt die Kinder und den Pöbel immer. Die Exzentrizitäten eines Schuljungen straft der Lehrer mit einer wohlmeinenden Ermahnung oder einem trockenen satirischen Männerwitz; aber die Kameraden bestrafen sie mit Tritten, Stößen und blutender Nase, mit einer zerschnittenen Jacke, der sorgfältig unter eine Dachrinne gelegten Mütze und dem schönsten Buch im Rinnstein.

Er ist also jetzt Schauspieler; das war wohl beinahe Vorbestimmung. Er spricht jetzt von der Bühne zu einem großen Publikum. Es wäre eigentümlich, wenn er sich nicht einmal durchsetzen sollte; ich glaube, er ist begabt. Möglicherweise wird er dort so langsam sein Ausnahmedasein zu einem Paradigma umwandeln, nach dem andere sich wie bescheidene regelmäßige Verben zu beugen versuchen.

Der blaue Anker

I

Im Saal wurde getanzt; aber im halbdunklen Rauchzimmer saßen einige Herren, die nicht tanzten. Die jüngeren hatten weiße Blumen im Knopfloch, die älteren trugen Orden. In einer Sofaecke hatte sich ein Mann etwas abseits niedergelassen; er saß schweigend und lächelte wie in einem glücklichen Traum. Sein Gesicht war braun, seine Stirn weiß. Sein Frack war ebenso korrekt wie der eines jeden anderen, und auch er hatte eine weiße Blume im Knopfloch. Aber die linke Hand, die über die Sofalehne herunterhing, war mit einem blauen Anker tätowiert.

Eigentlich handelte es sich nicht um einen Ball; es hatte ein Nachtessen gegeben, und nachher tanzte man.

Ein Mann mit einem Orden blieb vor ihm stehen. »Sie tanzen nicht, Herr Fant?« sagte er.

Fant antwortete: »Ich habe eben mit Fräulein Gabel getanzt.«

Aber als er das sagte, bemerkte er, daß er errötete. Warum mußte er denn nur antworten: »mit Fräulein Gabel«? Es ging doch keinen etwas an, mit wem er getanzt hatte. Und wie er nun das Gefühl hatte, eine Dummheit gesagt zu haben, wurde er wütend auf den Mann, zu dem er sie ausgesprochen hatte, und er starrte wortlos auf dessen Orden. Und da es sich um einen ausländischen Schwindlerorden von der schlechtesten Sorte handelte, genierte das den Mann, er hustete trocken und ging seiner Wege.

Fant blieb sitzen und starrte in einen Spiegel an der gegenüberliegenden Wand. Aber er sah nicht sich selbst im Spiegel. Es waren die Lichterflut des Tanzsaals und die runden Linien der Frauen. Lautlos schienen sie sich im Takt der Musik zu bewegen. Sieh ihre roten Münder, sieh die weißen Rundungen ihrer Arme...

Dort war sie wieder. Zum dritten Mal glitt sie über das Spiegelglas vorbei. Sie tanzte mit ihrem Vetter. Ein Junge, neulich noch Student – na ja.

Nein, er konnte nicht stillsitzen, er konnte das nicht mehr mit ansehen. Es bedeutete ja nichts, daß sie mit ihrem Vetter tanzte, aber er konnte nicht zusehen; er erhob sich und verließ den Raum.

Jemand fragte: »Wer ist dieser Herr Fant?«

»Er hat etwas erfunden, einen Gasbrenner, glaube ich. Er ist im Begriff, reich zu werden.«

»Aber habt ihr gesehen«, sagte der Mann mit dem ausländischen Orden, »habt ihr gesehen, daß er auf der einen Hand einen blauen Anker tätowiert hat?«

Da brachen sie plötzlich in schallendes Gelächter aus.

II

Er trieb sich in den Räumen herum. Er kam in die Halle hinaus. Ein paar Vasa-Ritter saßen auf dem Holzkasten und sprachen von Geschäften, währenddem sie mit ihren großen Zigarren, von denen sie die Etiketten nicht entfernt hatten, gestikulierten. Sie verstummten, als er vorbeiging.

Er kam in ein kleines, grünliches, halbdunkles Zimmer. Von der Decke hing eine schmale Kordel mit einer einzigen Glühlampe, deren Licht durch blaue und grüne Perlenfransen verdunkelt wurde. Auf einer Spiegelkommode mit grüner Steinplatte saß ein chinesischer Porzellanmann, schlafend auf seinen über Kreuz gelegten Beinen.

Wie wunderlich die Musik von weit her klang – gleichsam wie von unten, von unten herauf.

Er setzte den Kopf des Mandarins mit einem sachten Stoß seines kleinen Fingers in Bewegung. Zwei Spiegel gaben in einer unendlichen Serie das bleiche und schlafkranke Nicken des gelben Kopfes wieder.

Jetzt verstummte sie, die Musik...

Plötzlich stand sie dort, mitten im Zimmer. Er hatte sie nicht hereinkommen hören. Sie streckte ihm ihre beiden Hände entgegen, er nahm sie und zog sie zu einem Kuß an sich, aber sie machte sich beinahe sofort los.

»Es kommt jemand«, sagte sie.

Sie lauschten. Stimmen näherten sich und entfernten sich wieder.

Als es um sie still war, drückte sie sich in einem langen Kuß an ihn. Und während sie ihn küßte, dachte er: »Das ist das Leben. Das ist die Ewigkeit.«

Weit weg, in einer grünen Dämmerung, nickte das bleiche Haupt des Mandarins.

»So wie du küßt niemand«, murmelte er.

»So wie du küssen viele«, antwortete sie lächelnd.

Und er dachte: »Sie lächelt, weil ich verstehen soll, daß sie scherzt und daß sie nie einen anderen geküßt hat.«

Während er ihre kleinen Hände zwischen den seinen streichelte, bemerkte er, daß sie seine linke Hand betrachtete.

»Du siehst auf den Anker. Es ist wahr, er ist nicht schön. Und er wird nie verschwinden.«

Sie nahm seine Hand und betrachtete neugierig die blauen Punkte, die einen Anker bildeten. Aber sie sagte nichts.

»Er wurde in Hamburg gemacht«, meinte er. »Ich war Schiffsjunge auf einem Boot. Wir waren an Land gegangen und kamen in eine Hafenkneipe. Ich erinnere mich so genau an alles, den Nebel und die vielen Masten im Hafen und die Gerüche. Meine Kameraden waren tätowiert, auf den Händen, Armen und am Körper, und sie fanden, daß ich mich auch tätowieren müsse. Ich konnte nicht nein sagen. Sonst hätten sie geglaubt, ich habe Angst vor dem Schmerz, denn es tat sehr weh. Aber ich fand auch, daß es schneidig sei: ich war ja erst vierzehn.«

»Bist du am Körper auch tätowiert?« fragte sie.

Er antwortete lächelnd und etwas widerstrebend: »Ja, auf der Brust habe ich ein Schiff und einen Vogel, der einen Adler darstellen sollte. Aber er gleicht eher einem Hahn.«

Sie sah ihm lange in die Augen, hob langsam seine Hand zu ihren Lippen und küßte den blauen Anker.

III

Jahre vergingen; und eines Tages sagte Richard Fant zu seiner Frau, als sie dabei waren, sich für ein Nachtessen umzukleiden: »Schau, ich glaube, der blaue Anker beginnt zu verblassen. Vielleicht verschwindet er ganz und gar.«

»Oh, das ist aber nicht so gut«, antwortete sie.

Sie hatte ihre Gedanken eigentlich anderswo. Sie dachte an ihren Vetter, Tom Gabel, der Attaché an der Botschaft in Madrid war. Er war nun während einiger Monate zu Hause auf Besuch gewesen, und er hatte versprochen, zu kommen und sie zum Nachtessen abzuholen, sie wollten zusammen hinfahren.

»Beeile dich etwas«, sagte sie, »damit Tom nicht auf dich zu warten braucht.«

»Ich bin schon fertig«, antwortete er.

Er hatte sich in eine Ecke ins Dunkel gesetzt, fertig angekleidet.

Sie wandte sich um und musterte seine Kleidung.

»Du hast deinen Orden vergessen«, sagte sie.

»Ich will meinen Orden nicht haben«, antwortete er.

»Aber Richard! Willst du wirklich Tom gegenüber, der ihn dir verschafft hat, so unhöflich sein?«

Er holte seinen Orden. Es war nicht einer der allerschlechtesten, nicht der Kristi-Orden oder Nichan Iftikar. Es war ein mittelguter Orden; ein recht guter Orden. Und er machte ihn an seinem Frackaufschlag fest mit einem Gefühl, daß er ihn vielleicht wirklich benötige, da er einen blauen Anker auf der linken Hand hatte.

IV

Man tanzte nach Tisch; aber Fant blieb in einer Sofaecke des Rauchzimmers sitzen. Neben ihm saß der Mann, den er damals geärgert hatte, als er auf seinen ausländischen Orden starrte; aber er war jetzt Kommandeur. Sie waren gute Freunde geworden und sagten sich »du«, wenn sie einander etwas sagten; aber sie sagten nichts. Sie saßen bloß jeder in seiner Sofaecke und rauchten große Zigarren mit Etiketten und verstanden sich vollkommen.

Die Ärzte hatten Fant verboten, starke Zigarren zu rauchen, denn er hatte ein schlechtes Herz. Aber er hatte sich seit dem Nachtessen eben die dritte angezündet.

Im Spiegel an der anderen Wand, gegenüber, sah er den Wirbel der Tanzenden und die Lichterflut im Saal. Er hatte sich oft darüber gewundert, wie es kam, daß man das Gefühl hatte, es werde gleichsam lautlos auf einer Decke oder auf einem weichen Rasen getanzt. Er verstand nun, daß es daher kam, daß er es im Spiegel sah. Weil das Bild ihn von einer anderen Seite traf als der Lärm und die Musik, brachte er sie nicht miteinander in Zusammenhang, und über die Diele, die der Spiegel wiedergab, schien so der Tanz ohne Geräusch vor sich zu gehen. Sieh die weißen Kleidchen der jungen Mädchen, ihre keuchende Brust...

Er erinnerte sich, daß er einmal sie, die nun seine Gattin war, hatte vorbeischweben sehen wie diese, im einfachen weißen Tanzkleid eines jungen Mädchens. Nun war sie anders gekleidet.

Sieh, dort war sie ja mit ihm, dem Vetter. Sie stand einen Augenblick in der Türöffnung, aufrecht, zart und schlank wie immer. Sie schien ganz nackt unter dem steifen, schweren Stück Seide, in das sie ihren Körper eingehüllt hatte und das nur von einigen Spangen an den Schultern und der Taille festgehalten wurde. Und sie steckten die Köpfe zusammen und flüsterten.

Nein, er mußte sich ein wenig bewegen..., die Beine etwas vertreten... Es ist nicht gut, nach einem üppigen

Nachtessen zu lange stillzusitzen und drei schwarze Zigarren zu rauchen.

Er zündete sich eine vierte an und begann, in den Räumen herumzugehen.

Er kam in die Halle hinaus. Drei junge Herren mit weißen Blumen im Knopfloch saßen mit Zigaretten im Mundwinkel auf dem Holzkasten und sprachen über Frauen; aber sie verstummten, als er vorüberging. Er öffnete die Tür zum kleinen grünen Kabinett und trat ein. Es war leer. Er setzte das gelbe Haupt des Mandarins mit einem Stoß eines Fingerknöchels in Bewegung und ging weiter zum Fenster.

Das Fensterglas atmete Reif und Winterkälte. Er blies auf die Scheibe, bis eine Lücke zwischen den Eisblumen entstand, hielt das Auge ans Glas und blickte hinaus. Der Himmel war schwarz und funkelte von Sternen. Ganz oben stand der Große Wagen mit der Deichsel nach aufwärts.

Es war also spät.

Er konnte es nicht über sich bringen, den Raum zu verlassen, denn er empfand eine bittere und verzehrende Sehnsucht nach seiner Frau und nach dem Kuß von damals, dem Kuß unter dem blaugrünen Schein der einsamen Glühlampe mit ihren Perlenschnüren, dem Kuß, dessen Zeuge der Mandarin in seinem nickenden Halbschlummer gewesen war. Wenn sie jetzt kommen möchte, eben jetzt? Niemand konnte küssen wie sie, nein, niemand. Er hatte andere Frauen geküßt, seitdem sie ihn nicht mehr liebte, aber er hatte sie alle vergessen, er würde sie nicht wiedererkennen, wenn er sie auf der Straße träfe. Wenn sie nur kommen möchte! Ja, auch wenn sie käme, um den anderen zu treffen, sogar dann würde er ihre erzwungenen und betrügerischen Küsse als ein Glück hinnehmen, sogar dann...

Er lauschte. Man hörte flüsternde Stimmen vor der Tür, aber sie schwiegen plötzlich und entfernten sich.

Er fühlte etwas Eigenartiges am Herzen, er fühlte, daß er in ein paar Sekunden ausgestreckt auf dem Teppich liegen würde, bewußtlos, aber noch hielt er sich aufrecht, und plötzlich hörte er aus der Halle, wo die jungen Herren auf dem Holzkasten Zigaretten rauchten, eine sehr deutliche Stimme sagen: »Na ja, das ist ja übrigens natürlich. Man kann nicht verlangen, daß sie einen Menschen lieben soll, der auf der einen Hand einen blauen Anker tätowiert hat.«

V

Der Sarg stand mitten im Zimmer. Und die schwarzgekleidete Frau ging hin und her, hin und her.

»Nein, er kommt nicht...«

Als er endlich eintrat, sagte er: »Verzeih, meine Geliebte. Ich wurde aufgehalten von einer Person, die zu Besuch kam...«

Sie nickte steif. Sie glaubte ihm nicht, denn er küßte sie nicht.

Und er sagte, als er fand, sie hätten beide allzu lange schweigend dagestanden: »Ich muß morgen reisen. Ich habe ein Telegramm vom Minister bekommen. Aber ich schwöre dir, daß ich zurückkehren werde«, setzte er mit etwas leiserer Stimme hinzu, wie wenn er vermeiden wollte, daß der Tote ihn höre.

Sie verstand, daß er log und daß er sie nie mehr wiedersehen wollte. Und sie nickte.

»Leb wohl«, sagte sie.

Als er gegangen war, ging sie zum Kopfende des Sarges und betrachtete den Toten, ohne weiter an etwas zu denken, denn sie war allzu müde. Während sie dort stand, erinnerte sie sich plötzlich, daß sie ihn geliebt hatte. Sie hatte auch andere Männer geliebt; aber es kam ihr nun vor, wie wenn sie diesen am meisten geliebt hätte. Und bei diesem Gedanken fühlte sie die Tränen weit aus der Tiefe aufsteigen; sie ergriff seine linke Hand, die mit dem blauen Anker, und benetzte sie mit ihren Küssen und ihren Tränen.

Die Spieler

I

Ivan Glas saß am einzigen Fenster der kleinen Weinstube und starrte vor sich hin in die Luft. Es begann schon zu dämmern, eine gelbliche Dämmerung, über dem menschenleeren großen Platz dort draußen. Die Tür stand weit offen, die schwüle Luft strömte herein und erfüllte den Raum mit dem scharfen Geruch der Straßen und Plätze, denn der Tag war heiß gewesen. In der Mitte des Platzes schwärmten einige Menschen um eine Straßenbahn, die stehengeblieben war, und in der Dämmerung lag über ihren Bewegungen etwas Irrendes und Unsicheres. Auf dem Gehsteig unter dem Fenster standen ein junger Mann und eine junge Frau aus der Arbeiterklasse und küßten sich, die Augen benebelt von Liebe und Bier. Ivan Glas blickte auf all dies und sah trotzdem nichts, denn plötzlich mußte er an den Tod denken.

Er hatte einen aufreibenden Tag gehabt. Während alle seine Freunde und sogar die Dame, die er liebte, verreist waren, hielten ihn die Geschäfte in der Stadt mit ihrer Hitze, dem Schmutz, den Banken und Aktiengesellschaften zurück. Er hatte am Abend mit einem seiner Geschäftsfreunde gegessen, sie hatten über Aktien gesprochen und sich zu verbergen bemüht, was sie über die Stellung des anderen dachten, und erst als sie sich getrennt hatten, fühlte er sich richtig frei, aber auch erst richtig allein. Da hatte er hier in der Fensterecke der Bodega bei einem Glas Wein und einer Zigarette Zuflucht gesucht. Nun aber, aus der Einsamkeit um ihn und der graugelben Dämmerung, hatte ihn plötzlich in der Gegend des Herzens eine Unruhe befallen und ein Gefühl, wie wenn der Tod sich in seiner Nähe herumtreibe. Die Zigarette, die er rauchte, stach ihm in die Nase mit einem Duft von etwas Verflossenem, einem Aroma, das er von früher her wiedererkannte, von einer Zeit, als die Welt und er selbst noch jung gewesen waren; sie führte Tagträume mit sich und Stimmungen, die ihn in ihrer Deutlichkeit beinahe ängstigten, und als würzige Vollendung gleichsam beschlich ihn eine Ahnung, daß er eigentlich schon tot sei, daß er es schon lange gewesen und nur eine kleine Formalität noch fehle... Nein, er konnte das nicht weiter richtig untersuchen, und es lohnte wohl auch die Mühe nicht.

Er ging von neuem hinaus auf die Straße. Es war zu früh, um heimzugehen, und er verspürte auch keine Lust zu essen.

An einer Ecke blieb er stehen.

»Wo erwartet mich nun mein Schicksal?« fragte er sich. »Soll ich nach rechts oder links gehen?«

Er zählte an den Knöpfen seiner Weste ab: rechts, links, rechts, links. Er kam auf »links«, aber er bog nach rechts ab.

»Es gibt viele Kunstgriffe«, sagte er zu sich. »Und manchmal kann man das Schicksal überlisten...«

»Und im übrigen«, dachte er, »wer weiß, ob es *mir* gilt...«

Er hatte schon einmal ähnliche Gefühle gehabt. Auf einem Fest mit Kameraden, in einem Landgasthof, vor vielen Jahren. Damals war es einer seiner Freunde, der vom Kutschbock fiel, als er anstelle des Kutschers nach Hause fahren wollte, und sich das Genick brach. Armer Gösta, ein so fröhlicher und netter Junge...

Plötzlich blieb er stehen, weil er seinen Namen nennen hörte: »Ivan Glas!«

II

Es kam von oben, von einem Balkon. Na ja, er stand vor dem Klub! Sein eigener Klub, in dem er Klubmeister war. Er nickte dem Mann auf dem Balkon zu und ging hinein. Er hatte auf einen Schlag seine

Unruhe und seine bösen Ahnungen vergessen. Es gab keinen Ort, wo es ihm so gut gefiel wie hier. Gewiß, sein Pech am Spieltisch war nahezu sprichwörtlich geworden, aber es hatte ihn zum Entgelt allgemein beliebt gemacht.

Er ging auf den Balkon hinaus, begrüßte die zwei oder drei Zeitungsleser, die dort saßen, und warf einen Blick auf die Straße hinunter, wo eben die Lampen aufglimmten.

»Was Neues?« fragte er. »Steht etwas in den Abendblättern?«

»Nichts weiter. Salisbury hat eine charmante Bankettrede gehalten. Er sagt, daß die größte aller Wohltaten, die der Krieg mit sich gebracht habe, darin bestehe, daß England nun seine Armee verstärken müsse.«

»War er nüchtern?« fragte eine Stimme von drinnen, aber niemand antwortete. Der, welcher gefragt hatte, war ein alter Herr, bekannt für seine etwas eigenartigen Ideen.

»Wird heute abend gespielt?« fragte Glas.

»Ja, es sind einige Junge da, einige von den Neuen. Ich glaube, sie spielen Poker. Ich weiß eigentlich nicht, wer sie kennt.«

Glas ging für kurze Zeit durch den Raum. In einem kleinen roten Kabinett saßen vier Spieler um einen Tisch. Einer von ihnen war ein alter Bankier, dessen Haar ebenso weiß war wie die Haut und der immer seine fünf Spielkarten auf den Tisch legte, nachdem er sie hastig betrachtet hatte. Er tat es, um so nicht durch das Zittern der Hand zu verraten, was das Gesicht versteckte. Er war sehr reich, aber er haßte es außerordentlich, zu verlieren. Die andern drei waren junge Männer. Glas war als Klubmeister per du mit ihnen, aber er kannte sie kaum. Dieser Umstand machte ihn besonders geneigt, am Spiel teilzunehmen. Er mochte es nicht, mit seinen Freunden zu spielen. Er spielte gern etwas hoch, und es war kein richtiges Vergnügen, dazusitzen und von seinen guten Freunden Geldsummen zu gewinnen. Und da er beinah immer verlor, fühlte er sich jedesmal sicherer, daß nun endlich er an der Reihe war, zu gewinnen.

Sein bekanntes Pech bereitete ihm einen herzlichen Empfang der jungen Männer, und auch der alte Bankier bekam ein wohlwollendes Augenblitzen, als Glas mitzuspielen begann.

Er verlor wie gewöhnlich. Aber er behielt seine frohe Laune.

»Es ist immer gut mit etwas Pech zu Beginn«, dachte er.

Die anderen verloren auch. Bloß einer gewann. Es war ein ganz junger Mann, sehr schön und sehr blaß, mit einem vollkommen regelmäßigen Gesicht wie eine Wachsfigur aus dem Panoptikum. Er gewann pausenlos. Die langen Augenwimpern hoben sich nie. Die Augen waren halb geschlossen, bloß durch eine schmale Spalte drang der Blick hinunter auf die Karten und über den ständig wachsenden Berg von Jetons und Papiergeld, auch hin und wieder ein Goldstück, die sich vor ihm stapelten. Er besaß schon alle Jetons, man mußte sie ihm abkaufen, wenn man welche benötigte. Glas forschte in seinem Gesicht: Empfand er denn keine Angst, oder schämte er sich nicht seines unerhörten Glücks? Sein Gesicht war unbeweglich wie das eines Schlafenden. Bloß ein einziges Mal, als er, gleichsam in Zerstreutheit, eine Goldmünze aufnahm und sie betrachtete, glitt der Schatten eines sehr steifen Lächelns über seine allzu roten Lippen, und er glich in diesem Augenblick der Herzdame.

Es war ganz still am Spieltisch. Der alte Bankier machte nicht länger mit; er saß mit gekreuzten Armen, und das Gesicht und der ganze Mann waren zusammengesunken. Aber die Augen lebten noch, und sie blinzelten sarkastisch Glas zu, als ein anderer Spieler, ein düsterer Mann mit Kasperlprofil, sich erhob und in Richtung Eingang entfernte. Glas verstand, was die Augen sagten: Der Mann mit dem Kasperlprofil geht hinaus, um mit dem Hauswart zu konferieren, der Kapitalist ist.

Glas war der einzige, der es noch gegen das Wachsgesicht aushielt. Und was ihm den Mut nicht sinken ließ, war, daß die andern mehr verloren hatten als er und daß er im übrigen in den letzten Minuten wirklich einen Teil des Verlorenen zurückgewonnen hatte. Er hatte zweimal hintereinander vier Damen gehabt, und, sieh her, da kamen sie nun zum dritten Mal, alle viere! Er gewann. Er gewann von neuem. Sein Berg wuchs: vom anderen wanderten die Papierscheine und die Goldmünzen hinüber zu ihm. Das Wachsgesicht war immer gleich unbeweglich, bloß kam das steife Lächeln etwas öfter zurück und setzte sich bald auf seinen Lippen fest.

»Das ist offensichtlich ein reicher Junge«, sagte sich Glas. »Nun kann ich gut und gern auch einmal gewinnen, und ich habe ebenso guten Nutzen für das Geld wie er. Aber was ist das hier wieder! Noch einmal vier Damen...«

»Ich habe niemals ein so eigenartiges Spiel gesehen«, meinte er, als er sie auf dem Tisch ausbreitete und seinen Gewinn einstrich.

Um den Spieltisch hatten sich Zuschauer angesammelt. Von allen Seiten starrten große Augen auf die vier Damen, die, unberührt von allem, an ihren stilisierten Blumen rochen. Der Mann mit dem Wachsgesicht beantwortete steif ihr steifes Lächeln.

»Ja«, sagte er schließlich, »Poker ist ein ganz sonderbares Spiel.«

»Ist es eigentlich ein Intelligenzspiel«, wunderte sich einer der Herumstehenden, »oder ist es Hasard?«

Der alte Bankier antwortete: »Es ist ein Intelligenzspiel, wenn man gewinnt; aber wenn man verliert, ist es grober Zufall.«

Das Wachsgesicht nickte zustimmend.

Es war leer auf dem Tisch vor ihm. Er hatte seinen ganzen Gewinn verloren. Er sah auf seine Uhr.

»Es ist noch nicht zwölf«, sagte er. »Haben Sie etwas dagegen, noch eine halbe Stunde weiterzuspielen?« Seine Stimme klang etwas trocken.

»Er vergißt, daß wir uns ›du‹ sagen«, dachte Glas. »Er ist also doch in Spannung.«

Ivan Glas wollte eigentlich am liebsten aufhören. Er wollte seinen Gewinn nicht verlieren, und er wollte auch nicht noch mehr gewinnen. Alles mit Maß. Aber es ging ja doch nicht an, die Revanche auszuschlagen. Er unterdrückte unvollständig und sehr deutlich und absichtlich ein Gähnen und begann, erneut auszugeben. Als er seine Karten aufnahm, hatte er wieder vier Damen. Da durchlief ihn ein Schauer. Die plötzliche Gewißheit überkam ihn, daß die Dame, die er liebte, ihn in diesem Augenblick betrog, da er zum ersten Mal in seinem Leben beim Spiel Glück hatte. Und ein so unnatürliches Glück. Aber das Neue daran hatte ihn ganz und gar behext, und während er das Gefühl hatte, sie, die er liebte, in den Armen eines anderen zu sehen, und obwohl diese Vorstellung dieselbe schneidende und giftklare Deutlichkeit hatte wie der Anblick von Herzdame und Pikbube auf dem grünen Tischtuch, verlor er keinen Moment das Spiel aus den Augen; keinen Vorteil, wenn auch noch so gering, versäumte er auszunützen; der Erfolg schärfte seinen Blick, sein Spiel dünkte ihm vollkommen genialisch – und er gewann ununterbrochen. Und es wurde ihm auch gegen seinen Willen etwas heiß, als er all das Geld sah, das der andere nicht müde wurde, aus seiner Brieftasche und dem Geldbeutel hervorzuholen, Papiergeld und Gold, Papiergeld und Gold, und das er mit schlapper Geste zu ihm über den Tisch schob. Er hatte sich nie gedacht, daß es um solche Summen gehen könnte. Seine Geschäfte kamen ihm in den Sinn. Er hatte einen großen Haufen Bergwerksaktien auf einer Bank liegen, und in einigen Wochen, wenn das Darlehen verfiel, würde er vielleicht gezwungen sein, sie unter ihrem Preis zu verkaufen. Mit Hilfe dieses Geldes konnte er sie behalten, er konnte Zeit gewinnen und die Dinge bedenken, Verluste vermeiden, gute Geschäfte machen... Vier Damen!

Es war das letzte Mal. Der Wachsbleiche gegenüber sammelte noch einmal die Karten ein, wie wenn er ausgeben wollte, ließ sie aber wieder fallen. Es war totenstill im Zimmer. Er hob seine Augendeckel nicht, und sein Gesicht war das eines Schlafenden, während Glas langsam die Banknoten in seine Brieftasche legte, die Goldmünzen zusammenkratzte und in die Hosentasche stopfte.

Das Schweigen wurde bedrückend.

»Es hat gewiß geregnet draußen?« fragte Glas.

»Ja«, sagte sein Gegenspieler, »ich glaube, es hat geregnet.«

III

Ivan Glas kam kaum auf die Straße, bevor auch seine Angst wieder da war. »Wäre ich bloß zu Hause«, dachte er, »wäre bloß die Nacht vorbei!«

Er sah sich scheu um. Es kam ihm sehr verdächtig vor, daß ein Mann auf der andern Straßenseite in dieselbe Richtung und gleich schnell ging wie er selbst. Er beeilte sich, um eine Ecke zu biegen, damit er von ihm wegkäme, obwohl er dadurch einen Umweg machte.

Er ging schnell, und er war beinahe bei seiner Tür, als er denselben Schatten, dem er eben hatte entkommen wollen, aus der Dunkelheit geradewegs auf sich zusteuern sah. Er bewegte sich rückwärts gegen die Wand zu, denn tödliche Furcht überfiel sein Herz. Aber als der andere ins Licht der Straßenlaterne trat, sah er, daß es der Spieler war, dessen Geld er gewonnen hatte. Und er sah mehr, er sah mit einem einzigen Blick, daß die Angst des anderen größer war als seine eigene: und er wurde plötzlich ruhig. Die beiden Männer standen sich totenbleich gegenüber.

»Was wollen Sie?« fragte Glas.

Als er keine Antwort bekam, fragte er noch einmal: »Was wollen Sie von mir? Sind Sie krank?«

Er hatte selber vergessen, daß sie miteinander per du waren.

Der andere bewegte die Lippen, wie wenn er antworten wollte, aber er antwortete nicht. Und so plötzlich, wie er aus der Dunkelheit herausgekommen war, verschwand er und war weg.

Ivan Glas fühlte eine eiskalte Ruhe, während er durch seine Haustür und die Treppen hinaufging. Er verstand alles. Für den anderen bedeutete der Verlust etwas Schreckliches. Er war vielleicht ein Dieb. Das Geld, mit dem er gespielt hatte, war vielleicht nicht sein eigenes. Ja, er war sicher ein Dieb.

Hätte er es ihm zurückgeben sollen? Dummheiten. Er hatte es in ehrlichem Spiel gewonnen, und er gedachte es darum zu behalten. Er brauchte es. Er hatte sich schon an den Gedanken gewöhnt, daß das Geld ihm gehörte, und er konnte es nicht mehr entbehren. Wie sollte es anders mit seinen Aktien gehen, seinem Bankdarlehen, allen seinen Geschäften?

Eigentümlich, daß er nicht sofort gesehen hatte, daß der widerliche Mensch ein Dieb war...

Er ging in seinem Zimmer hin und her. Seine Uhr war stehengeblieben, aber als er zum Fenster kam, sah er an den Sternen, daß es bald zwei Uhr sein mußte. Der Brillantschmuck der Plejaden glitzerte hoch oben im Osten, und dort über dem Schornstein blinkte matt der Aldebaran, rot wie die Laterne in einer nebligen Hintergasse. Er gähnte lange, die Angst war vorbei, und er dachte an die Zukunft, während er sich auskleidete. Er würde nie mehr spielen, er würde geschickte Geschäfte machen, und er würde reich werden, er wußte es, fühlte es in sich. Und sie, die er liebte – ein dummes Wort, lieben! –, wenn sie ihn auch betrog, was mehr? Die Welt ist voll von Frauen, und wenn man nur erst Geld hat...

Durch die offenen Türen des Stockwerks drang das Tropfen des undichten Wasserhahns in der Küche. Und während er an Maecenas dachte, der so reich war, daß er nicht einschlafen konnte, ohne das Plätschern eines Springbrunnens zu hören, rollte er sich unter seiner Decke zusammen und schlief sanft ein.

Die Abendeinladungen des Generalkonsuls

I
Satan, Major und Hofprediger

Unser Gastgeber, der zuvorkommende Generalkonsul, hatte vor kurzem an sein Glas geklopft, bat, wir sollten uns willkommen fühlen, und seine Bitte stieß auf keinerlei Protest. Es sind solche Bitten, für die wir beten müssen, wenn wir auf Erhörung hoffen wollen. Der erste laue Bordeauxstrom glitt schon wie eine milde Liebkosung durch unsere Gaumen und vereinte sich mit zwei Sardinen in Öl und einem kleinen Glas Genever zu einem seltsamen Akkord, einem mystischen Präludium, bevor die eigentliche Symphonie sich in Größe und erhabenem Flug entfaltete. Unten, am Ende des Tisches, wo ich saß, hatten die Damen nicht ausgereicht. Auf der einen Seite hatte ich einen Hofprediger, auf der anderen einen Major. Aber ich weiß nicht, ob er ein richtiger Major war, denn als wir andern unsere Rotweingläser und unsere Blicke gegen die Mitte hin – dem Generalkonsul zu – hoben, ergriff er ein Wasserglas, und die Augen unter den barschen Brauen irrten aus dem Kreis hinaus zur Seite.

Der Hofprediger jedoch war ein richtiger Hofprediger; und wiewohl er wußte, daß ich ein Ungläubiger war, sprach er mit mir nicht über die ewigen Wahrheiten, sondern über den Rotwein.

»Der ist etwas ganz Besonderes«, sagte er. »Ich bemerkte es sogleich. Und für mich ist es von allergrößtem Gewicht, daß der Rotwein gut ist, denn anderen wage ich nicht zu trinken.«

Und er fügte flüsternd hinzu: »Mit dem Magen hapert's.«

Ich nickte zustimmend und etwas zerstreut. Über den Tisch hinweg, zwischen Blumen und Kristallkaraffen, gewahrte ich ein Frauengesicht. Ihre Haut war blaß und ihre Lippen rot. Sie betrachtete mich, während sie am Weine nippte; jedenfalls kam es mir so vor. Und unter dem Glas streckte sie eine kleine grellrote Zungenspitze hervor und führte sie sachte zwischen den Lippen hin und her. Dieser Anblick war es, der mich nachdenklich und zerstreut machte.

Plötzlich hörte ich die laute Kommandostimme des Majors, die mich weckte: »Sind Sie bekehrt?«

»Ja«, antwortete ich ohne Bedenken; denn ich ahnte, daß dies der einzig sichere Ausweg wäre, vom Tisch zu kommen, ohne bekehrt zu sein.

Der Major war leicht überrascht. Das hatte er nicht erwartet; ich sehe nicht aus, als wäre ich bekehrt. Er nahm einen Schluck Wasser und schwieg.

Ein Streichorchester spielte, hinter einem Vorhang versteckt, gedämpft einen spanischen Tanz.

Der Kopf des Hofpredigers, der wie eine reife Frucht lose auf dem Stiel zu sitzen schien, rührte sich sachte im Takt der Musik.

»Es wohnt ein Gott in der Musik«, sagte er.

Der Major starrte in sein Wasserglas, wie wenn er Erscheinungen hätte. Plötzlich erbleichte er und schob das Glas weg. Aber im nächsten Augenblick zog er es wieder zu sich heran und starrte mit zusammengepreßten Lippen hinein; danach schob er es zu mir hinüber.

»Seien Sie so gut und sagen Sie mir, ob Sie etwas sehen«, bemerkte er.

Ich starrte meinerseits ins Glas, sah aber nur Kohlesäurebläschen gleich geretteten Seelen nach oben steigen.

Ich sagte ihm, daß ich nichts sehen könne.

»Es ist die Musik«, murmelte er. »Satan selbst wohnt in dieser Musik.«

»Aber was erblicken Sie im Glase?« fragte ich.

»Sehen Sie die Dame dort drüben, jene, die dort sitzt und die Zunge herausstreckt? Die sehe ich im Glas. Und ich sehe sie ganz und gar nackt!«

»Darf ich noch einmal nachschauen?« fragte ich.

Und ich starrte sehr lange und ernsthaft ins Wasserglas hinein.

»Nein«, sagte ich schließlich, »ich sehe nicht das geringste. Vielleicht sollten Sie ein Glas Wein trinken.«

Er goß sich einige Tropfen Wein ins Wasser, trank aber nicht, er starrte weiterhin in die nun schwach rotgefärbte Flüssigkeit.

»Nun ist es weg«, sagte er zuletzt.

Er atmete tief aus und wischte sich den kalten Schweiß von der Stirn.

»Wenn sie nur aufhörte, ihre Zunge herauszustrekken!«

Ich betrachtete von neuem die Dame drüben zwischen den Blumen. Die kleine rote Zungenspitze schlich sich unaufhörlich zwischen den Lippen hervor, und gleichzeitig blickte sie oft in unsere Richtung. Ich bekam tatsächlich den Eindruck, sie wolle uns in Versuchung führen, oder zumindest einen von uns.

»Ach ja, Sie haben vielleicht recht«, sagte der Major, »ich kann ebensogut Wein trinken, nachdem ich sehe, daß Satan überall zu treffen ist, auch im Wasser.« Und er goß sich ein Glas voll ein, trank mir zu und leerte es in einem Zug.

»Ja«, fuhr er fort, »Satan trifft man überall. Es ist unmöglich, ihm zu entgehen, man muß ihn bei den Hörnern packen und versuchen, so gut man kann, ihm die Stirn zu bieten. Dieser Tage hatte ich dem König meine Aufwartung gemacht und ging nach Hause, in voller Uniform, die Feder auf dem Tschako. Und ich muß sagen, daß ich dem Bösen bei jedem Schritt, den ich machte, begegnete, ja er begleitete mich den ganzen Weg. Als ich den Lejonbacken hinunterging, flüsterte er mir zu: ›Feiff‹, sagte er, ›dort geht der Kriegsminister, genau vor dir. Der ist bestimmt zu dick, um durch jenes Nadelöhr zu kommen, du weißt schon. Du solltest zu ihm hin und mit ihm über seine Seele sprechen. Wer weiß, es kann immer eine Saat werden, die Segen bringt.‹ Aber ich verstand gleich, daß es der Satan war, und hütete mich, ihm zu gehorchen.«

»Verzeihung«, fragte ich, »aber wie konnten Sie wissen, daß es der Satan war, der so sprach?«

»Ja, das kann ich Ihnen sagen; ich wußte im Innersten, daß ich über den Kriegsminister erzürnt war, weil er während der ganzen Audienz vor mir gestanden und mich verdeckt hatte, so daß der König mich kaum sehen konnte. Da nun der Geist, der mir eingab, mit ihm zu sprechen, davon ausging, daß er so dick war, begriff ich natürlich, daß es der Teufel war, der mich durch meine Eifersucht in Versuchung führte.«

Ich hatte nichts einzuwenden.

Der Major fuhr fort: »So kam ich zur Nordbrücke hinunter. Dort stieß ich auf zwei Mädchen, von jener Sorte, Sie verstehen... Sie machten mir schöne Augen, als ich vorbeiging, und züngelten, genau wie die Dame dort drüben. Da hörte ich den Satan zum zweiten Mal mir zureden: ›Feiff‹, sagte er, ›du darfst nicht säumen, du mußt mit diesen zwei Mädchen sprechen und sie zu bekehren suchen.‹ Und diesmal sprach Satan wirklich wie Gott selbst, so daß ich mitten auf der Nordbrücke stehenblieb und mich nach den Mädchen umwandte, in voller Paradeuniform; und auch die Mädchen drehten sich um und streckten die Zunge heraus. Verstehen Sie, nur ein klein wenig; nicht so, wie wenn ein Straßenjunge die Zunge herausstreckt, sondern nur eine kleine rote Spitze zwischen den Lippen, ganz genau wie die Dame dort drüben. ›Na Feiff‹, redete mir der Satan zu, ›du wirst doch zu ihnen hingehen? Fürchtest du vielleicht, das könnte sich schlecht machen? Bist du feige, alter Feiff?‹ Ich zögerte und lauschte auf etwas, was den Entscheid geben würde, wie ich zu handeln hätte. Und denk nur, da stellte es der Teufel noch listiger an als vorher und sagte zu mir: ›Du kannst ruhig mit den Mädchen sprechen, Feiff; du brauchst nicht zu fürchten, daß es falsch gedeutet werden kann. Du bist allgemein als religiöser und ernsthafter Mensch bekannt; wenn du Lust hast, kannst du sogar mit den Mädchen etwas scherzen, und trotzdem werden alle Menschen glauben, du seist im Begriff, sie zu bekehren.‹ Diesmal war er deutlich, würde ich meinen, nicht wahr?«

»Ja«, antwortete ich, »dieses Mal war er wirklich deutlich. Ich glaube, sogar ich selbst hätte ihn erkennen können, wäre es mir widerfahren.«

Der Major fuhr fort: »Ich ging über den Gustav-Adolf-Platz. Die Sonne schien, und die Leute schauten auf mich. Und der Satan flüsterte mir zu, daß ich doch noch ein stattlicher Kerl sei mit meiner weißen Feder und meinen sechzig Jahren. Na ja, solchen Mist schwatzt er in einem fort, damit befasse ich mich nicht.

Dann kam ich in die Arsenalsgata. Dort begegnete ich einem alten Weib, einer richtigen Vettel. Sie verneigte sich vor mir, so tief sie konnte, und sagte: ›Guter Herr General, gib einer armen Säuferin eine kleine Münze für einen Schnaps!‹ Ohne zu überlegen, was ich tat, und ohne nachzuforschen, was der Teufel gesagt haben könnte, nahm ich ein Fünfundzwanzig-Öre-Stück aus der Tasche und gab es ihr. Aber kaum hatte ich es ihr gegeben, wußte ich schon, daß es eine von Satans Taten gewesen war. Was hatte ich getan? Beurteilen Sie selber: Ich begegne einem alten Weib, das mich um eine Münze bittet. Weil das Wetter schön ist, die Sonne auf meine Uniform und meine Orden scheint und die Alte mich General nennt, obschon ich nur Major der Reserve bin, bekommt sie die Münze. Habe ich nun eine gute Tat getan? Weit gefehlt; die Alte wird die Münze vertrinken – sie hatte es auch selbst gesagt, obschon ich es erst später beachtete. Sie wird durch die Münze weder besser noch glücklicher; sie wird schlechter und unglücklicher, als sie vorher war. ›Ach pfeif drauf‹, hörte ich jetzt den Satan mir ins Ohr flüstern, ›das Weib ist auf jeden Fall so weit herabgekommen, wie sie nur kann, und dein Geldstück bringt ihr weder Schaden noch Nutzen.‹ Aber ich hörte nicht auf ihn. Ich trat auf den anderen Gehsteig hinüber und blieb dort stehen, um nachzusehen, was die Alte vorhatte. Sie blieb beim Eingang zur Handelsbank stehen und bettelte. Ich ging hin und her und überlegte, was ich tun sollte. Ich konnte ja nicht zu ihr hin und sie bitten, mir die Münze zurückzugeben. Aber ich konnte es auch nicht vor mir selbst rechtfertigen, sie weggehen und das Geld versaufen zu lassen. Was sollte ich tun? Ich glaube, ich ging dort gegen eine Stunde umher und schaute nach der Alten aus. Endlich rührte sie sich, sie ging die Straße hinaus dem Jakobsplatz zu, dann bog sie um die Ecke in die Trädgårdsgata, und ich folgte ihr. Ich hatte sie bald eingeholt und begann, mit ihr über ihre Seele zu sprechen. Aber ihre Sprache war ebenso schwankend wie ihr Gang, und sie sehnte sich nur danach, in eine Schenke hineinzukommen. Ich versuchte so mit ihr zu reden, daß sie mich verstehen konnte, und ich scheute mich nicht einmal davor, das Himmelreich mit einer außerordentlich großen und herrlichen Schenke zu vergleichen. Aber ich befürchte, sie verstand mich trotzdem nicht; ich glaube, daß sie kleine dunkle Schenken vorzog. Ich begann, die ganze Geschichte satt zu kriegen, und der Satan flüsterte mir schon zu: ›Feiff‹, sagte er, ›geh weg von der Alten! Dort drüben kommen ein paar Offiziere, und sie lachen schon über dich!‹ Aber ich ging mit der Alten weiter; die Offiziere begegneten mir und grüßten; ich grüßte zurück, und sie lachten nicht. ›Feiff‹, sagte der Satan, ›du kannst mit der Alten wenigstens in einen Hauseingang gehen; es sieht ja so aus, wie wenn du aufschneiden möchtest mit deiner Wohltätigkeit und deiner Gleichgültigkeit dem gegenüber, was die Leute sagen werden.‹ Aber ich hörte nicht auf ihn. Ich nahm die Alte mit mir nach Hause und bot ihr Kaffee an, und beim Kaffee wurde sie nüchtern, so daß man mit ihr sprechen konnte. Und nun ist sie in der Heilsarmee und trinkt nicht mehr, sondern preist Gott.«

Ich hörte ernst zu, während ich an meinem Wein nippte. Aber von der anderen Seite fühlte ich, wie der Hofprediger sachte an meinem Ärmel zupfte; und als ich mich ihm zuwandte, legte er die Hand vor den Mund und flüsterte: »Der ist nicht ganz bei Verstand!«

»Es kommt darauf an, was man unter Verstand versteht«, antwortete ich. »Jedenfalls bin ich überzeugt, daß Sie, Herr Hofprediger, verständiger sind.«

Der Hofprediger sah mir freundlich in die Augen, mit einem Blick, der vom Wein schon leicht verschwommen war, und sagte: »Ich weiß, daß wir in manchem unterschiedliche Ansichten haben. Aber was die sogenannte freireligiöse Bewegung betrifft, glaube ich doch, daß wir derselben Meinung sind, nicht wahr?«

»Ja«, antwortete ich, »ich bin überzeugt, daß wir in diesem Fall dieselbe Meinung haben. Ich mag die Freimichler auch nicht. Aber andererseits kann man natürlich nicht leugnen, daß die sogenannten Freimichler in unserer Zeit die einzige Entsprechung zu den ersten Christen sind. Nicht wahr, Herr Hofprediger?«

»Ja«, antwortete er zuvorkommend, »ja, natürlich... Natürl...« Er unterbrach sich plötzlich und starrte geradeaus vor sich hin in die Luft. Er war ein rechter Hofprediger, und er war es gewohnt, in ungefähr allem etwa gleicher Meinung zu sein. Wenn er mit seinem Gott sprach, bemühte er sich bestimmt, sich für ihn so gefällig zu machen wie nur möglich, und wenn er den Teufel in einem Hauseingang getroffen hätte, würde er nicht versäumt haben, zu versuchen, auch auf ihn einen sympathischen Eindruck zu machen.

Aber es ist möglich, daß der Schluß ihm diesmal etwas bedenklich erschien. Immerhin ist es nicht sicher. Es ist auch möglich, daß er die Dame entdeckt hatte, die die Zunge herausstreckte, und daß er sich deshalb unterbrach und begann, in die Luft zu starren.

II
Nach dem Abendessen

Das grüne Kabinett lag in Halbdämmerung zwischen dem Salon, der von elektrischem Licht sprühte, und dem dunklen Rauchzimmer, wo nur eine einzige grüne Lampe auf der heruntergeklappten Lade des Sekretärs brannte. Im Salon sang ein distinguierter Opernsänger »Quando cadran le foglie«. Im Rauchzimmer saß in einem kleinen intimen Kreis von Männern der Hausherr beim Schreibtisch, dessen blankes Mahagoni das grüne Dreieck des Lampenschirms widerspiegelte, und zeigte seine berühmte Sammlung von Photographien nach der Natur, aus welcher hervorzugehen schien, daß die Natur zeitweilig unnatürlich ist. Im Kabinett saß ein blasser Herr und flüsterte in einem Winkel mit einer Dame in Rot, auf dem Sofa thronten drei alte Frauen und nickten, und in einem goldgerahmten Fauteuil schlummerte ein kleiner, dünner und weißhaariger Professor, der seit einem Mannesalter emeritiert war. Durch die halboffenen Balkontüren strömte die Februarluft herein, kühl und doch unnatürlich lau, und in der Türöffnung stand ein weißgekleidetes junges Mädchen.

Die Gastgeberin ging durch das Zimmer. »Sie frieren hoffentlich nicht?« sagte sie. »Sie sind bejahrt, Herr Professor – haben Sie jemals Anfang Februar ein solches Wetter erlebt?«

»Meine Gnädige« – der alte Mann hob etwas den einen Augendeckel, der andere war lahm –, »ich kann mich so schlecht an das Wetter entsinnen. Ich habe keine Erinnerung an das Wetter in früheren Zeiten, wenn es nicht mit einer bestimmten Ideenassoziation verbunden ist. Das Jahr 48 zum Beispiel. Ich erinnere mich sehr genau, wie das Wetter am Tag des Ausbruchs der Februarrevolution war – wie mild man die Luft empfand und wie die Sonne die Häuserreihe auf der anderen Straßenseite beleuchtete. Ich saß vor einem Café am Boulevard des Capucines...«

»Mein lieber Freund« – die Gastgeberin streckte eine gerümpfte Nase ins Herrenzimmer –, »du machst dich mit deinen unanständigen Photographien lächerlich. Ach, Musik, Musik! Gibt es etwas in der Welt, das man mit Musik vergleichen kann, Herr Professor?«

»Ich weiß es nicht. Doch, vielleicht – die Quelle selbst, aus der sie fließt. Die gemeinsame Quelle des schönen Gesangs jenes Herrn und der wüsten Photographien Ihres Mannes.«

Der Mund der Generalkonsulin lächelte noch immer ebenso höflich, aber ihre Augen starrten, als blicke sie auf einen Toren. Als der Professor es bemerkte, senkte er auch den einen Augendeckel. »Die Liebe, meine Dame.«

»Die Schweden«, fügte er hinzu, »sind bekannt dafür, daß sie die Musik lieben und Gedanken hassen. Ich selber bin leider unmusikalisch.«

Ein Herr mit Glatze kam vom Eingang her, ein berühmter Politiker und Mitglied der Ersten Kammer.

»Na, etwas Neues aus dem Reichstag?« fragte die Hausherrin.

»Große Neuigkeiten, kleine Kusine. Die Welt macht Fortschritte, es ist eine Freude zuzuschauen. Nach unserem Beschluß von heute sind wir so weit gekommen, daß wir uns alle jederzeit erhängen können und trotzdem ein ehrliches Begräbnis kriegen. Kannst du der Versuchung widerstehen?«

Der Hausherr kam durch die Türöffnung und reichte dem Senator die Hand. »Na, und die Diskussion? Hatte die Pointen?«

»Kaum. Die Minderheit sammelte sich unter der Parole ›Sache der Kirche‹. Hin und wieder war einer dem Heulen nahe. Aber der Bischof zitterte vor Wut, als er die Sache der Kirche auslegen sollte. Er hat ein ungestümes Temperament, der Bischof.«

Die drei alten Frauen blickten verwirrt und erschrokken um sich.

»Ist es wirklich möglich«, sagte die mittlere, »daß die Erste Kammer Selbstmörder verteidigt?«

»Ach, weit gefehlt... In der Kammer stimmt man natürlich darin überein, daß Selbstmord immer unmoralisch ist. Das hat auch der Justizminister betont.«

»Dem Bischof«, meinte der alte Professor, »scheint der Sinn für Geschichte abzugehen. Die Theorie, daß die Kirche ihre Sorge über den Selbstmord durch ein Begräbnis in Stille ausdrückt, ist ganz und gar unhistorisch. In früheren Zeiten sagte die Kirche zu der trauernden Witwe: ›Dein Mann ist in der Hölle; gehorche mir, sonst kommst auch du dorthin!‹ Das sagte sie immer, solange sie konnte und wagte und ihr erlaubt wurde, so zu sprechen. Und sie würde heute noch dasselbe wiederholen, wenn es auf sie ankäme. Aber das waren die Wohlstandstage der Kirche, als sie es sich leisten konnte, aufrichtig zu sein. Jetzt muß sie eben versuchen, ihrer Zeit zu folgen. Ja ja, das kann für uns Alte zuweilen schwer sein.«

»Oh, Herr Professor« – die Gastgeberin lächelte liebenswürdig –, »Sie scheinen sich jedenfalls an der Spitze zu halten, trotz Ihrer Jahre.«

»Ich habe ja nichts zu tun«, sagte der Professor. »Deshalb habe ich Zeit zu denken. Und wenn ich in der Kammer gewesen wäre, ich glaube, ich hätte um der Kuriosität willen eine kleine Verteidigungsrede für den Selbstmord gehalten.«

Das junge Mädchen in Weiß wandte sich verwundert zurück. »Um der Kuriosität willen? Großvater – du meinst doch nicht immer, was du sagst?«

»Doch, mein Kind. Aber es gibt Ansichten, bei denen es nicht die Mühe lohnt, sie anders denn als Kuriositäten vorzutragen.«

»Aber lieber, kleiner Professor« – die Augen der Hausherrin hatten wieder diesen starren Ausdruck be-

kommen, vor dem der alte Herr die Augen senkte –,
»Sie meinen aber doch nicht, daß wir hingehen und
uns das Leben nehmen sollten?«

»Nein, meine Dame, nicht wir – jedenfalls nicht Sie.
Ich halte mich an die Selbstmorde, die tatsächlich
begangen werden. Und ich meine, daß die allermeisten
Selbstmorde relativ gute und richtige Handlungen
sind. Ich meine, daß der Selbstmord fast immer die
beste Handlung ist, die die betreffende Person unter
den und den gegebenen Umständen begehen kann,
und daß es in der Regel weit verbrecherischer von ihr
wäre, weiterzuleben. Denn die Natur hat vorgesorgt,
unseren Willen so lange auf die Bewahrung des Lebens
hin einzurichten, als es für uns selbst oder andere noch
den geringsten Wert haben kann, und oft viel, viel
länger. Und es kommt doch letztlich niemandem als
dem Individuum selbst zu, die Frage zu entscheiden,
ob er leben oder sterben müsse. Im alten Massilia gab
es ein eigenartiges Gesetz: Jeder, der sterben wollte,
mußte vor dem Senat die Gründe für seinen Wunsch
anführen, und wenn der Senat seine Gründe aus-
reichend fand, gab er ihm ein schmerzlos tötendes Gift
– Schierling, glaube ich, hieß es. Selbstmordversuch
auf andere Weise war unter Todesstrafe verboten. Nun,
was der Senat mit der Sache zu tun hatte, ist unbegreiflich; aber das Gift war gut. Die Wahrheit ist,
daß nur in einigen äußerst seltenen Ausnahmefällen
der Staat oder eine Gruppe Einzelner in Wirklichkeit
an einem Selbstmord leiden – wenn man das glaubt, so
deshalb, weil man die Handlungsweise, die gewöhnlich

zum Selbstmord führt, mit der Handlung selbst verwechselt und das oft sehr berechtigte Urteil über das Leben des Selbstmörders gegen ein ganz unberechtigtes Urteil über seinen Tod vertauscht. Es ist leicht zu sagen: Er hätte sich bessern, ein neues Leben beginnen sollen, sühnen, wogegen er verstoßen hat. Aber das ist in der Regel unmöglich. Für einen Mann, der zum Beispiel aus einer Kasse gestohlen hat und sieht, daß es entdeckt werden muß, ist es ganz und gar unmöglich. Er kann weder für seine Familie sorgen noch seine Schuld bezahlen, indem er im Gefängnis sitzt, und wenn er herauskommt, wird er für seine Nächsten eine Bürde statt einer Stütze. Er tut recht, wenn er sich umbringt, und wenn er einen letzten Rest von Anständigkeit hat, tut er es. Und in tausend anderen Fällen ist es ebenso unmöglich, dieses ›neue Leben‹ zu erreichen. Wer sterben will, ist immer krank, mag es der Körper, der Verstand oder Wille und Charakter sein. Und wenn der Wille zu sterben über den Willen zum Leben siegt, so deshalb, weil die Krankheit eine tödliche Krankheit war. Dann ist es sein Recht, zu sterben. Es kann auch seine Pflicht sein. Seine Pflicht gegenüber dem Leben und den Lebenden.«

Es war still im Raum. Langsam war allen klargeworden, daß es dem alten Herrn ernst war.

»Ja« – der Senator stand, den Rücken gegen den Ofen gewandt und die Hand in der weißen Weste –, »ja, vom rein heidnischen Standpunkt her gebe ich zu, daß ich nichts gegen die Ausführungen des Herrn Professors einzuwenden finde. Aber Sie vergessen, Herr

Professor, daß wir in einer christlichen Gesellschaft leben.«

»Man hat Grund, dies zu bezweifeln«, antwortete der Professor mit einem kleinen Lächeln, wodurch eine Reihe ausgesucht schöner künstlicher Zähne zum Vorschein kam. »Aber ich will im übrigen gerne auf die Fiktion eingehen. Und ich erlaube mir, daran zu erinnern, daß das abergläubische Grauen, womit der Volksglaube den Selbstmord betrachtet, überhaupt keine Begründung hat, weder in jenem Christentum, das Christus lehrte, noch in demjenigen, das heute in unseren Kirchen gepredigt wird. Es beruht allein auf einer ganz besonderen und sehr kuriosen Religionsbetrachtung, die heutzutage von allen Gebildeten und den meisten Ungebildeten aufgegeben worden ist – ja, fast vergessen ist: diejenige nämlich, daß das Schicksal eines Menschen im anderen Leben wesentlich auf seinem mehr oder weniger aufbauenden Sterben beruhe.«

»Nein, wie eigenartig« – die alten Frauen auf dem Sofa schrien im Chor –, »jedenfalls steht es im Katechismus, daß Selbstmord...«

»Ja«, sagte der Professor, »es wäre tatsächlich gut, wenn wir einen Katechismus zur Hand hätten. Ich kann ja die Bibel nicht auswendig, aber wenn es wirklich irgendwo eine Bibelstelle gibt, die ausdrücklich den Selbstmord verurteilt, so findet man sie sicher im Katechismus. Herr Generalkonsul, Sie haben nicht vielleicht einen Katechismus in Ihrer Bibliothek?«

Der Gastgeber, der höfliche Generalkonsul, drückte sofort auf einen Knopf an der Wand. Eine hübsche

Dienerin in schwarzem Kleid und weißem Spitzenschürzchen erschien in der Türöffnung.

»Hanna, seien Sie so gut, gehen Sie in die Buchhandlung an der Ecke und kaufen Sie ein Exemplar von Dr. Martin Luthers kleinem Katechismus.«

»Tja«, sagte der alte Bankdirektor Israel, der sich endlich als letzter von des Generalkonsuls Photographien losgerissen hatte, »tja, Verzeihung, ich bin ja nun nicht sehr zu Hause in der Religion der Herrschaften. Aber ich glaube darüber Auskunft geben zu können, daß Jahve zumindest vor dem Anfang der christlichen Zeitrechnung den Selbstmord kaum als ein besonders schlimmes Verbrechen betrachtete. Höchstens als eine Dummheit. Unter all den Geboten und Vorschriften, die Jahve meinem Volk gegeben hat, kann ich mich nicht an ein einziges Wort über den Selbstmord erinnern oder darüber, wie ein Selbstmörder begraben werden soll oder etwas dergleichen. Er fand es vermutlich überflüssig. Er wußte, daß er den Menschenkindern eine solche Liebe zum Leben eingegeben hatte, daß sie keine Eile haben, sich dessen zu berauben. Es wäre auch nicht Jahves Art, einen Mann, welcher sich beim Diebstahl aus einer Kasse hat ertappen lassen, zwingen zu wollen, die Erde weiterhin mit seiner Gegenwart zu verunreinigen. Außerdem hatte er ja auch keine Hölle zu seiner Verfügung. Er kannte keine schwerere Strafe als den Tod. Deshalb war er sicher machtlos gegenüber Selbstmördern.«

»Aber nun zu etwas anderem, währenddem wir auf Herrn Luthers Katechismus warten« – der Bankdirektor ließ sich in der Ecke neben der Dame in Rot nieder und wandte sich an sie –, »ist es wirklich wahr, daß man in Ihrer Kirche Gott dankt, wenn jemand gestorben ist? Wenn ein Familienversorger in seinen besten Jahren stirbt – dankt da der Pastor Gott im Namen der Witwe und der Kinder und in dem der Kirchengemeinde?«

»Ich weiß es nicht«, antwortete die rote Dame. »Ich gehe niemals zur Kirche. Und wenn ich an einem Begräbnis war, hatte ich anderes zu tun, als dem Pastor zuzuhören.«

»Doch«, sagte das junge Mädchen in Weiß, »doch, es ist wahr.«

»Oh... Und die Gemeinde nimmt daran keinen Anstoß?«

»Doch. Die wenigen, die es sich genauer überlegen.«

»Das ist aber eigenartig. Hiob war ein sehr frommer Mann. Der Frömmste zu seiner Zeit. Er sagte: ›Der Herr hat es gegeben und der Herr hat es genommen, gesegnet sei der Name des Herrn.‹ Aber ich glaube nicht, daß es ihm damit ernst war. Und es ist außerdem ein sehr langer Schritt von dieser Aussage zum ausdrücklichen Dank für einen solchen Schlag.«

»Aber eigentlich«, sagte das junge Mädchen in Weiß, »ist es gewiß im Namen des Toten und nicht in demjenigen der Hinterbliebenen, daß der Pastor Gott dankt.«

»Tja... Na ja, auf diese Weise... Aber der Tote sollte selbst die beste Gelegenheit haben, zu beurteilen, ob er für etwas zu danken hat.«

Die Jungfer kam mit dem Katechismus herein.

»Bitte schön«, sagte sie, »aber sie hatten Luthers Katechismus nicht, sie hatten nur den von Mazér.«

Und sie überreichte ein kleines Buch, das mit seiner weißen Etikette auf dem Deckel am ehesten einem Notizbuch glich. Auf der Etikette stand: »Mazérs Katechismus«.

Der Professor nahm es, öffnete es und musterte es verwundert.

»Doch«, fuhr er fort, nachdem er etwas im Buch geblättert hatte, »doch, hier gibt es tatsächlich einen kleinen Bibelspruch gegen den Selbstmord: ›Tue dir kein Leid an!‹«

Er saß einen Augenblick stumm, wie wenn er in seinem Gedächtnis nach etwas suchte.

»Nein, nicht möglich«, rief er schließlich aus. »Das ist großartig! Das ist fast zu stark! Aber Herr Mazér ist unschuldig, ich erinnere mich nun sehr gut, daß dieser Spruch in meiner Kindheit an derselben Stelle stand. Wissen Sie, wie der Zusammenhang ist, meine Herrschaften? Das sind doch Paulus' Worte an den Kerkermeister Silas, als er in Philippi im Gefängnis saß. Als der Kerkermeister erwachte, sah er, daß die Türe weit offen stand – gewiß war es ein Engel, der sie geöffnet hatte –, und da glaubte er natürlich, die Gefangenen seien putz weg*. Der Mann machte Anstalten, sich aus Verzweiflung zu töten, aber da sagte Paulus: ›Tue dir kein Leid an, denn wir sind alle hier!‹ Und das nun figuriert im Katechismus als ein Verbot

---

* Deutsch im Original.

gegen den Selbstmord im allgemeinen – offensichtlich das einzige, was man in der ganzen dicken Bibel hat aufspüren können!«

Die Betroffenheit war allgemein. Die alten Frauen sagten, daß der Katechismus unrichtig sei.

Das junge Mädchen in Weiß, das erst vor kurzem konfirmiert worden war, rief: »Lieber Großvater, gib mir den Katechismus!«

Und als sie ihn erhalten hatte, nahm sie ihn und warf ihn mit einer Bewegung unendlich sanften Behagens aus dem offenen Balkonfenster auf die Straße hinunter.

»Hu, es beginnt hier drin nun doch kalt zu werden«, sagte die Gastgeberin und schloß das Balkonfenster.

»Na« – es war die tiefe und sonore Stimme des distinguierten jungen Opernsängers –, »es bleibt aber doch immer eine *Feigheit*, sich das Leben zu nehmen.«

Die alten Damen im Sofa fuhren mit Entzücken auf: »Ja, Gott, was es doch feige ist, sich das Leben zu nehmen!«

»Tja«, sagte der Bankdirektor Israel, »tja, deshalb müssen wir auch schon in der Schule als abschreckende Beispiele über die feige Lukretia lesen, über den erbärmlichen Schwächling Hannibal und den alten, furchtsamen Tropf Cato – kurz gesagt, über alle, die zu feige waren, dem Leben ins Auge zu blicken, und sich hinterlistig aus dem Staube machten.«

»Ja« – die rote Dame fiel ein –, »ja, um nicht von Judas Ischariot zu reden, der feige hinging und sich erhängte, obschon er sehr gut für seine Silberlinge ein

Stück Acker hätte kaufen und durch ein achtenswertes Leben sein Verbrechen hätte sühnen können…«

Der distinguierte junge Opernsänger hatte nicht gerade solche Auslegungen erwartet, er glitt in ein anderes Zimmer hinüber, eine Arie aus »Bajazzo« summend.

»Na«, sagte der alte Professor, »es ist natürlich wahr, daß es vielleicht keines besonders übermenschlichen Mutes bedarf, sich das Leben zu nehmen. Jedenfalls *kann* man sich Fälle denken, wo es mutiger ist zu leben, obschon die Versuchung naheliegt, zu sterben. Aber so viel sehen wir doch mit unseren Augen, daß der Mut, den es braucht, um ein elendes und sinnloses Leben fortzusetzen, unendlich verbreiteter ist und viel häufiger vorkommt als der Mut, den man benötigt, um zu sterben.«

Der alte Herr hatte die Augen geschlossen, während er sprach, und er gab nicht acht darauf, daß einer nach dem anderen das unbehagliche Thema satt bekam und sich in die anderen Räume verzog.

Zuletzt war das junge Mädchen in Weiß noch allein dort.

»Guter Großvater«, sagte sie, »du hast viele eigenartige Ideen. Es ist nur schade, daß es unter ihnen etliche gibt, die richtig sind und die das Leben der Menschen größer und freier würden machen können, wenn sie sie ernst nähmen. Aber wenn sie Ernst riechen, gehen sie ihrer Wege.«

III
Bei der grünen Lampe

An diesem Abend waren nur wenige von den engsten Bekannten beim Generalkonsul, sowohl die Damen wie die Herren hatten sich in das Zwielicht des Rauchzimmers zurückgezogen und um die grüne Lampe versammelt. Im Kachelofen glühten Reste eines Feuers, denn es war plötzlich wieder kalt geworden. Auf dem runden Mahagonitisch vor dem langen, altmodischen Sofa stand noch der Kaffee und der Curaçao. Man saß da, plauderte in aller Ruhe unter Verwandten und hatte es so richtig gemütlich, und Fräulein Henriette, die Schwester des Generalkonsuls, wollte gerne wissen, ob es wahr sei, daß der alte Hofprediger Marstrand sich von seiner Frau scheiden lasse.

»Liebe Henriette«, sagte die Generalkonsulin, »das möchtest du schon seit fünf Jahren wissen.«

Auch jetzt gab es niemanden, der sicheren Bescheid geben konnte, und das Thema versickerte. Hanna, die Hausjungfer, kam mit den Whiskys der Herren auf einem Tablett herein und stellte es auf die Klappe des Sekretärs. Sie war etwas blaß, die Augen hatten rote Ränder.

»Was ist mit Hanna los«, fragte der Kammerherr von Pestel, einer der siebenundzwanzig Vettern der Generalkonsulin, »sie schaute nicht gerade fröhlich drein?«

»Ja, das arme Mädchen«, meinte der Gastgeber, »es ist ihr ein Malheur widerfahren, und nun muß sie in einiger Zeit wegziehen. Oder zumindest für einige

Monate beurlaubt werden. Wir nehmen sie gern zurück, wenn die Katastrophe vorüber ist; meine Frau hat sie liebgewonnen.«

»Na, das ist wirklich sehr freundlich von euch«, sagte Fräulein Henriette. »Aber was kann man auch heutzutage von einem armen Dienstmädchen erwarten, wenn eine Prinzessin von Mann und Kindern wegläuft.«

»Liebe Henriette« – der Generalkonsul bot seiner Schwester eine Zigarre an –, »ich glaube nicht, daß die Kronprinzessin von Sachsen in dieser Sache irgendeine Schuld trifft, was sie auch sonst immer verbrochen haben mag. Ihr Skandal ist ja kaum älter als ein paar Monate, und Hannas Fehltritt ist notwendigerweise von etwas früherem Datum. Übrigens hat sie schon einmal einen kleinen Jungen gehabt. Aber der ist damals glücklicherweise gestorben.«

»Ach ja« – Fräulein Henriette biß, ohne auf das Zigarrenmesser zu warten, mit ihren wohlerhaltenen Schneidezähnen die Zigarre ab –, »ach ja, es ist recht eigenartig mit den Dienstmädchen. Und am allermerkwürdigsten ist es, daß es oft gerade die richtig netten Mädchen sind. Das ist vollkommen unbegreiflich.«

»Sie müssen gewiß auf andere Weise eingerichtet sein als wir«, fügte sie hinzu. »Ich kann es mir nicht anders vorstellen.«

Der Generalkonsul hustete trocken.

»Die Menschen müssen sich auf jeden Fall amüsieren. Und arme Leute haben kaum andere Vergnügen.«

»Hanna zum Beispiel«, sagte Doktor Markel von seiner Ofenecke her, »hat ja nicht die Gelegenheit, nach dem Kaffee ihren kleinen Likör zu trinken und dazu eine Henry Clay zu rauchen wie du, Henriette.«

»Ja« – Fräulein Henriette blies mit voll bewahrter Sinnesruhe einen Rauchschwall aus –, »ja, das kann wohl wahr sein. Um so unverzeihlicher ist es da, wenn es jemand aus den besser gestellten Schichten betrifft. Und wie eine Prinzessin, die alles hat, was das Leben einem Menschen bieten kann, sich so tief zu erniedrigen vermag, das übersteigt meinen Verstand.«

Kammerherr von Pestel schüttelte bedenklich sein schönes graues Haupt.

»Liebe Henriette, erlaube mir eine kleine Anmerkung als Fachmann. Du sagst, daß eine Prinzessin alles hat, was sie sich wünschen kann. Na, es ist gewiß nicht meine Absicht, mit dem alten Lied vom Kummer, der in den Sälen des Palastes wohnt, zu kommen. Das kann auch wahr sein, ändert aber nichts daran, daß es doch im großen ganzen eine sehr behagliche Lebensstellung ist, Prinz zu sein, und wenn ein Prinz dies verneint, wie dies ja manchmal geschieht und wie ich es das eine oder andere Mal selbst gehört habe, so beruht es zumeist auf seiner Unkenntnis vom Leben der anderen – vom Leben dort unten. Aber mit den weiblichen Mitgliedern von Fürstenhäusern ist es eine ganz andere Sache. Sie haben keinerlei Grund, beneidet zu werden. Es gibt zwei Sorten von Menschen, um die es mir mehr leid tut als um andere: Prinzessinnen und Droschkenkutscher.«

»Aber lieber Karl« – die Gastgeberin zuckte vor Schreck zusammen – »was für ein Vergleich!«

»Ja«, sprach der Kammerherr weiter, »es ist wirklich ein Vergleich. Der Droschkenkutscher fährt Abend für Abend herum mit Menschen in Feststimmung, zu Abendessen und Soupers, Theatern, Restaurants, er sitzt draußen in Regen und Schnee – immer draußen – und friert und starrt auf geschlossene Tore und erhellte Fenster – hört zuweilen einige Walzertakte eines Klaviers oder das Brausen eines Orchesters. Immer draußen. Die Prinzessin, sie ist drinnen und sehnt sich hinaus. Nun, ich meine natürlich nicht alle – unter Fürstinnen gibt es ja, wie unter anderen Frauen, viele verschiedene Sorten; es gibt kleine und unbedeutende Naturen, die ihr Vergnügen finden an Hoffart und Wohltätigkeit und von derartigem befriedigt sind, und es gibt ja auch viele, die in der Religion Trost suchen. Das letztere deutet, wie bekannt, nicht eben auf Glück. Aber am schlimmsten ist es für solche, die etwas über dem Durchschnitt sind, so daß bei ihnen die Dressur nicht recht anschlägt. Diesen gilt mein Mitleid. Sie werden immer unglücklich. Besonders wenn sie etwas stärkere Bedürfnisse für das sogenannte Herz haben. Ja, es gibt natürlich Ausnahmefälle, wo auch das Herz zu seinem Recht kommt – einen solchen haben wir eben in unserem geliebten Königshaus vor Augen –, aber diese Fälle sind selten.«

»Ja«, fiel Markel ein, »das ist auch weniger verwunderlich, wenn man sich daran erinnert, daß die Ehen dort oben in den Höhen in der Regel nach einer Methode geschlossen werden, die in vielem an die der Herrnhuter erinnert. Bei ihnen ordnete man die

Sache, zumindest in den ältesten Gemeinden, indem man einfach das Los zog. Und das hat seine ganz logische Erklärung darin, daß man der Meinung war, die Neigungen des Herzens rührten vom Teufel her, der Ausgang der Lotterie hingegen werde klar von Gott bestimmt.«

»Na, lieber Karl«, sagte der Generalkonsul, »die Kutscher versuchst du in ihrem Elend durch üppige Trinkgelder zu trösten, das habe ich viele Male gesehen; aber was tust du für die Prinzessinnen?«

»Ja, was soll man tun? Ich versuche, sie mit lustigen Geschichten aufzumuntern. Das ist das einzige, was ich tun kann.«

»Na ja«, sagte Fräulein Henriette, »es mag wohl stimmen, daß es nicht immer so lustig ist, Prinzessin zu sein. Aber man kann nun einmal nicht aus seiner Haut heraus. Und wenn eine Dame mit Bildung und Erziehung mit einem Liebhaber von Mann und Kindern wegreist, da muß ich sagen, daß ich kaum eine Strafe weiß, die für sie hart genug ist. So altmodisch bin ich.«

»Liebe Henriette«, wandte Markel aus seiner Ecke heraus ein, »da hättest du zufrieden sein müssen, wenn du im sechzehnten Jahrhundert dabeigewesen wärst, wo man die Ehebrecherin in einen Sack steckte und ertränkte. In einer Stadt in Deutschland, ich weiß nicht mehr welche, forderte die Etikette sogar, daß der Sack schwarz sein müsse und daß man der Frau als Gesellschaft einen Hund, eine Katze, einen Hahn und eine Ringelnatter hineinzustopfen hatte.«

»Armer kleiner Wauwau«, sagte Fräulein Henriette, »und kleine Mieze auch, die nichts Schlechtes getan hatten! Das war schrecklich grausam.«

»Man kann sich nur wundern«, fuhr Markel fort, »wie die Rechtsauffassung eben in diesem Punkt sich als unsicher und schwankend erwiesen hat. Tod durch Ertränken konnte ja auf die Dauer im Gesetz des Alltags nicht angewendet werden, da wäre die Bevölkerung zu stark dezimiert worden. Deshalb kam die Sünderin in der Regel mit einigen Talern Buße davon, die ihr Mann zu bezahlen hatte, und mit einer Strafpredigt in der Kirche, die manchmal recht gemütlich ausfallen konnte, wenn der Geistliche gemütlich war – wir erinnern uns ja an den Pastor in der Kirche Unserer Lieben Frau, der den Text wählte: ›Die Liebe ist stark, nichts ist ihr fremd, sie hebet Männer- und Frauenhemd.‹ Und auf Island, wo das kühle Klima anscheinend das warme Blut nur unbedeutend zu kühlen vermochte, kostete dasselbe Vergehen zur selben Zeit dreihundertachtzig gesalzene Fische als Buße – ich weiß nicht, wieviel das in unserem Geld ist.«

»Ich gebe keinen Pfifferling auf deine gesalzenen Fische«, sagte Fräulein Henriette. »Ich spreche nicht von all den armen Frauen aus dem niederen Volk, die es nicht besser wissen oder verstehen. Die dürfen von mir aus gerne mit gesalzenen Fischen bezahlen, wenn sie welche haben, und außerdem ist es viel besser, wenn sie diese ihren Kindern zum Essen geben. Aber es ist doch etwas anderes mit der Kronprinzessin von Sachsen. Sie ist mit einem schlechten Beispiel vorangegangen, und sie hat ihre Pflichten einem ganzen Volk gegenüber verletzt.«

»Ja, das Volk« – Markel nahm einen großen Schluck aus seinem Whiskyglas –, »das Volk! Zum schlechten Beispiel komme ich später, aber laß mich erst vom Volk sprechen. Das Allerschönste ist, daß, wenn eine Prinzessin gezwungen wird oder wenn man ihr vorflunkert, sich mit einem Herrn zu verheiraten, den sie nicht kennt oder der ihr widerwärtig ist, da bringt man ihr gewöhnlich bei, sie opfere sich für das Wohl eines ganzen Volkes. Und das ist doch auf alle Fälle etwas stark...«

Der Kammerherr bot Markel eine Prise aus seiner Golddose an, die ein Geschenk der Herzoginwitwe von Dalarne war.

»Lieber Freund«, bemerkte er, »wir können uns ja damit begnügen, daß wir sagen, es sei eine gewisse Übertreibung.«

»Aber sie glaubt es natürlich gern, denn es verleiht doch der Zeremonie etwas Erhabenheit und Pathos. Und wenn dann eine Reihe von Jahren vergangen ist und es zu viele Reibungen in der Ehemaschinerie gibt, so daß sie schließlich keinen anderen Ausweg sieht, als die Fürstinnenherrlichkeit dahingestellt zu lassen und zu versuchen, ihr Leben so zu leben, wie es ihr selber paßt – da wird das Volk wiederum vorgeschoben! Da sagt die ganze Reptilienpresse und Tante Henriette wie aus einem Mund, daß sie ihre Pflichten gegenüber dem Volk verletzt habe! Und das Volk sagt: ›Ja so‹, und lebt ruhig weiter wie zuvor, bezahlt seine Steuern und seine

Brotzölle und trottet in den Militärdienst, und der eine bekreuzigt sich über ihrer Sünde, und der andere sagt: ›Arme Frau‹, und der dritte: ›Da tat sie recht‹, und nach einem Jahr ist es vergessen, ohne daß ein einziger der Untertanen des Reichs durch diese verletzte Pflicht Unannehmlichkeiten empfunden hätte. Wohl kommt es zuweilen vor, daß man dort oben seine Pflicht gegenüber dem Volke verrät, aber das geschieht auf andere Weise, und das merkt man – man merkt und fühlt es!«

Markel hatte sich in Hitze geredet, und er fuhr fort: »Nein, wenn das Volk eine Stimme hätte und sprechen könnte, da glaube ich, es würde zur Kronprinzessin sagen: ›Liebe Prinzessin, wenn es dir dort oben im Schloß allzu schwer wird, und wenn du denkst, du könntest es auf andere Weise besser haben, so handle, wie du glaubst, daß es für dich selbst am besten ist. Deine Pflicht gegenüber deinen Nächsten, das wird eine Sache zwischen dir und ihnen sein, und wenn sie es dir allzu schwer gemacht haben, so seid ihr vielleicht quitt. Aber du brauchst nicht an uns zu denken. Es ist nicht immer der Brauch, auf uns Rücksicht zu nehmen, auch wenn es sich um große und wichtige Dinge handelt, die uns wirklich angehen, wieviel weniger da bei einer kleinen Liebesaffäre.‹«

Fräulein Henriette zischte förmlich: »Ja – ›handle, wie es für dich selber am besten ist‹, das ist die neue Moral, und die ist jedenfalls bequem!«

»Liebe Henriette«, sagte der Generalkonsul sanftmütig und beruhigend, »daran ist doch nichts falsch.

Oder meinst du, die Moral müsse wie eine Akrobatennummer im Zirkus sein: je schwerer, um so besser?«

»Und im übrigen«, fügte der Kammerherr hinzu, »ist diese neue Moral weit entfernt davon, bequem zu sein, am allerwenigsten, wenn man sich dazu bekennt. Wie man weiß, fordert es der Brauch, daß man soviel wie nur möglich das Interesse vorzeigt, das man für das Wohl der anderen hegt, und daß man nach Vermögen das in der Regel etwas stärkere Interesse für sich und das seinige verbirgt. Und das bequemste ist immer und überall, dem Brauch zu folgen.«

»Ich komme nun zum schlechten Beispiel«, nahm Markel den Faden wieder auf. »Ja, man kann sich natürlich vorstellen, daß die Geschichte demoralisierend wirken kann. In verschiedener Hinsicht... Die Möglichkeit, daß zum Beispiel irgendeine kleine Bürgersfrau mit dem hohen Vorbild vor Augen mit einem Liebhaber, der sie nicht erhalten kann, davonläuft, gibt es ja immer – obschon sie sicher gescheiter zu Hause bei ihrem Mann geblieben wäre und ihn im geheimen betrogen hätte. Es läßt sich auch denken – und das nun ist fast noch schlimmer –, daß das betrübliche Ende, das die Sache für die Prinzessin genommen hat, eine andere unglückliche Frau abschrecken kann, so daß sie bei einem Schweinehund von Ehemann aushält, obschon sie besser daran getan hätte, auszubrechen. Wie gesagt, es kann ja in verschiedener Hinsicht demoralisierend wirken. Aber man kann nicht alles voraussehen, und es ist weder möglich noch richtig, seine Handlungsweise unter Berücksichtigung aller unrichtigen Schlüsse zu bestimmen, die andere daraus zu ziehen verfallen können.«

Fräulein Henriette zündete sich resigniert eine neue Henry Clay an; aber sie war blaß vor Wut.

»Ich spreche nicht mehr mit dir«, sagte sie. »Nur noch ein einziges Wort. Die Kinder?«

Auch Markel war etwas ärgerlich geworden.

»Ach, die sollen nicht darunter leiden, sagt man«, antwortete er.

Kammerherr von Pestel, der sah, daß ein Unwetter im Anzug war, wollte den Sturm vor seinem Ausbruch einzudämmen suchen.

»Ja«, bemerkte er, »was vielleicht mehr als alles andere dazu beiträgt, das Leben der vornehmen Damen so öde zu machen, ist wohl, daß sie für ihre Kinder weder dasselbe sein dürfen noch können wie andere Mütter. Eine arme Frau aus dem Volk kann sich sagen: ›Wer wird meinen kleinen Jungen liebhaben, wenn ich weggehe? Wer wird ihn am Abend zudecken, damit er nicht friert, wer wird ihn rein und sauber halten, ihn verbinden, wenn er sich draußen mit bösen Buben geschlagen, ihn trösten, wenn er sich erkältet hat?‹ Aber im Schloß geht all dies gleich gut, mit oder ohne Mutter. Die Pflege ist auf jeden Fall dieselbe und nach der neuesten Mode der Kinderärzte. Die Mutter kann man entbehren. Das Kind spürt keine große Veränderung in seinem täglichen Leben, wenn sie verschwindet, und es vergißt sie bald. Und dann die Erziehung... Dort bemerkt sie bald, daß sie selbst fast am wenigsten von allen zu sagen hat. Ihre Kinder gehören nicht ihr, kaum sogar ihrem Mann: sie gehören dem Staat, dem König, dem Oberhaupt des Hauses. Und wenn sie nun eine vollständig konventionelle Natur ist, so daß sie in den Unterrichtsplan hineinpaßt, da kann sie einen gewissen Einfluß bewahren, aber sonst wird sie ganz zur Seite geschoben.«

»Ja, lieber Karl, das ist gut und recht, und wenn es stimmt, was du sagst, so beweist es nur, daß die Kinder sich im schlimmsten Fall ohne die Mutter behelfen können – aber was soll man von einer Mutter sagen, die ebensogut ohne ihre Kinder auskommt?«

»Du weißt ja nicht, ob sie das tut, Henriette. In den Zeitungen steht, daß sie sich nach ihnen sehnt, und ich wüßte nicht, weshalb das nicht stimmen sollte. Aber um einem Leiden zu entgehen, muß man manchmal ein anderes auf sich nehmen. Und ich will meinen, daß man das Recht hat zu wählen – selbst zu beurteilen, welches von beiden man auf irgendeine Weise ertragen kann. Und wenn die Wahl nicht so ausfällt, wie du dir vorstellst, daß du im entsprechenden Fall gehandelt hättest, so kann es ja für sie doch das Richtige sein.«

»Ich kann nicht mehr«, sagte Fräulein Henriette. »Aber ich habe auf jeden Fall recht.«

»Ja, Henriette«, sagte Markel, »ich muß dir wohl zustimmen; wenn du mir dafür etwas Feuer geben willst, denn ich kann keine Streichhölzer finden.«

Fräulein Henriettes Zigarre war ausgegangen.

»Ja so, du hast kein Feuer..., nicht einmal an der Zigarre!«

Mit dem Strom

I

Nein, Gabriel Mortimer war nicht mehr derselbe, seitdem er verheiratet war. Das sagten alle. Einige wenige sagten es mit einer Spur Wehmut im Ton, aber die meisten gaben ihre Zustimmung.

In seiner Jugend hatte er sich durch etliche Überspanntheiten bekanntgemacht. Die bemerkenswerteste darunter und eine von denen, die zu ihrer Zeit von seiten der Angehörigen am meisten Unwillen hervorrief, war sein früh gefaßter und lange hartnäckig verteidigter Beschluß, nichts zu werden. Er studierte viel, aber nie auf irgendein Examen. Er machte Reisen und führte, wenn auch unregelmäßig, Tagebuch über seine seelische Entwicklung, wie es intelligente junge Männer in jener Zeit zuweilen taten. Zum Schrecken aller erklärte er ohne Umschweife, er glaube, einen ausreichenden Stand der Bildung erreicht zu haben, um sich die Zeit zu vertreiben, ohne Zuflucht zu irgendeiner Unterhaltung von der Art, die man gewissenhafte und ordentliche Pflichterfüllung nennt, nehmen zu müssen. War nicht die Welt voll von Justizräten, Zeitungsschreibern und Direktoren? Und wäre es nicht die reine Undankbarkeit gegenüber der Vorsehung, die ihm Renten gegeben hatte, wenn er durch unnötige Konkurrenz den Lebenskampf der übrigen erschwerte? Er begann auf diese Weise für unzuverlässig zu gelten, und ernsthafte Menschen verzogen ihm gegenüber den Mund, für ein Original, das man tolerieren konnte, weil er Renten hatte und hier und dort eine Gesellschaft mit seinen Paradoxien zu erheitern wußte.

Im übrigen war es ihm gleichgültig, ob man sein Benehmen billigte oder nicht. Er aß gut, hatte galante Abenteuer und las die besten Bücher. Er schonte seine Gesundheit nicht, aber er ertrug alles, denn er war eine starke Natur. Nachdem er am Morgen einen zehn Kilometer langen Spaziergang in ein Dorf hinaus gemacht hatte und am Mittag bei der Beerdigung einer alten Tante mit dabei war, konnte er unbekümmert den Abend mit einem wilden Männergelage vertreiben und nach der Heimkehr ein paar Nachtstunden mit dem Studium eines englischen Philosophen vorüberrinnen lassen. Aber wenn spät in der Nacht das Öl in seiner

Lampe zu Ende ging und er die Gardine zur Seite schob, so daß der Mond direkt ins Zimmer schien, geschah es manchmal, daß die Unruhe seines Blutes ihn noch einmal aus dem Haus trieb, wo alle schliefen, hinaus auf die Straßen und Plätze. Und geschah es, daß er sich in einer solch wunderlich mondhellen Nacht in eine der öden, langen Straßen hinaus verirrte, deren gleichsam im nebelhaften Mondlicht verblassende Perspektiven geradewegs in die Unendlichkeit zu führen schienen, da konnte er plötzlich still stehen und sich mit einem von diesem seltsam aschweißen Licht faszinierten Blick fragen, ob dies dieselbe Straße sei, die er so viele Male im vollen Sonnenlicht und in grauer Dämmerung auf und ab gegangen war, und ob diese Reihen schweigender, fremder Häuser, die der Mond gespensterhaft weiß kalkte, wirklich Teil derselben Stadt seien, in der er tagsüber ebenso heimisch war wie in seinen eigenen Zimmern. Hatte der Mondschein ihm vielleicht etwas zu sagen, etwas Wichtiges, was sein Leben betraf und er gleichwohl nicht erfassen konnte? Irgendein Geheimnis, das das Tageslicht nicht kannte und nicht verstand?

Aber wenn er dann am nächsten Tag erwachte und die Morgensonne gelb und stark über die farbklaren Muster des Teppichs floß, lächelte er vor sich hin und ordnete auch die leichten Schauer dieser Nacht unter die Behaglichkeiten des Daseins ein.

Die Frage nach der Bedeutung des Lebens war nämlich im Grunde das einzige, was seinen Tag und seine Nacht erfüllte; aber er war jung und glücklich und verschob deshalb die endgültige Lösung mit gutem Gewissen auf unbestimmte Zeit.

Als Gabriel Mortimer siebenundzwanzig Jahre alt war, nahm jedoch sein Leben durch einen Umstand, den er nicht vorausgesehen hatte, eine neue Richtung. Er verliebte sich nämlich ernsthaft in ein junges Mädchen von dem Charakter und der gesellschaftlichen Stellung, daß eine Heirat der einzige Weg war, der zum Ziel führte. All die spitze Satire, womit er so oft in vertrauten Kreisen – und zwischendurch auch in weniger vertrauten – die ehelichen Institutionen abgehandelt hatte, konnte ihn nicht daran hindern, eines Nachts auf dem Heimweg von einem Ball um sie zu freien und ein Ja zu bekommen. Er mußte also seine Einnahmen erhöhen, indem er sich eine bezahlte Beschäftigung suchte, etwas, das auch sein zukünftiger Schwiegervater, wenn auch nicht zur unerläßlichen Bedingung seiner Zustimmung machte – denn Mortimer war auf jeden Fall eine recht gute Partie –, so doch für den einzig sicheren Grund der Achtung hielt, die er seinem zukünftigen Schwiegersohn gerne entgegenbringen wollte. Im gleichen Sinne beeinflußte ihn auch das junge Mädchen selbst durch ihre etwas paradoxen Versicherungen, daß sie sich wohl gerade deshalb in ihn verliebt habe, weil er nicht wie die andern war, aber daß sie andererseits kaum glaube, ihn richtig lieben zu können, wenn er sich nicht bemühen wolle, zu werden wie die anderen. Was war zu tun? Mortimer bestand in so kurzer Zeit wie möglich ein recht mittelmäßiges

Obergerichtsexamen und arbeitete sich auf einigen Ämtern ein, er heiratete, avancierte und machte sich beliebt bei Vorgesetzten und Kameraden.

Seine Ehe wurde recht glücklich. Frau Mortimer besaß einen gleichzeitig ausgeglichenen und lebhaften Charakter und kam allen ihren ehelichen Pflichten auf zufriedenstellende Weise nach. Gabriel wurde im großen ganzen ein guter Ehemann, und seine Aufgaben als Beamter erfüllte er mit größerem Interesse, als er selber erwartet hatte. Dagegen hörte er fast ganz auf, sich mit Literatur zu beschäftigen, und die Tagebücher über seine seelische Entwicklung blieben von alleine stecken: es dünkte ihn jetzt so schwer, etwas Eintragenswertes zu finden. Am Anfang seiner Ehe las er seiner Frau oft vor, aber als er bemerkte, daß er zu diesem Zwecke Bücher wählen mußte, die ihrem Auffassungsvermögen entsprachen, hörten diese Vergnüglichkeiten langsam auf. Er fand auch nicht häufig die Gelegenheit, sich selbst in jene Bücher zu vertiefen, die ihn hätten interessieren können, denn seine Frau ließ ihn selten allein, dazu liebte sie ihn zu sehr; und wenn sie sich an den Abenden Gesellschaft leisteten, wußte sie ohne Unterlaß über etwas mit ihm zu sprechen. Mortimer kam außerdem schnell darauf, daß es leichter ist, Protokolle zu schreiben als Tagebücher, und daß ein geordnetes Leben, aufgeteilt zwischen Arbeit, Zerstreuung und Erholung, doch unvergleichlich viel bequemer und angenehmer zu führen ist als das Leben in Stimmungen und Ideen, wie es das seinige bisher gewesen war. Von Zeit zu Zeit konnte es gewiß geschehen, daß ihn gleichsam eine Ahnung anflog, daß sein Dasein im Begriff war, etwas ganz anderes zu werden, als wozu er es einstmals bestimmt hatte. Solche Anwandlungen gingen jedoch in der Regel schnell vorüber; denn wenn sein Gedanke einmal eine längere zusammenhängende Ideenkette begann, wurde sie bald unterbrochen von den Zärtlichkeiten und dem liebenswürdigen Geschwätz seiner Frau. Auch entsprach eigentlich seine Ehe nicht in allen Punkten jenen Bedingungen, die er als junger Mensch an erotisches Glück gestellt hatte, aber er tröstete sich damit, daß das Ideal immer unerreichbar ist; und darüber hinaus unterließ er es nie, sich daran zu erinnern, daß die freien Beziehungen, die er vor seiner Ehe gehabt hatte, ebensowenig, nein noch weniger vermocht hatten, ihm ein Gefühl von wahrer Befriedigung zu schenken. Im Vergleich mit vielen anderen hatte er jedoch allen Grund, sich glücklich zu preisen. Seine Frau wurde von vielen als eine Schönheit angesehen.

Im übrigen, wenn er hin und wieder – was doch selten geschah – auf die Idee verfiel, Gewinn und Verlust in seinem Leben zu vergleichen, machte es ihm mit oder gegen seinen Willen ein gewisses Vergnügen, auf dem Gewinnkonto die vollkommene Billigung von seiten seiner Freunde und Angehörigen aufführen zu können, denn er war im Verlauf der Jahre langsam genauso wie die anderen Menschen geworden.

Gleichwohl hatte er manchmal Zeiten, wo er verschlossen und gereizt war und glaubte, sich in allem verrechnet zu haben.

Er ergötzte sich dann daran, das Dasein ein mißglücktes Schauspiel zu nennen, von dem man anfangs eine ergreifende Wirkung erwartet und das sich ganz unbekümmert in eine gewöhnliche bürgerliche Komödie verwandelt. Die unbedeutendste Gelegenheit genügte alsdann, seine Gedanken auf dieses Gleis zu führen. Eines Abends war er mit seiner Frau im Theater. Es war eine Premiere. Man hatte ein neues Stück von jenem unter seinen alten Lieblingsverfassern gegeben, den er früher von allen am höchsten geschätzt hatte; aber nun hatte er nur einen kleinen Teil jenes Genusses, den der Dichter ihm früher verschafft hatte, wiederzuempfinden vermocht. War er gealtert? War er nicht mehr ganz auf dem laufenden? Verstand er die feinen Nuancen im Ausdruck von Gedanken und Gefühl nicht mehr, für die sein Sinn vor noch nicht vielen Jahren so empfänglich gewesen war? In der Nacht lag er lange wach. Alle bedeutungslosen kleinen Geschehnisse des Abends kreisten mit lächerlich geschärften Konturen in seiner Erinnerung. Gleichgültige Gesichter und gleichgültige Äußerungen tauchten auf, verschwanden und kamen in närrischem Starrsinn wieder zurück. Im Theaterkorridor hatte er einen seiner alten Freunde aus seiner Junggesellenzeit getroffen, der darüber klagte, daß man ihn jetzt so selten sehe. Und während eines Zwischenakts war er auf einen alten Schulkameraden gestoßen, der Journalist geworden war. Er hatte sich in der Schulzeit nie durch irgendwelche hervorragenden Geistesgaben ausgezeichnet, und trotzdem stand er nun da und rühmte eben jene Stellen des Stückes, die Mortimer nicht begriffen hatte. Schließlich mußte er daran denken, was seine Frau bei der Heimkehr gesagt hatte, eben in dem Augenblick, als er seinen Stock in die gewohnte Ecke stellte. »Ich bin hungrig wie ein Wolf«, hatte sie gesagt. Wie ein Wolf... Ja, die Wölfe... Das sollen ja ausgesprochen gierige Tiere sein. Und plötzlich kam ihm in den Sinn, welche schmerzliche Enttäuschung diese Bestien ihm einmal in seiner Kindheit bereitet hatten.

Eines Abends um die Weihnachtszeit ging er an seines Vaters Hand durch die Straßen. Ja, um die Weihnachtszeit mußte es gewesen sein; zumindest war Tauwetter, viel Volk auf den Beinen und in den Schaufenstern eine Menge zu sehen. In der Drottninggata blieben sie einen Augenblick vor einem großen gelb und blau gestreiften Plakat stehen, das bekanntgab, daß in dem Haus Miss Soundso ihre dressierten Wölfe vorzeige. Gabriel mußte sie sehen. Er bettelte und bat seinen Vater, bis er seinen Willen hatte, und sie gingen hinein. Die Vorstellung begann. Gabriel saß zitternd vor gespannter Erwartung. Eine dicke Dame in viel zu kurzen Röcken zeigte sich auf einer Estrade, gefolgt von drei Wölfen, von welchen jeder fünfmal durch einen Reifen sprang. Danach machte die dicke Dame eine tiefe Verbeugung und erklärte: »Meine Herrschaften, die Vorstellung ist beendet.«

Und bei der Erinnerung an diese zerstörte Illusion lachte Mortimer so bitter und hart auf, daß Frau Mortimer erschreckt aus dem Schlaf auffuhr und fragte, was ihm fehle.

II

So zerrann die Zeit, und mit jedem Jahr, das vorbeiging, wurde er ein Jahr älter, aber er merkte es kaum.

Und die Kinder kamen: erst eins, dann ein zweites, und dann noch ein weiteres.

Mortimer wurde Familienvater, und ein Familienvater hat an wichtigere Dinge zu denken als an den Sinn des Lebens und seine eigene seelische Entwicklung. Mehr und mehr sah er die Wahrheit und Tiefe jenes Spruches ein, den sein verstorbener Schwiegervater, ein pensionierter Hofrechtsassessor, stets auf den Lippen geführt hatte: »Das Leben besteht aus Kleinigkeiten.« Er erinnerte sich, wie wenn es gestern gewesen wäre, an den Tag, da er bei der Familie seiner Braut zum Nachtessen war, nachdem er vor kurzem mit unerwarteter Schnelligkeit sein Hofrechtsexamen abgelegt hatte. Die Tischgesellschaft bestand nur aus dem Assessor, der Witwer war, seinen beiden Töchtern, Mortimer und einer älteren schwarzgekleideten Dame. Sie tranken einen vorzüglichen alten, goldenen Sherry zur Nachspeise. Man blieb lange bei Tisch sitzen, saugte an ein paar Trauben und sprach über Gott und die Welt, bis der Assessor seine Stimme erhob und das Gespräch mit seinem Lieblingssatz abschloß: »Ja, das Leben besteht aus Kleinigkeiten. Seine Pflicht zu tun im Kleinen und Großen, das ist der Hauptinhalt der Gesetze; wer das tut, kann ruhig leben, braucht sich nicht mit Sorgen zu plagen und kann ruhig ins Grab steigen.«

Und der alte Herr saß da, die Hand auf den Tisch gestützt und die Gabel aufrecht in die Höhe, während er mit einem prophetischen Gesichtsausdruck ins Blaue hinausstarrte. In der Pause, die da entstand, hörte man das Dienstmädchen draußen in der Küche niesen.

III

Gabriel Mortimer wurde krank.

Es begann mit einer Blinddarmentzündung, die im Lauf der Zeit in eine andere Krankheit überging, und später schloß sich eine dritte an.

Sein ganzes Wesen war entzwei. Es war eine gewaltsame Erschütterung, die keine Faser seines Körpers unberührt ließ.

Wochen hindurch hing sein Leben an einem Faden.

Er lag Tage und Nächte bewußtlos. Er wütete. Er wand sich in Fieberträumen. Er irrte durch unbekannte Gegenden, auf endlosen gewundenen Wegen und fand niemals nach Hause. Er verirrte sich in den leeren Treppenaufgängen und Korridoren in Hotels, die verlassen waren, wie ausgestorben. Besonders eine Phantasie verfolgte ihn, hartnäckiger als alle anderen. Frühmorgens hatte er wegen eines wichtigen Anliegens das Haus verlassen, es ging um Leben und Tod. Auf dem Weg wurde er durch eine Menge unbedeutender Kleinigkeiten aufgehalten, die ihm der Zufall über den Weg trieb und die ihn eigentlich nicht interessierten, bei denen es nur unpassend gewesen wäre, sich gleichgültig zu zeigen. Und nun ging es gegen Abend, und es dunkelte immer mehr, und immer noch streifte er straßauf und -ab, und unaufhörlich wurde er durch neue unwichtige Dinge aufgehalten: von Freunden, die ihm eine Menge lustiger Abenteuer in Erinnerung rufen wollten, die sie gemeinsam erlebt hatten und an die er sich nicht erinnern konnte, und von flüchtigen Bekanntschaften, die ihn am Ärmel nahmen, um ihm etwas Wichtiges anzuvertrauen, das für ihn unwichtig war. Und die Dunkelheit breitete sich immer dichter um ihn aus, und er kam niemals zum Ziel, und außerdem hatte er vergessen, wohin er gehen sollte... Das war es, was ihn Mal für Mal vor Angst im Traum aufstöhnen ließ: er hatte vergessen, wohin er gehen sollte, und trotzdem mußte er ans Ziel kommen, denn es ging um Leben und Tod!

Zwischendurch phantasierte er auch von religiösen Dingen. Er glaubte, Priester zu sein, und die Frauen weinten, wenn er predigte, und er hatte in jeder Beziehung ein tadelloses Leben geführt, und alle Menschen achteten ihn hoch. Und das konnte ihm trotzdem nicht helfen, denn er hatte sich am Heiligen Geist versündigt. Er hatte sich um vieles gekümmert, obschon er wußte, daß eines vonnöten war. Aber was dieses eine war, hatte er vergessen, ja vergessen, und das war Sünde wider den Heiligen Geist, daß er das vergessen hatte!

Während dieser Fieberwochen lebte er ganz und gar in seiner eingebildeten Welt. Er erkannte selbst seine nächsten Angehörigen nicht mehr.

Es war eine Krise, in der sein ganzes Wesen geschüttelt wurde wie die Flüssigkeit in einer Medizinflasche: was eben noch an der Oberfläche gelegen hatte, sank nun auf den Grund.

Und der Bodensatz stieg auf.

Aber die Krise ging vorüber, und sein Zustand besserte sich.

Bleich und abgemagert lag er da, spielte mit den Spitzen des weißen Leintuchs und starrte ins Leere. Er verstand wieder, was man zu ihm sagte, und er erkannte seine Frau, seine Kinder und Freunde. Das Wiedersehen schien jedoch keinen besonderen Eindruck auf ihn zu machen. Man nahm an, daß die Mattigkeit ihn daran hinderte, seinen Gefühlen Ausdruck zu geben.

Die Rekonvaleszenz dauerte fast über den ganzen Winter.

Die Kräfte kehrten langsam, langsam wieder zurück. Es dauerte Monate und Monate, bis er aufstehen konnte.

Von den Alpträumen, die ihn in der Fieberzeit Tage und Nächte hindurch aufgeregt hatten, erinnerte er sich an keinen einzigen; und trotzdem war seine Seele noch immer in Erregung von den kaum bewußten Nachwirkungen dieser gehetzten Zeit. Seine Frau fand ihn immer gleichgültig und uninteressiert an ihren gemeinsamen Anliegen, an den Kindern, der ganzen Wirklichkeit, die ihn umgab. Den größten Teil des Tages verbrachte er allein, in einem Lehnstuhl zusammengesunken beim Fenster.

Allein: denn als Kranker nahm er sich ohne weiteres dieses Recht, er, der als Gesunder zu weichherzig gewesen war, es seiner Frau gegenüber zu beanspruchen, das Recht, Einsamkeit und Stille zu fordern.

Er las viel während dieser Zeit, aber vor allem jene Bücher, die einst seine Gedanken bewegt und sein Blut in Wallung gebracht hatten. Eines Tages, als er seine Schubladen durchstöberte, um einen alten Brief zu finden, der ihm in den Sinn gekommen war, fiel sein Blick plötzlich auf ein Bündel dicht beschriebener, vergilbter Hefte. Es waren die Notizen des Tagebuchs, das er in seiner Jugend geführt hatte. Er setzte sich und las sie durch vom Anfang bis zum Schluß. Auf jeder Seite lächelte ihm sein altes Ich entgegen, und er mußte auch selbst lächeln. Zuerst meinte er, diese seine Aufzeichnungen wie das Bild eines Toten betrachten zu können, mit dem er nichts weiteres mehr zu schaffen hatte; aber zu seiner Verwunderung merkte er bald, daß er ihm mit jedem neuen Blatt, das er umwendete, weniger fremd wurde.

In dem stillen See von Einsamkeit und Ruhe, auf dem er nun seine Tage und Nächte verbrachte, war vielleicht sein altes Ich auf dem Weg, langsam wieder aufzutauchen.

Oft saß er da, mit dem Spiegel in der Hand. Er konnte sich das Vergnügen an dem Glauben nicht versagen, die Krankheit habe ihn verjüngt. Alle überflüssigen Fettstellen im Gesicht waren ausgeglichen. Die Haut war wieder so durchscheinend weich geworden, wie er sie aus seiner frühen Jugend in Erinnerung hatte. Die Augen waren klar von der Ruhe und vom Schlaf. Und im Vergleich damit fand er es unwichtig, daß sein Haar beinahe grau geworden war.

Aber im nächsten Augenblick konnte er in Lachen ausbrechen über sein kindisches Unterfangen, sich im Lehnstuhl zurücklehnen und sofort wieder tief in Nachdenken über sein verflossenes Leben versinken. Er suchte nach einem bestimmten Punkt in diesem Vergangenen, das zu einem Mittelpunkt gemacht werden konnte. Er suchte nach etwas, das er »wesentlich« nennen konnte. Seine Jugend war ein Vorsatz gewesen, zu dem sein logischer Sinn einen entsprechenden Schlußsatz als notwendige Ergänzung forderte; aber der Schlußsatz ließ immer noch auf sich warten. Der Sinn seines Lebens schien ihm unterbrochen durch einen endlosen Zwischensatz, dessen Inhalt nichts mit der Sache an sich zu tun hatte. Und als er endlich ermüdet und gleichgültig diese Gedanken abtun wollte mit der alten Phrase, das Leben sei eine Farce, wurde er mitsamt diesem Satz in einen neuen und gefährlichen Wirbel destruktiver Ideen hineingezogen.

Wenn man sagt, das Leben sei eine Farce, so meint man, es sei ohne Ernst. Aber es bedarf einer ernsthafteren Sinneslage, als das Volk sie meist hat, das Leben mit einem so hohen und strengen Maßstab zu messen, daß sein Ernst entfällt und zum Witz wird. Es ist also deshalb der Ernst, der das Leben zur Farce macht; und die Bedingung, das Leben ernst nehmen zu können, ist demnach, daß man selbst ohne Ernst sei!

Und ohne es zu wissen, bildete er aus diesem Denkzirkel ein dialektisches Perpetuum mobile, das ihm keine Ruhe ließ.

So vergingen Tage und Wochen, und wieder einmal wurde es Frühling draußen, während Gabriel Mortimer ausgestreckt auf seinem bequemen Stuhl lag, mit Gedanken spielte und die Wolken betrachtete, die der Aprilwind in leichten Flocken an seinem Fenster vorbeitrieb.

IV

Mortimer hatte seinen Dienst wieder aufgenommen. Sein Leben war ins alte Gleis gekommen. Er las Zeitungen, ging ins Theater, nahm am geselligen Leben teil; auf denselben Glockenschlag wie früher ging er ins Arbeitszimmer und kam er wieder heraus. Aber er war nicht mehr derselbe wie früher. Er machte einen gleichgültigen und zerstreuten Eindruck. Er lächelte bei Gelegenheiten, da man nicht lächeln darf, und wenn seine Kameraden über eine Anekdote loslachten, daß sich ihr ganzer Körper schüttelte, beging er zuweilen die Taktlosigkeit, als einziger ernst zu bleiben. Auch widmete er sich seinen Pflichten nicht mehr mit ganz derselben Korrektheit wie früher. Einmal stellte sich heraus, daß er in einer wichtigen dienstlichen Denkschrift den ganzen Rand mit Karikaturen seiner Frau und seines verstorbenen Schwiegervaters vollgekritzelt hatte. Sein Chef gab ihm schließlich in aller

Freundschaft den Rat, doch außerhalb der ordentlichen Ferien den Sommer über einige Monate Urlaub zu nehmen, um sich auszuruhen; es war deutlich, daß die Krankheit stark auf seine Kräfte und sein Gemüt gewirkt hatte. Mortimer befolgte den Rat und mietete sich den Sommer über bei seinem Vetter ein, Landarzt in einem abgelegenen Dorf. Frau Mortimer und die Kinder blieben bei Verwandten in einer Villa in der Nähe von Stockholm.

V

Es ist gegen Ende August, an einem sonnigen Nachmittag. Die Sonne brennt heiß mit einem dumpf bronzefarbenen Glanz dicht unter einem großen und unbeweglichen Wolkenberg mit kupfernem Rand. Ein breiter, glasklarer Fluß windet sich langsam durch die Landschaft vorwärts, mit Gewalt zwischen zwei steil ansteigende Wände dunkler Höhenzüge gepreßt, dunkel von grünem Wald. Zuäußerst auf einem tief liegenden Vorsprung, dessen Grün in der wunderlichen Sonnenbeleuchtung schwefelgelb schimmert, glitzert die weiße Kirche wie eine brennende Kerze.

Um die Kirche scharen sich alle roten Dächer des Dorfs.

Mortimer liegt auf dem Rücken in einem Boot draußen auf dem Fluß. Im Boot befinden sich ein Feldstecher, ein Band Shakespeare und ein paar Angelruten, die er auszulegen vergessen hat.

Er liegt auf dem Rücken und läßt das Boot treiben. Plötzlich schrickt er auf. Jemand hat seinen Namen gerufen.

Auf einem Stein unten am Ufer steht ein ganz in Rot gekleidetes junges Mädchen. Sie hält wegen der Sonne die Hand über die Augen und ruft seinen Namen.

»Wohin wollen Sie rudern, Herr Mortimer?«

»Ich weiß es nicht. Irgendwohin. Ich glaube, ich will mit dem Strom treiben.«

Sie hat blutrote Lippen und dunkelbraunes Haar.

Ihr Körper ist dünn und schmal; aber der Busen, der unter dem flordünnen Sommerstoff langsam ansteigt, schwillt fast übermütig hoch.

Und trotzdem ist sie ganz jung. Höchstens neunzehn.

Sie beugt sich, soweit sie kann, übers Wasser und fragt leise, mit einem feuchten Blick aus den großen umflorten Augen: »Darf ich mit?«

Mortimer wendet das Boot dem Land zu, aber im selben Moment prasselt es im Laub, die Erlenzweige werden zur Seite gebogen, und Mortimer erblickt eine junge Dame in hellem Mieder und marineblauem Kleid mit großen weißen Kreisen.

»Nein, nicht jetzt«, antwortet er, während er gleichzeitig mit der marineblauen Dame einen Gruß austauscht. »Aber ein andermal. Ein andermal können Sie vielleicht mitkommen, aber da werde ich gegen den Strom rudern.«

»Warum das? Und warum darf ich nicht jetzt mit? Übrigens will ich gar nicht. Auch nicht ein andermal.«

Und lachend schlingt sie ihren rechten Arm um das Mieder der Freundin.

»Warum? Weshalb fragen Sie ›warum‹? Ein Kind kann mehr fragen, als sieben Weise beantworten können. Sie sollten niemals ›warum‹ fragen!«

Die Rotgekleidete lacht erneut, so daß es am Berg auf der gegenüberliegenden Seite des Flusses widerhallt. Im nächsten Augenblick ist sie zwischen den Erlen am Ufer verschwunden, und die Blaugekleidete folgt ihr.

Mortimer nimmt wieder seine frühere Stellung ein. Wenige Minuten später stützt er sich auf den Ellbogen, nimmt das Fernglas und setzt es vor die Augen. Die Rotgekleidete ist auf einem schmalen Fußweg zwischen den Äckern sichtbar. Umschlungen gleiten die beiden jungen Frauen über das Feld. Mortimer vergleicht sie mit zwei Blumen mit seltenen Formen und gefährlichem Duft.

Nun kommt ihnen auf dem Pfad ein junger Mann entgegen; ganz deutlich hat er die Absicht, ihnen zu begegnen: schon von weitem nimmt er seinen Hut ab und grüßt. Er führt mit seinem Spazierstock dieselben stutzerhaften Bewegungen aus, wie wenn er auf einer Straße in der Stadt ginge.

Mortimer legte das Fernglas zur Seite und lächelte vor sich hin, und wieder ließ er das Boot treiben.

Einige Male beugte er sich über die Brüstung. Er traf da im Wasser auf das Bild eines kräftigen und sonnengebräunten Mannes.

Die Stunden vergingen.

Mortimer träumte Wachträume, während die Abendsonne ihm mit brandrotem Schein geradewegs in die Augen starrte, was ihn schließlich zwang, die Augen zu schließen. Da ertrank das rote Licht in einem Meer von glimmendem, giftigem Grün.

Lucie, die Nichte des Pastors...

Die rote Lucie.

Seit einigen Wochen kannte er sie. Wie hatte er all die langen Sommertage durchstehen können, bevor sie seinen Weg kreuzte? Und der Winter, wie war er vergangen, und der Sommer davor, und sein ganzes Leben?

Er faßte es nicht.

Sie war es ja, nach der er sich während all dieser langen, leeren Jahre gesehnt hatte.

Wie war der Frühsommer vergangen? Er erinnerte sich kaum. Tag um Tag war er durch die Wälder gestreift. Wenn er müde wurde, legte er sich zum Schlafen in die Preiselbeerstauden. Die einsamsten Pfade suchte er auf. Er trieb sich in den Mooren herum und bestieg Höhenzüge. Er konnte ganze Tage auf einem von der Sonne braungebrannten Bergplateau verbringen, dem Gemurmel eines Waldbaches lauschend oder dem Glockenklang des nächsten Kirchspiels oder dem Laut zweier Zweige, die vom Wind aneinandergerieben wurden.

Er las selten und dachte kaum. Die Vergangenheit, die Wirklichkeit, in der er gelebt hatte, war versunken; nur selten stieg sie mit unbestimmten Konturen vor ihm auf, so wie mitten im Traum eine dunkle Ahnung vom wachen Leben vor dem Schlafenden aufsteigen kann und ihn mit einem halben Bewußtsein in seinem Träumen stört.

Sein altes Leben war von ihm abgeglitten. Er fühlte sich verjüngt, neu.

Und da kam der Tag, an dem er Lucie traf.

Er traf sie eines Abends im Pfarrhaus. Sie hatte ihr Heim in einer kleinen Stadt im Norden und sollte nun den Spätsommer bei ihrem Onkel, dem Pastor, und dessen Tochter verbringen.

Mortimer sprach nicht viel mit ihr, aber seine Blicke folgten ihr überall hin. Einige Male trafen sich ihre Augen. Als dies zum zweiten Mal geschah, wurde ihre weiße Haut plötzlich so tiefrot, daß die Farbe ihres Kleides zu verbleichen schien. Nachher wich sie seinem Blick aus, aber Mortimer bemerkte, daß sie ihn während des Abends mehrmals verstohlen betrachtete, als sie glaubte, er sehe es nicht.

Am nächsten Tag ging er wieder in den Wald. Aber er konnte keinen Weg finden, den er nicht schon früher oft gegangen war. Im übrigen faßte er es nicht, wie er ein Vergnügen darin hatte finden können, ganze Tage lang im Wald herumzustreifen. Es war ein brennend heißer Tag. Er ging nach Hause, schloß sich in sein Zimmer ein, ließ die Rolläden herab und legte sich hin, um zu schlafen. Er träumte von Lucie, aber auch von einer anderen Frau, der ersten, die er geliebt hatte; sie hieß Helga Wenschen und war die Frau eines anderen. Er träumte, daß sie und Lucie ihn auslachten. Helga stopfte sich ihr Taschentuch in den Mund, wie wenn sie ihr Lachen verbergen wollte, aber Lucie lachte ihm mitten ins Gesicht.

Während der nächsten Tage ging er oft zum Pastor hinüber. Das tat auch der junge Hofrechtsnotar, der Sekretär des Amtsgerichtspräsidenten. Das Pfarrhaus, das Gericht, die Apotheke und das Dorfhaus lagen dichtgedrängt um die Kirche.

Es war eine wunderliche, eine fremdartige Hundstagssonne, die während dieser letzten Wochen über dem Flußtal geleuchtet und geglüht hatte.

Die Luft stand still. Das Laub der Erlen hing bewegungslos. Die Farbe des Himmels stach mit einem beinahe unnatürlichen Blau in die Augen.

Mortimer ging eines Tages das Flußbett entlang. Die Sonne brannte ihm auf den Rücken; schließlich warf er sich halb betäubt im Schatten einiger Erlen ins Gras. Die Insekten surrten ihm um den Kopf und hinderten ihn am Einschlafen.

Nach einer Weile hörte er den Laut langsamer Ruderschläge den Fluß hinauf und Mädchenstimmen, eine dösige und träge Unterhaltung. Mortimer stützte sich auf den Ellbogen und bog lautlos einen Zweig zur Seite, der die Aussicht verdeckte. Er hatte die Stimmen wiedererkannt. Gerda, die Pfarrerstochter, ruderte; achtern lag Lucie ausgestreckt, mit nackten Armen und den Händen unterm Kopf. Sie hatte ihr Mieder abgelegt.

Sie lag ruhig da und lächelte still mit geschlossenen Augen.

»Daß du so halbgekleidet daliegen willst«, sagte Gerda und ließ das Rudern. »Man kann dich doch sehen.«

»Hier gibt es ja nur Bauern«, antwortete Lucie.

»Du bist unverbesserlich, Lucie... Wie wenn nicht auch die Bauern... Und übrigens hättest du vielleicht gar nichts dagegen, wenn Herr Mortimer oder auch der Notar dich zu sehen bekämen!«

Lucie antwortete nichts, lächelte aber wie vorher. Gerda machte ein paar Schläge und ließ die Ruder dann wieder fahren.

»Woran denkst du?« fragte sie.

Lucie schwieg.

»An Gabriel Mortimer«, gab sie schließlich zur Antwort.

Das Boot wurde vom Fluß stromabwärts geführt, und die beiden Mädchenstimmen verschwanden.

Mortimer blieb lange am Ufer liegen und zerstückelte zwischen seinen Fingern Glockenblumen und Margeriten.

Am Abend küßte er sie.

Es waren junge Leute im Pfarrhaus. Als es dunkel wurde, zog man sich aus dem Garten in die Zimmer zurück. Gerda spielte und sang am Klavier. Lucie saß allein draußen auf dem Geländer der Veranda, eine dunkle Silhouette vor dem Abendhimmel.

Mortimer kam zu ihr heraus. »Sehen Sie, wie eigenartig der Stern dort glänzt?« fragte er.

»Ja«, antwortete sie und blickte in den Himmel hinauf. »Es ist der Abendstern.«

Es ging ein Rauschen durch die Bäume.

Mortimer ergriff ihre Hand und liebkoste sie sacht. »Kommen Sie hinaus in den Garten«, flüsterte er. »Ich habe Ihnen etwas zu sagen.«

Sie folgte ihm.

An der Seite des Hauses lag eine Fliederlaube. Er führte sie hinein, zog sie dicht an sich, schlang die Arme um ihren Körper und küßte sie. Vergebens suchte sie sich freizumachen.

Schließlich setzten sie sich auf eine Bank im hintersten Winkel der Laube. Ihr Kopf lehnte an seiner Brust, und sie rührte sich kaum. Aber ihr Busen hob sich ungestüm, wie wenn er zerspringen wollte.

Wieder und wieder küßte er sie.

»Warte morgen auf mich«, flüsterte er. »Im Wald, beim Mühlenbach.«

»Ja«, antwortete sie leise.

Und er küßte sie wieder.

Man hörte Schritte im Sand draußen auf dem Gartenweg. Glatt wie ein Aal wand sie sich aus seiner Umarmung und verschwand in der Dunkelheit.

Am nächsten Tag regnete es in Strömen.

Mortimer ging trotzdem zum Mühlenbach. Den ganzen Vormittag saß er dort unter einer riesigen Tanne, rauchte Zigaretten und lauschte dem eintönigen Piepsen des Regenvogels.

Sie kam nicht, und seitdem war sie ihm ausgewichen.

Bis zu diesem Nachmittag, wo sie mit ihm auf dem Fluß fahren wollte...

Mortimer lag immer noch auf dem Rücken im Boot und starrte in das mehr und mehr verbleichende Blau des Himmels, an dem da und dort schon ein Stern aufleuchtete.

Er dachte an das Glück, das so unerwartet im Begriff war, ihm in den Schoß zu fallen.

Man muß leben, solange man jung ist, und er war noch jung.

Er würde selbst den Schlußsatz dichten, den der Sinn seines Lebens verlangte und wonach er sich so viele Jahre gesehnt hatte. Lange genug hatte er sich wie ein federleichter Span mit dem Strom treiben lassen. Nun wollte er selbst die Führung übernehmen, es war an der Zeit!

Sein Trotz aus alten Zeiten war von neuem aufgeflammt.

Er, Gabriel Mortimer, konnte sich nicht zufriedengeben mit dem billigen Gegenstück des Glücks, mit dem der Vorschneider am Tisch des Lebens geglaubt hatte, sowohl ihn wie die anderen abspeisen zu können. Von nun an würde er sich selber bedienen. Wer hatte ihn in die Ehe getrieben? Der Zufall. Er hatte seine Frau geliebt, das war wahr; aber er hatte auch andere geliebt; warum hatte er sich nicht mit einer von ihnen verheiratet?

Mit dem Strom war er getrieben.

Der Zufall hatte am Steuer gesessen. Nun sollte der Zufall abgesetzt werden, nun gedachte er, selbst zu regieren. Er war doch ein Wesen mit freiem Willen, und er würde davon Gebrauch machen!

Liebte er Lucie?

Möglich. Jedenfalls würde er nicht weiterleben können, ohne sie besessen zu haben.

Lucie war jung, Lucie war die Jugend.

Lucie sollte seine Braut werden. Jede Faser seines Körpers schrie vor Hunger nach ihr.

Seine Stirn brannte die Hand, mit der er immer wieder darüberstrich, von der rechten Schläfe zum linken Auge. Er vergaß Zeit und Raum. Die Sonne war seit langem verschwunden. Die Ufer glitten immer schneller an ihm vorbei, und er merkte es nicht.

Die Nachtnebel begannen aufzusteigen. In schlangengleich geschlungenen Formen glitten sie über das Wasser vorwärts, auf dessen glänzendschwarzer Oberfläche die starke Strömung Schnörkel und Wirbel zeichnete. Sie hoben und senkten sich, eroberten aber stets neue Regionen des Berghangs.

Ein einziges Mal reißt der schwache Abendwind eine Bresche in die Nebelschwaden; da leuchtet der Westhimmel hervor, bleich und grün wie eine gewaschene Leiche.

Mortimer zuckte zusammen, von einem Fieberschauer geschüttelt.

Es war kalt geworden. Und spät war es geworden; es war bestimmt seit langem dunkel.

Mortimer blickte auf seine Uhr. Sie war stehengeblieben.

Wohin war er nur gekommen? Er kannte sich nicht mehr aus. Die Ufer waren ihm unbekannt.

Er war bestimmt mit dem Fluß hinuntergetrieben.

Er erfaßte die Ruder, wendete das Boot und begann aus voller Kraft zu rudern. Die Strömung war stark, und er vermeinte zu spüren, daß das Wasser den Ruderblättern auswich, statt ihnen Widerstand zu leisten. Er hatte das Gefühl, kaum vom Fleck zu kommen. Nach kurzer Zeit war er schweißüberströmt und mußte die Ruder ruhen lassen, aber während er sich erholte, trieb er zurück. Die Ufer schienen an ihm vorbeizutanzen.

Mortimer war schon ganz erschöpft.

»Ich habe mich zu weit hinuntertreiben lassen«, dachte er. »Ich habe nicht die Kraft, zurückzurudern.«

Im nächsten Augenblick erkannte er am Ufer deutlich zwei weiße Birken, deren Stämme sich x-förmig übereinander nach vorn bogen.

Hier hatte er vor einer halben Stunde gewendet! Er sah das Hoffnungslose aller weiteren Anstrengungen ein, machte das Boot an einer der Birken fest und ging an Land.

Wohin war er gekommen?

Es war eine fremde Gegend.

Es gelang ihm, einen Fußpfad zu finden, der vom Ufer aufwärts führte, und er folgte ihm.

Nach einer Weile traf er einen Mann.

Mortimer grüßte und fragte ihn nach dem Weg zum Doktorhaus.

Der Mann antwortete nicht, machte statt dessen einige eigenartige Bewegungen. Im nächsten Augenblick erkannte er ihn: es war der taubstumme Ola. Mortimer legte eine Silbermünze in seine Hand und bedeutete ihm: »Dort unten am Ufer liegt ein Boot; damit sollst du zum Doktorhaus hinaufrudern. Und dann sollst du mir sagen, wie man gehen muß, um zur Landstraße zu gelangen.«

Der Taubstumme nickte zum Zeichen, daß er verstanden hatte; darauf zeigte er eifrig irgendwo in den Nebel hinaus und verschwand in Richtung Ufer. Nach einer Weile hörte man gleichmäßige, kräftige Ruderschläge.

Mortimer stand allein. In welche Richtung sollte er gehen? Unwillkürlich gingen ihm ein paar Zeilen von Shakespeare durch den Kopf:

Es ist zu spät für mich in dieser Welt,
ich finde nicht mehr heim...

Es schüttelte ihn vor Kälte.

Er wählte auf gut Glück eine Richtung in den Nebel hinein. Nach einer Weile stand er unvermutet mitten auf der Landstraße. Ein Bauernhaus nach dem anderen schimmerte ihm aus der weißen Dunkelheit entgegen, und nach wenig mehr als einer Stunde war er zu Hause.

Mortimer nahm die Abkürzung durch den Pfarrgarten.

Als er durch die Gartentür getreten war, blieb er stehen, um den Mond zu betrachten, der eben aufgegangen war. Groß und bleichgrün hing er wie eine chinesische Lampe an einem unsichtbaren Faden zwischen zwei riesigen Linden.

Es war still ums Haus. Atemlos still.

Mortimer ging über den Rasen, um niemanden im Haus durch den knirschenden Laut der Schritte im Sand zu wecken.

Auf der Wassertonne bei der Hausecke saß eine schwarze Katze. Die Augen glitzerten grün wie zwei brennende Smaragde.

Mit einem Mal kam Mortimer auf den Gedanken, hinter das Haus zu gehen, um zu sehen, ob in Lucies Fenster Licht brannte.

Es brannte nicht, sie schlief also.

Das ganze Haus schlief.

Mortimer wandte sich zum Heimgehen um, fuhr aber im selben Augenblick ein paar Schritte zurück, geschlagen, betäubt.

Lucie... Dort war Lucie in ihrem roten Kleid. Aber sie war nicht allein.

Der andere war der Notar. Er hielt sie fest an den Stamm eines Birnbaums gedrückt und küßte sie.

Sie schrie leise auf und machte sich los. Sie hatte ihn gesehen.

Der Notar fluchte in seinem Dialekt. Drei Augenpaare kreuzten sich verwirrt in der Dämmerung.

VI

Mortimer war im Bett, schlief aber nicht.

Er hatte nicht einmal die Rolläden herabgelassen: der Mondschein fiel waagerecht ins Zimmer hinein, breitete ein Stück aschweißen Teppichs über den Fußboden und malte den Schatten des Fensterkreuzes scharf auf die gegenüberliegende Türe.

Mortimer dachte an nichts und träumte auch nicht.

Bedeutungslose Episoden aus der Vergangenheit tauchten mit quälerischer Klarheit in seiner Erinnerung auf. Orte, die er seit seiner Kindheit nicht mehr besucht hatte, schwebten ihm in sinnlos deutlichen Umrissen gaukelnd vor. Er vernahm gleichgültige Stimmen, die längst Verstorbenen angehörten. Er lag da und wunderte sich, warum er bei der und der Gelegenheit ausgerechnet das und das gesagt hatte; hätte er nicht ebensogut dies und jenes sagen können?

Und als ihn diese Phantasien für einen Augenblick verließen, fuhr er hoch: »Wo bin ich?«

Und plötzlich erinnerte er sich an alles.

Da stand er und stellte sich vor den Spiegel. Dort stand er lange.

»Ich sehe aus wie ein alter Pfarrer«, murmelte er schließlich.

Und er legte sich wider hin, schlief aber nicht ein.

VII

Der Zug rollte und ratterte.

Mortimer hatte sich in die Ecke eines Abteils verkrochen, er dämmerte vor sich hin. Schlafen konnte er nicht mehr. Vom offenen Fenster strich ein feuchter Wind um seine Schläfen. Er saß mit halbgeschlossenen Augen da. Ihm war, als ob seine Augenlider zu schlaff wären, als daß beide sich vollständig hätten schließen lassen. Wälder, Sümpfe, Heide trieben undeutlich wie durch ein beschlagenes Glas an seinem Auge vorüber.

Wie lange war er schon gereist, und wohin hatte er seine Fahrkarte gelöst?

Er wußte es nicht sicher.

Seine Erinnerung vermochte nicht mehr, solche Einzelheiten zu bewahren.

Seit drei Tagen hatte er nicht mehr geschlafen. Seine Gedanken hatten während dieser letzten Zeit ein einziges Ziel verfolgt: Wie sollte er diesen endlosen Zwischensatz abschließen, der den Sinn seines Lebens auseinandergerissen hatte?

Wann würde das Wesentliche kommen, das, wofür er lebte?

Was er noch letzthin seine große, rettende Leidenschaft genannt hatte, war ebenso unwesentlich. Bis zur Lächerlichkeit unwesentlich.

Das gehörte mit in die Klammer, war bedeutungsloser Plunder wie alles andere in seinem Leben.

War es vielleicht ein Trieb gewesen, der ihn sein ganzes Leben hindurch geführt hatte?

Man hatte ihn als Kind gelehrt, daß die kleinen Sorgen des Lebens etwas Niedriges und Unwichtiges waren im Vergleich mit etwas anderem, etwas Höherem, was das einzig Wichtige war. Und dieses andere, das Wichtigste – wie dumm: das hatte er vergessen!

Er hatte es vergessen. Er hatte ein miserables Gedächtnis; wie konnte man bloß so etwas vergessen!

Im übrigen war es vielleicht ganz und gar nichts. Die anderen Kinder hatten sichtlich alle verstanden, daß es ein Witz war, woran man sich nicht festklammern sollte; aber er allein hatte ihn in seiner Unschuld ernstgenommen, und nun lachte ihm das ganze Dasein mitten ins Gesicht!

Als er durch das Fenster des Abteils hinausschaute, glaubte er, Berge und Hügel lachten ihn aus. Die Bäume lachten, und die Steine lachten, und ein kleines rotes Häuschen mit drei weißgemalten Fensterkreuzen erstickte fast vor Lachen.

Zuletzt mußte er selber lachen; er lachte laut, aus vollem Hals.

Der eine seiner Mitpassagiere, ein schöner junger Mann mit gewachstem Schnurrbart, stürzte sich sogleich zu seinem Fenster.

»Bitte um Verzeihung, weswegen lachten Sie?« fragte er.

»Ach bloß wegen eines kleinen Hauses... Sehen Sie nicht das Haus dort hinten?«

Aber das Häuschen war schon außer Sichtweite. Der junge Mann war nicht zu seinem Vergnügen gekommen und kehrte zu seinem Platz zurück.

Der andere Passagier schlief.

Mortimer sank in seine Ecke zurück.

Der Zug blieb stehen.

Man war in einer kleinen Stadt angelangt. Er hatte fünfundzwanzig Minuten Aufenthalt. Mortimer stieg aus und ging aufs Geratewohl in die Stadt hinein. In der Nähe der Station stieß er auf eine kleine Konditorei. Er ging hinein und bestellte eine Tasse Kaffee. Der winzige Raum machte einen beruhigenden, gemütlichen Eindruck: über allen Möbeln waren gehäkelte Deckchen ausgebreitet, und an der Wand hingen der Kronprinz und die Kronprinzessin von Dänemark.

Es war ein stiller Abend.

Das Fenster stand offen. Die kleine Straße war ruhig und leer. Von weither drang aus einer Gasse der ersterbende Laut von Schritten, die auf dem Pflaster klapperten.

An einem offenen Fenster im gegenüberliegenden Haus, einem niedrigen gelbgestrichenen Holzhaus mit grünen Fensterläden, schimmert zwischen Fuchsien und Balsaminen ein vierzehnjähriges Mädchengesicht. Sie steht dort am Fenster in ihrem roten Leibchen und ihren kurzen weißen Leinenärmeln und kämmt ihr Haar.

Was glaubt sie... Woran denkt sie, wovon träumt sie?

Ihre Blicke trafen sich. Das junge Mädchen wurde so rot wie Blut, und die Gardine glitt herunter.

Eine Zeitung lag auf dem Tisch. Mortimer nahm sie und ging die Spalten auf und ab. Hochzeit... Verlobung... Reichstagswahl... »In unserer Stadt wurden im Verlaufe des Sommers zahlreiche Verschönerungsarbeiten durchgeführt. Unter anderem sind mehrere Häuser an der Hauptstraße mit Ölfarbe gestrichen worden, weshalb diese Straße nun einen äußerst netten Eindruck macht...«

Mortimer verspürte sofort eine heftige Lust, diese Straße zu sehen. Er bezahlte seinen Kaffee und eilte hinaus.

Er schwenkte nach rechts ab, ohne zu wissen warum. Die Stadt schien ausgestorben. Kein Mensch war zu sehen, den er nach dem Weg fragen konnte.

An einem offenen Fenster im Erdgeschoß eines kleinen verfallenen Hauses saß eine alte Frau und strickte an einem Paar Strümpfen.

Mortimer streckte den Kopf durch das Fenster und schrie der Alten zu – er hatte das Gefühl, ihrem Gesichtsausdruck anzusehen, daß sie schwerhörig war: »Können Sie mir sagen, wie ich gehen muß, um zu der mit Ölfarbe bemalten Straße zu kommen?«

Die Alte zuckte zu Tode erschrocken zusammen und starrte ihn an, ohne ein Wort zu sagen. Sie starrte und starrte.

Wohin sollte er sich wenden? Er ging in derselben Richtung weiter wie vorher. Ein betrunkener Mann kam ihm schwankend entgegen. Einige Schritte von Mortimer entfernt stolperte er und fiel. Mortimer half ihm auf, stellte ihn gegen eine Wand und setzte die Suche nach der mit Ölfarbe bemalten Straße fort.

Plötzlich kam eine schwarze Katze aus einem Tor und strich ihm zärtlich um die Beine. Mortimer wurde nachdenklich, von einer dunklen Erinnerung geplagt, die er vergebens zu finden suchte. Er hatte dieses Tier schon früher einmal gesehen, noch vor kurzem...

Ein heftiges Läuten von der Station her unterbrach seine Grübelei. Er richtete sich auf, wie wenn er aus einem Traum geweckt worden wäre, eilte auf direktem Weg zum Bahnhof und kam glücklich im letzten Augenblick in sein Abteil.

Der Zug rollte und ratterte.

Mortimer war müde, müde.

Es dunkelte mehr und mehr über der Heide. Unbewegliche Wassertümpel hier und dort spiegelten einen öden, zerborstenen Himmel aus verbleichendem Gelb und schwärzlichem Grau.

Mortimer saß da und starrte in die Landschaft hinaus. Er hatte in den letzten Tagen die eigenartige Gewohnheit angenommen, zu sitzen und vor sich hin zu starren, ohne eigentlich etwas zu sehen.

»Bin ich auf dem Heimweg?«

Er konnte sich keine Antwort geben.

Er war so gut wie allein im Abteil. Der junge Mann mit dem gewachsten Schnurrbart war ausgestiegen, der andere schlief noch immer, das Gesicht zur Wand.

»Wie ist das nur, gelobte ich mir nicht neulich, den Zufall abzusetzen?«

Er lachte höhnisch, und die Hände ballten sich krampfhaft.

»Irgendein Bösewicht hat sich ein Vergnügen daraus gemacht, mit mir zu spielen wie mit einem Ball an einer Gummischnur. Bei jedem Wurf prahlt der Ball vor sich selber, er habe sich freigemacht, und in der nächsten Sekunde ist er wieder eingefangen. Aber wenn ich nun vom Zug springen würde und den Kopf dort am Berg zerschmetterte, würde ich da nicht endlich eine freie Handlung ausführen?«

Dann könnte der Böse laufen und nach seinem Ball suchen. Die Schnur ist zerrissen, der Ball ist weg.

Mortimer schwankte zur Abteiltür, tastete am Schloß herum, bekam endlich den Griff in die Hand und öffnete die Tür. Ein kalter Wind schlug ihm entgegen, entriß ihm seinen Hut, der im Dunkel verschwand, und strich kühlend durch sein Haar.

»Laß den Zug die anderen dorthin führen, wohin sie wollen und wohin sie nicht wollen; ich bin es müde geworden, mit dem Strom zu schwimmen...«

Er machte einen Schritt ins Leere, aber er brachte es nicht fertig, den Türgriff loszulassen.

Der Todesschreck ließ ihn erstarren und verbreitete ein blitzähnliches Licht über dem letzten Gedanken, den er noch fassen konnte, ein klarer und kalter Gedanke: »Oder vielleicht ist es bloß so, daß dem Bösen das Spiel verleidet ist und er mit Absicht den Ball wegwirft, mit solcher Kraft, daß die Gummischnur reißt. Ja natürlich, das ist doch klar, daß es so sein muß...«

»Nein, ich will nicht«, röchelte er, »ich will nicht...«

Wie war es gekommen, daß er, Gabriel Mortimer, auf einem Eisenbahnzug in voller Fahrt an einer offenen Wagentür hing?

»Nein, ich will nicht...«

Ein paar Sekunden lang schwebte er, mit einer Hand an der Tür; dann verlor er das Bewußtsein und ließ los.

Und der Zug dampfte weiter über die Heide mit einer offenstehenden Tür.

Einige Arbeiter fanden ihn am nächsten Morgen in der Dämmerung.

Niemand konnte es fassen, wie es zugegangen war.

Mortimers ältestes Kind ist ein Junge, der ihm im Äußeren auffallend ähnlich ist. Er wird trotzdem nach menschlichem Ermessen glücklicher sein als der Vater, denn er ist nicht sehr begabt.

Doktor Glas
Roman

12. Juni

Ich habe niemals einen solchen Sommer erlebt. Hundstagshitze seit Mitte Mai. Den ganzen Tag über lastet ein dichter Staubdunst unbeweglich über Straßen und Plätzen.

Erst am Abend lebt man wieder ein bißchen auf. Ich habe gerade einen Abendspaziergang gemacht, wie ich es jeden Tag nach meinen Krankenbesuchen zu tun pflege, und jetzt im Sommer sind es nicht viele Besuche. Vom Osten her kommt ein kühler, gleichmäßiger Luftstrom, der Dunst steigt empor, segelt langsam fort und wird zu einem langen Schleier von rotem Staub in westlicher Ferne. Man hört keinerlei

Gerassel von Arbeitsgefährten mehr, nur ab und zu eine Droschke und die Trambahn, die klingelt. Ich schlendere gemächlich meines Weges, treffe hin und wieder einen Bekannten und bleibe dann stehen und schwatze eine Weile an der Straßenecke. Aber warum muß ich immer diesen Pastor Gregorius treffen? Ich kann den Mann nicht sehen, ohne an eine Anekdote denken zu müssen, die ich einmal über Schopenhauer gehört habe. Der grimmige Philosoph saß eines Abends in seiner Ecke im Café, wie üblich allein; da öffnet sich die Tür, und eine Person von unsympathischem Aussehen tritt ein. Schopenhauer betrachtet den Mann mit einem vor Abscheu und Entsetzen verzerrten Gesichtsausdruck, springt plötzlich von seinem Platz auf und macht sich daran, seinen Stock auf den Schädel des Mannes trommeln zu lassen. Einzig und allein seines Aussehens wegen.

Naja, ich bin ja schließlich kein Schopenhauer; als ich schon von weitem sah, wie der Pastor mir entgegenkam, das war an der Wasa-Brücke, blieb ich jäh stehen und stellte mich so, als sähe ich mir die Aussicht an, die Arme auf das Brückengeländer aufgestützt. Die grauen Häuser von Helgeandsholmen, die verwitterte gotische Holzarchitektur der alten Badeanstalt, die sich gebrochen in dem fließenden Wasser spiegelte, die großen alten Weiden, die ihre Blätter in den Strom tauchten. Ich hoffte, der Pastor würde mich nicht sehen und auch vom Rücken her nicht erkennen, und ich hatte ihn bereits fast vergessen, als ich ihn plötzlich neben mir stehen sah, mit den Armen auf das

Brückengeländer gestützt, genau wie ich es tat, und seinen Kopf etwas schief haltend – in genau derselben Haltung wie vor zwanzig Jahren in der Jakobskirche, als ich neben meiner Mutter selig in der Familienbank saß und zum ersten Mal in meinem Leben diese gräßliche Physiognomie wie einen scheußlichen Pilz in der Kanzel auftauchen sah und sein »Vater, der du bist im Himmel« leiern hörte. Das gleiche fette, schmutziggraue Gesicht, die gleichen schmutziggelben Koteletten – jetzt vielleicht etwas mehr in Grau – und hinter den Brillengläsern der gleiche unergründlich niederträchtige Blick. Unmöglich, ihm jetzt noch zu entgehen, ich bin ja sein Arzt, genau wie von vielen anderen Patienten, und er kommt manchmal seiner Leiden und Gebrechen wegen in meine Sprechstunde. – Ach, schönen guten Abend, Herr Pastor, wie geht es? – Nicht besonders gut, mit dem Herzen ist es nicht in Ordnung, es schlägt unregelmäßig, nachts hört es manchmal ganz auf zu schlagen, wie es mir vorkommt. – Freut mich zu hören, dachte ich im stillen, du kannst gern sterben, alter Gauner, dann brauche ich dich nicht mehr zu sehen. Übrigens hast du eine junge und hübsche Frau, die du vermutlich bis aufs Blut peinigst, und wenn du stirbst, wird sie sich neu verheiraten und sich einen viel besseren Mann zulegen. Laut aber sagte ich: Soso, ja, vielleicht wollen Sie in den nächsten Tagen einmal in meine Sprechstunde kommen, Herr Pfarrer, damit wir mal untersuchen, was mit Ihnen los ist. Er aber hatte noch viel mehr zu erzählen, wichtige Dinge: Eine geradezu unnatürliche Hitze, und welche Dummheit, dort auf der kleinen Insel ein großes Reichstagsgebäude bauen zu wollen, übrigens ist meine Gattin ebenfalls gesundheitlich nicht ganz auf der Höhe.

Endlich ging er dann, und ich setzte meinen Weg fort. Ich kam in die Altstadt, den Storkyrkobrink hinauf und hinein in die engen Gassen. Eine schwüle Abenddämmerung in den schmalen Schlünden zwischen den Häusern und seltsame Schatten längs den Wänden, Schatten, die man niemals in unsern Stadtvierteln sieht.

– – – Frau Gregorius. Dieser Tage stattete sie mir einen eigentümlichen Besuch ab. Sie kam in meine Sprechstunde: ich bemerkte sehr wohl, wann sie kam und daß sie früh kam, aber sie wartete bis zuletzt und ließ anderen Patienten, die nach ihr gekommen waren, den Vortritt. Endlich kam sie dann in mein Ordinationszimmer. Sie wurde rot und stammelte. Schließlich äußerte sie etwas in der Richtung, daß sie Halsweh habe. Übrigens sei es schon besser. – Ich komme morgen wieder, sagte sie, jetzt habe sie es eilig...

Bisher ist sie noch nicht wiedergekommen.

Ich kam nun aus den Gassen heraus, herunter zur Schiffsbrücke. Der Mond stand über Skeppsholmen, zitronengelb in Blau. Aber meine ganze leichte und ruhige Stimmung war wie weggeflogen, die Begegnung mit dem Pastor hatte sie verdorben. Daß es solche Menschen wie ihn auf der Welt geben muß! Wer denkt da nicht an das alte Problem, das so oft erörtert wird, wenn ein paar arme Schlucker zusammen um einen

Cafétisch sitzen: Wenn du einen chinesischen Mandarin einfach dadurch töten könntest, daß du auf einen Knopf an der Wand drückst, oder auch durch einen reinen Willensakt, und daraufhin seinen Reichtum erben – würdest du das tun? Ich habe diese Frage niemals zu beantworten vermocht, vielleicht deswegen, weil ich die Misere der Armut niemals richtig hart und bitter erlebt habe. Aber ich glaube, wenn ich diesen Pastor durch einen einfachen Druck auf einen Knopf töten könnte, würde ich es tun.

Als ich durch die unnatürliche, bleiche nächtliche Dämmerung nach Hause ging, erschien mir die Hitze wieder ebenso drückend wie in der Mitte des Tages, gleichsam wie mit Angst durchsetzt, die roten Staubwolken, die jenseits der großen Fabrikschornsteine über Kungsholmen lagerten, hatten sich verdunkelt und glichen nun schlafendem Unheil. Ich ging mit langen Schritten unterhalb der Klarakirche in Richtung meiner Wohnung, hielt den Hut in der Hand, denn auf meiner Stirn perlte der Schweiß. Nicht einmal unter den großen Bäumen des Kirchhofs wurde Kühle beschert, aber auf fast jeder Bank saß ein flüsterndes Paar, einige hielten sich eng umschlungen und küßten sich mit trunkenen Augen.

– – – – –

Ich sitze jetzt an meinem offenen Fenster und schreibe dies hier nieder – für wen? Für keinen Freund und für keine Freundin, kaum für mich selbst, denn ich lese heute nicht, was ich gestern geschrieben habe, und werde das hier morgen nicht lesen. Ich schreibe, um meine Hand zu bewegen, mein Gedanke bewegt sich selbsttätig; schreibe, um eine schlaflose Stunde totzuschlagen. Warum kann ich nicht schlafen? Ich habe ja kein Verbrechen begangen.

– – – – –

Was ich auf diesen Blättern niederschreibe, ist keine Beichte; wem sollte ich eine Beichte ablegen? Ich berichte nicht alles von mir. Ich berichte nur das, was mir zu berichten paßt; aber ich sage auch nichts, was nicht wahr ist. Ich kann doch das Elend meiner Seele, wenn sie elend ist, nicht einfach weglügen.

– – – – –

Dort draußen hängt die große blaue Nacht über den Bäumen des Kirchhofs. In der Stadt herrscht jetzt Stille, es ist so still, daß die Seufzer und das Flüstern der Schatten dort drunten bis hier hinauf dringen, und einmal gellt ein freches Gelächter dazwischen. Ich empfinde es, als wäre in dieser Stunde niemand in der Welt einsamer als ich. Ich, der Lizentiat der Medizin Tyko Gabriel Glas, der zeitweilig andern hilft, aber niemals sich selbst hat helfen können, und der mit dreiunddreißig Jahren niemals einer Frau nahe war.

14. Juni

Was für ein Beruf! Wie kam es nur, daß ich von allen Erwerbszweigen gerade den gewählt habe, der am wenigsten zu mir paßte? Ein Arzt muß eins von beiden sein: Menschenfreund oder ehrgeizig. – Es ist allerdings wahr, damals glaubte ich von mir, ich sei beides.

Wieder war heute in meiner Sprechstunde eine kleine Frau, die weinte und bettelte und bat, daß ich ihr helfen möge. Ich kenne sie seit mehreren Jahren. Verheiratet mit einem kleinen Beamten, etwa viertausend Kronen jährliches Einkommen, drei Kinder. Die Kinder kamen in den ersten Jahren Schlag auf Schlag. Dann war sie fünf oder sechs Jahre lang verschont, sie hat wieder etwas Gesundheit und neue Kräfte und Jugend gewonnen, und ihr Heim kam wieder zur Ruhe und in Ordnung, konnte sich nach allen Unglücken wieder erholen. Knappe Verhältnisse natürlich, aber es scheint zu gehen. – Plötzlich ist wieder ein Unglück da.

Sie konnte vor Tränen kaum sprechen.

Ich antwortete ihr natürlich mit dem üblichen Vortrag, den ich auswendig kann und den ich in solchen Fällen immer loszulassen pflege: meine Pflicht als Arzt und die Achtung vor dem Menschenleben, auch dem zartesten.

Ich blieb sehr ernst und unbeugsam. Also mußte sie schließlich gehen, beschämt, verwirrt, hilflos.

Ich notierte den Fall; es war der achtzehnte in meiner Praxis, und ich bin doch kein Frauenarzt.

Den ersten Fall werde ich nie vergessen. Es handelte sich um ein junges Mädchen, zweiundzwanzig Jahre alt oder so; eine großgewachsene, dunkelhaarige, etwas vulgäre junge Schönheit. Man sah sofort, daß sie von der Sorte war, die die Erde zu Luthers Zeiten bevölkert haben muß, sofern Luther recht hatte, als er schrieb: Es ist ebenso unmöglich für ein Weib, ohne Mann zu leben, wie die eigne Nase abzubeißen. Dickes bürgerliches Blut. Ihr Vater war ein wohlhabender Kaufmann; ich war der Hausarzt der Familie, deshalb kam sie zu mir. Sie war aufgeregt und außer sich, aber nicht besonders schüchtern.

– Retten Sie mich, bat sie, retten Sie mich. Ich antwortete ihr mit der Pflicht usw., aber das war offenbar etwas, wofür sie kein Verständnis hatte. Ich erklärte ihr, daß das Gesetz in solchen Fällen keinen Spaß versteht. – Das Gesetz? Sie setzte nur eine fragende Miene auf. – Ich riet ihr, sich ihrer Mutter anzuvertrauen: diese wird dann mit Ihrem Vater sprechen, und das Ende vom Liede wird die Hochzeit sein. – Oh nein, mein Bräutigam besitzt nichts, mein Vater würde mir niemals verzeihen. Sie waren nicht offiziell verlobt, »Bräutigam« sagte sie nur, weil ihr kein anderes Wort einfiel, Liebhaber ist ja ein Ausdruck aus den Romanen, ein Wort, das in der täglichen Rede unanständig klingt. – Retten Sie mich, kennen Sie denn keine Barmherzigkeit! Ich weiß nicht, was ich tun soll, ich gehe ins Wasser, in den Mälarsee!

Ich wurde etwas ungeduldig. Sie verursachte mir auch kein besonderes Mitleid, so was läßt sich ja immer einrenken, wenn nur Geld vorhanden ist. Nur der Stolz muß etwas leiden. Sie schluchzte und schneuzte sich und sprach verwirrt, zum Schluß warf sie sich auf den Boden und strampelte und schrie.

Na, die Geschichte nahm natürlich genau das Ende, wie ich es mir gedacht hatte; ihr Vater, ein Lümmel, gab ihr ein paar Ohrfeigen, verheiratete sie dann im Eiltempo mit dem Mitschuldigen und schickte das Paar auf die Hochzeitsreise.

Solche Fälle wie der dieses jungen Mädchens haben mir niemals Kopfschmerzen bereitet. Aber um die kleine blasse Frau, die heute hier war, tat es mir leid. So viel Kummer und Elend für solch ein bißchen Vergnügen.

Achtung vor dem Menschenleben – was ist das in meinem Munde mehr als eine gemeine Heuchelei, und was kann es für den, der ab und zu eine freie Stunde damit verbracht hat, nachzudenken, anderes sein. Es wimmelt ja von Menschenleben. Und niemand hat sich jemals ernstlich um fremde, unbekannte, ungesehene Menschenleben gekümmert, vielleicht mit Ausnahme einiger allzu augenscheinlich närrischer Philantropen. Man demonstriert das handelnd. Alle Regierungen und Parlamente in der ganzen Welt demonstrieren es.

Und die *Pflicht*, welcher ausgezeichnete Schirm, hinter den man sich verkriechen kann, um nicht das tun zu müssen, was getan werden sollte.

Aber man kann ja auch nicht alles aufs Spiel setzen, seine Stellung, seinen Ruf, seine Zukunft, um fremden und gleichgültigen Menschen zu helfen. Mit ihrer Verschwiegenheit zu rechnen wäre wohl recht kindisch. Eine Freundin kommt in die gleiche Verlegenheit, dann fällt ein Flüsterwort, wo Hilfe zu finden sei, und bald ist man bekannt. Nein, das beste ist, sich an die

Pflicht zu halten, auch wenn sie nur eine gemalte Kulisse ist wie die Potemkinschen Dörfer. Ich fürchte nur, daß ich mein Pflichtformular so oft vorlese, daß ich zum Schluß selbst daran glaube. Potemkin hat nur seine Kaiserin betrogen, um wieviel verächtlicher ist es nicht, sich selbst zu betrügen.

– – – – –

Stellung, Ruf, Zukunft. Als ob ich nicht jeden Tag und jeden Augenblick bereit wäre, diese Bürden an Bord des ersten Schiffes zu befördern, das da kommt und dessen Ladung aus einer Tat besteht.
Eine wirkliche Tat.

15. Juni

Wieder sitze ich am Fenster, die blaue Nacht wacht da draußen, und es wispert und prasselt unter den Bäumen.
Bei meinem Abendspaziergang sah ich heute ein Ehepaar. Sie erkannte ich sofort wieder. Es ist noch nicht so viele Jahre her, da tanzte ich mit ihr auf Bällen, und ich habe nicht vergessen, daß sie mir jedesmal, wenn ich sie sah, eine schlaflose Nacht zum Geschenk machte. Aber davon wußte sie selbst nichts. Damals war sie noch keine Frau. Sie war Jungfrau. Sie war der lebendige Traum: der Traum des Mannes von der Frau.
Jetzt ging sie sicher am Arm ihres Mannes die Straße entlang. Kostbarer gekleidet als früher, aber auch ordi-

närer, bürgerlicher; sie hatte etwas Erloschenes und Abgezehrtes in ihrem Blick, gleichzeitig eine zufriedene Gattinnenmiene, als ob sie ihren Bauch auf einem silbernen Tablett vor sich her trüge.

Nein, ich verstehe das nicht. Warum soll das so sein, warum soll das immer so gehen? Warum soll die Liebe Truggold sein, das am zweiten Tag zu verwelktem Laub wird, oder zu Schmutz, oder zu abgestandenem Bier? Aus der Sehnsucht der Menschen nach Liebe ist ja jene ganze Aktivität der Kultur entsprossen, die nicht direkt bezweckt, den Hunger zu stillen oder sich gegen den Feind zu verteidigen. Unser Schönheitssinn hat keine andere Quelle. Alle Kunst, alle Dichtung, alle Musik hat sich an ihr gelabt. Das dürftigste moderne historische Gemälde ebenso wie die Madonnen eines Raffael und die jungen pariserischen Arbeiterinnen, die Steinlen malte, *Der Todesengel* ebenso wie das Hohe Lied und das Buch der Lieder, der Choral und der Wiener Walzer, ja, jedes Gipsornament an dem schlichten Haus, das ich bewohne, jede Figur auf der Tapete, die Form der Porzellanvase dort und das Muster in meinem Schlips, alles, was schmücken und verschönern will, ob es nun glückt oder mißlingt, stammt aus dieser Quelle, wenn auch zuweilen auf sehr großen Umwegen. Das ist kein nächtlicher Einfall von mir, sondern hundertmal bewiesen.

Aber diese Quelle heißt nicht Liebe, sondern sie heißt: der Traum von der Liebe.

Und andererseits ist alles, was mit der Verwirklichung des Traums, mit der Triebbefriedigung und deren Folgen zusammenhängt, vor unserem tiefsten Instinkt etwas Unschönes und Unanständiges. Das kann nicht bewiesen werden, das ist nur ein Gefühl: *mein* Gefühl, und wie ich glaube, eigentlich das aller Menschen. Die Menschen behandeln ihre gegenseitigen Liebesgeschichten immer als eine niedrige oder komische Angelegenheit, und oft machen sie nicht einmal eine Ausnahme, wenn es die eigne Liebesgeschichte gilt. Und dann die Folgen... Eine schwangere Frau, das ist etwas Schreckliches. Ein neugeborenes Kind ist widerwärtig. Ein Totenbett macht selten einen so entsetzlichen Eindruck wie eine Entbindung, diese fürchterliche Symphonie aus Schreien, Schmutz und Blut.

Erstens und letztens aber der Akt selbst. Ich werde niemals vergessen, wie ich als Kind zum ersten Mal einen meiner Klassenkameraden unter einem der großen Kastanienbäume auf dem Schulhof erklären hörte, »wie die Sache gemacht wird«. Ich wollte das nicht glauben, es mußten erst mehrere Knaben noch dazukommen und es bestätigen und meine Dummheit auslachen, und dennoch glaubte ich es nur halb und lief wütend weg. Hatten also Vater und Mutter es in dieser Weise getrieben? Und sollte ich selbst es tun, wenn ich groß geworden war, und konnte es mir nicht erspart bleiben?

Ich hatte die schlimmen Buben, die unanständige Worte an Wände und Zäune zu schmieren pflegten, stets heftig verachtet. Aber in dieser Stunde war mir zumute, als hätte Gott der Herr selbst etwas Unanständiges an den blauen Frühjahrshimmel geschrieben, und ich glaube eigentlich, daß ich erst in diesem Augenblick die Frage zu stellen begann, ob es überhaupt einen Gott gab.

Noch heute habe ich mich von meinem Erstaunen nicht richtig erholt. Warum muß das Leben unseres Menschengeschlechtes erhalten und unsere Sehnsucht gestillt werden ausgerechnet durch ein Organ, das wir mehrmals täglich als Abflußrohr für Unrat benutzen; warum konnte das nicht durch einen Akt geschehen, der voller Würde und Schönheit war und höchste Wollust damit vereinte? Ein Akt, der sich in der Kirche vollziehen könnte, vor aller Augen ebenso wie im Dunkeln und in Einsamkeit? Oder in einem Rosentempel mitten in der Sonne, unter Chorgesang und Tanz des Hochzeitsgefolges?

– – – – –

Ich weiß nicht, wie lange ich immer wieder hin und her durch alle Zimmer gelaufen bin.

Draußen wird es jetzt hell, der Wetterhahn glänzt nach Osten zu, die Spatzen pfeifen hungrig und schrill.

Seltsam, daß vor dem Sonnenaufgang immer ein Schauer die Luft bewegt.

18. Juni

Heute war es etwas kühler, und zum ersten Mal seit über einem Monat unternahm ich einen Spazierritt.

Was für ein Morgen! Ich hatte mich am Abend vorher zeitig hingelegt und die ganze Nacht durchgeschlafen. Ich schlafe niemals traumlos, aber die Träume dieser Nacht waren blau und luftig. Ich ritt nach dem Haga-Park hinaus rund um den Echotempel und an den Kupferzelten vorbei. Tau und Spinngewebe auf allen Sträuchern und allem Gestrüpp und ein großes Sausen in den Bäumen. Dewa war bei keckster Laune, der Boden tanzte unter uns vorbei, jung und frisch wie am Sonntagmorgen der Schöpfung. Ich kam zu einem kleinen Wirtshaus; ich kannte es schon, denn ich war bei meinen Morgenritten im Frühling oft dort gewesen. Ich saß ab und leerte eine Flasche Bier in einem einzige Zuge, danach faßte ich das braunäugige Mädel um die Taille und drehte mit ihr eine Runde, küßte sie auf ihr Haar und ritt meines Weges.

Genau wie es im Liede heißt.

19. Juni

So, Frau Gregorius. Das war's also. Etwas ungewöhnlich, das ist wahr.

Diesmal kam sie spät, die Sprechstunde war vorbei, und sie saß allein noch im Wartezimmer.

Sie trat zu mir ein, sehr blaß, grüßte und blieb mitten im Zimmer stehen. Ich wies ihr mit einer Geste einen Stuhl an, aber sie blieb stehen.

– Ich habe die Unwahrheit gesagt, als ich das vorige Mal hier war. Ich bin nicht krank: ich bin völlig gesund. Ich wollte mit Ihnen, Herr Doktor, über etwas ganz anderes sprechen, ich konnte mich nur nicht dazu entschließen.

Ein Brauereikarren unten auf der Straße holperte vorbei, ich schloß das Fenster, und in der plötzlichen Stille hörte ich sie leise und fest, doch mit einem leichten Zittern in den Worten, als sei sie dem Weinen nahe, sagen:

– Ich habe eine so entsetzliche Abneigung gegen meinen Mann bekommen.

Ich stand mit dem Rücken zum Kachelofen. Ich nickte mit dem Kopf zum Zeichen, daß ich ihr zuhörte.

– Nicht als Mensch, fuhr sie fort. Er ist immer gut und freundlich zu mir: niemals hat er ein hartes Wort zu mir gesprochen. Aber er verursacht mir eine so entsetzliche Abneigung.

Sie holte tief Atem.

– Ich weiß nicht, wie ich mich ausdrücken soll, sagte sie. Was ich von Ihnen zu verlangen gedenke, Herr Doktor, ist etwas so Eigentümliches. Und es widerspricht vielleicht durchaus dem, was Sie für richtig halten. Ich weiß ja nicht, wie Sie über solche Dinge denken, Herr Doktor. Aber Sie haben so etwas Vertrauenerweckendes, und ich kenne niemand anders, dem ich mich anvertrauen könnte, niemand anders in der ganzen Welt, der mir helfen könnte.

Könnten Sie nicht mit meinem Mann sprechen, Herr Doktor? Könnten Sie ihm nicht sagen, daß ich an einer Krankheit leide, an einem Unterleibsleiden, und daß er auf seine ehelichen Rechte verzichten muß, wenigstens eine Zeitlang?

Rechte. Ich fuhr mit der Hand über die Stirn. Ich sehe rot, wenn ich das Wort in dieser Bedeutung nennen höre. Gott im Himmel, was ist bloß in den Gehirnen der Menschen vorgegangen, als sie daraus Rechte und Pflichten machten!

Ich war mir sofort im klaren darüber, daß ich hier helfen mußte, wenn ich es vermochte. Mir fiel aber nicht sofort etwas zu sagen ein, ich wollte mehr von ihr hören. Es ist auch möglich, daß mein Mitgefühl mit ihr mit einer Portion recht gewöhnlicher und einfacher Neugier vermischt war.

– Entschuldigen Sie, Frau Gregorius, fragte ich, wie lange sind Sie verheiratet?

– Sechs Jahre.

– Und haben Sie, was Sie die Rechte Ihres Gatten nennen, immer als so unangenehm empfunden wie jetzt?

Sie errötete leicht.

– Es war immer schwierig, antwortete sie. Aber in der letzten Zeit ist es mir unerträglich geworden. Ich kann nicht mehr, ich weiß nicht, was aus mir werden soll, wenn das so weitergehen soll.

– Aber, unterbrach ich sie, der Herr Pastor ist ja kein junger Mann mehr. Ich bin erstaunt, daß er in seinem Alter Ihnen soviel ... Ärger bereiten kann. Wie alt ist er eigentlich?

– Sechsundfünfzig Jahre, glaube ich – vielleicht ist er schon siebenundfünfzig. Aber er sieht ja älter aus.

– Aber sagen Sie mal, Frau Gregorius – haben Sie niemals selbst mit ihm darüber gesprochen, haben ihm gesagt, wie sehr Sie davon geplagt sind, und ihn freundlich und hübsch gebeten, Sie zu schonen?

– Ja, einmal habe ich ihn darum gebeten. Er aber antwortete mir mit einer Ermahnung. Er sagte, wir könnten nicht wissen, ob Gott nicht die Absicht habe, uns ein Kind zu schenken, obgleich wir bisher keins haben, und deshalb würde es eine große Sünde sein, würden wir damit aufhören, was man nach Gottes Willen tun soll, um Kinder zu bekommen... Und vielleicht hat er recht. Für mich ist es aber so schwer.

Ich konnte ein Lächeln nicht unterdrücken. Was für ein raffinierter alter Gauner!

Sie sah mein Lächeln, und ich glaube, daß sie es mißverstand. Einen Augenblick stand sie stumm, als dächte sie nach; dann begann sie wieder zu sprechen, leise und zitternd, während eine Röte immer höher und dunkler über ihre Haut kroch.

– Nein, Sie müssen alles erfahren, sagte sie. Sie haben es vielleicht bereits erraten, Sie durchschauen mich ja völlig. Ich verlange von Ihnen ja, daß Sie um meinetwillen mogeln sollen, deshalb muß ich doch wenigstens Ihnen gegenüber aufrichtig sein. Sie dürfen mich verurteilen, wie Sie wollen. Ich bin eine untreue Ehefrau. Ich gehöre einem anderen Mann an. Und deshalb ist alles so furchtbar schwierig für mich geworden.

Sie wich meinem Blick aus, während sie das sagte. Ich aber sah sie eigentlich erst in diesem Augenblick. Erst jetzt sah ich, daß eine Frau in meinem Sprechzimmer stand, eine Frau, deren Herz überquoll vor

Lust und vor Schmerz, eine junge Blume von Weib, umgeben von einem Duft von Liebe und erfüllt von Schamröte, weil dieser Duft so mächtig und stark war.

Ich fühlte, wie ich blaß wurde.

Endlich sah sie auf und begegnete meinem Blick. Ich weiß nicht, was sie in ihm zu lesen glaubte, aber sie konnte nun nicht mehr länger an sich halten, sie sank auf einen Stuhl, von Weinen geschüttelt. Vielleicht glaubte sie, ich betrachtete die ganze Angelegenheit unter einem frivolen Aspekt, vielleicht hielt sie mich auch für gleichgültig und hart, und daß sie nutzlos einem fremden Mann ihr Herz ausgeschüttet hatte.

Ich trat auf sie zu, nahm ihre Hand und streichelte sie leicht: Nun, nun, nicht weinen, nicht mehr weinen. Ich will Ihnen helfen. Ich verspreche es Ihnen.

– Danke, danke...

Sie küßte meine Hand, sie netzte sie mit ihren Tränen. Sie schluchzte nochmals heftig, dann leuchtete ein Lächeln durch ihre Tränen.

Ich mußte ebenfalls lächeln.

– Aber es war eine Dummheit von Ihnen, was Sie mir da zuletzt eröffnet haben, sagte ich. Nicht, weil Sie befürchten müßten, daß ich Ihr Vertrauen mißbrauchen würde; aber so etwas soll man geheimhalten. Immer und ohne Ausnahme und so lange man es kann. Und ich hätte Ihnen natürlich auch so geholfen.

Sie antwortete:

– Ich *wollte* es sagen. Ich wollte, daß jemand, den ich hochachte und den ich verehre, es weiß und mich dennoch nicht verachtet.

Dann kam eine lange Geschichte: Vor ungefähr einem Jahr hatte sie ein Gespräch zwischen mir und ihrem Mann, dem Pastor, gehört – er war unpäßlich, und ich war zu einem Krankenbesuch dort. Wir waren auf die Prostitution zu sprechen gekommen. Sie erinnerte sich an alles, was ich gesagt hatte, und ich wiederholte es mir – es waren ein paar sehr einfache und gewöhnliche Äußerungen, diese armen Mädchen sind auch Menschen und sollten als solche behandelt werden usw. Aber sie hatte noch niemals vorher jemand so sprechen hören. Seitdem hatte sie mich bewundert, und aus diesem Grunde fand sie sich ermutigt, sich mir anzuvertrauen.

All das hatte ich total vergessen... Es ist nichts so fein gesponnen, alles kommt ans Licht der Sonnen.

Ich versprach ihr also, mit ihrem Mann noch am selben Tage zu sprechen, und sie ging. Aber sie vergaß ihre Handschuhe und ihren Sonnenschirm, und sie kam noch einmal wieder, um sie zu holen, und verschwand dann. Sie zeigte eine strahlende Miene und war froh und ausgelassen wie ein Kind, das seinen Willen durchgesetzt hat und sich auf etwas freut.

– – – – –

Am Nachmittag ging ich hin. Sie hatte ihn auf meinen Besuch vorbereitet; so hatten wir es verabredet. Ich hatte unter vier Augen eine Unterredung mit ihm. Er sah noch grauer aus als gewöhnlich.

– Ja, sagte er, meine Frau hat mir ja schon gesagt, wie die Dinge liegen. Ich kann gar nicht ausdrücken,

wie leid es mir um sie tut. Wir hatten so innig gehofft
und uns ein kleines Kindchen gewünscht. Aber getrennte Schlafzimmer will ich nicht zulassen, dazu
muß ich ganz bestimmt nein sagen. Das ist ja in unsern Kreisen nicht üblich und würde nur Veranlassung
zu Klatschereien geben. Und im übrigen bin ich ja ein
alter Mann.

Er hustete dumpf.

– Ja, sagte ich, ich zweifle natürlich nicht daran, daß
Ihnen die Gesundheit Ihrer Gattin über alles geht,
Herr Pastor. Und im übrigen können wir ja durchaus
hoffen, sie wieder ganz gesund zu bekommen.

– Das erflehe ich von Gott, antwortete er. Aber um
wie lange Zeit kann es sich Ihrer Meinung nach handeln, Herr Doktor?

– Schwer zu sagen. Aber ein halbes Jahr absolute
Enthaltsamkeit wird sicher notwendig sein. Dann können wir ja sehen...

Er hat schmutzbraune Flecken im Gesicht; die wurden jetzt noch dunkler unter der farblosen Haut, und
seine Augen schrumpften gleichsam ein.

– – – – –

Er war schon einmal verheiratet; recht schade, daß
sie starb, die erste Frau! In seinem Arbeitszimmer
hängt ein Bild von ihr, gemalt in schwarzer Kreide,
ein simpler und knochiger und »fromm-sinnlicher«
Dienstmädchentyp, nicht allzu unähnlich der guten
Katharina von Bora. Sie paßte sicherlich gut zu ihm.
Schade, daß sie gestorben ist!

21. Juni

Wer ist der Glückliche? Das habe ich mich nun seit vorgestern gefragt.

Merkwürdig, daß ich es so rasch erfahren sollte, und daß es ausgerechnet ein junger Mann ist, den ich kenne, wenn auch flüchtig. Nämlich Klas Recke.

Ja, das ist wirklich ein ganz anderer Kerl als dieser Pastor Gregorius.

Ich habe sie vorhin getroffen, als ich abends spazierenging. Ich trabte ziellos durch die Straßen in der warmen Rosendämmerung, ich ging und dachte an sie, die kleine Frau. Ich denke oft an sie. Ich gelangte in eine leere, abseits gelegene Straße – und dort sah ich sie beide plötzlich auf mich zukommen. Sie kamen aus einem Haustor. Ich zog rasch mein Taschentuch hervor und schneuzte mich, um mein Gesicht zu verbergen. Übrigens war das unnötig; er erkennt mich offenbar nicht wieder, und sie sah mich nicht, denn sie war blind vor Glück.

22. Juni

Ich sitze hier und lese das Blatt, das ich gestern abend niedergeschrieben habe, lese es immer wieder durch und sage zu mir selbst: so so, alter Freund, du bist also zum Kuppler geworden?

Unsinn. Ich habe sie von etwas Schrecklichem befreit. Ich empfand es als etwas, was getan werden *mußte*.

Was sie selbst mit sich tut, das ist ihre Sache.

23. Juni

Johannisnacht. Lichte, blaue Nacht. Ich behalte dich ja seit meiner Kindheit und Jugend als die leichteste, ausgelassenste, luftigste aller Nächte des Jahres im Gedächtnis, weshalb bist du jetzt so schwül und angsterregend?

Ich sitze am Feuer und denke über mein Leben nach, forsche nach der Ursache, warum es in einer so ganz andern Spur verläuft als das aller andern Menschen, so weit weg vom allgemein gültigen Weg.

Laß mich einmal nachdenken.

Vorhin, als ich über den Kirchhof nach Hause ging, beobachtete ich eine jener Szenen, von denen die moralisch Entrüsteten in ihren Zuschriften an die Presse zu sagen pflegen, daß sie aller Beschreibung spotten. Es ist unverkennbar, daß ein Trieb, der diese armen Menschen dazu bringen kann, auf einem Kirchhof allgemeines Ärgernis zu erregen, unerhört mächtig und stark sein muß. Er treibt leichtsinnige Männer zu allerhand Tollheiten, und ehrenwerte und vernünftige Männer veranlaßt er dazu, sich in anderer Hinsicht große Entbehrungen und Beschwerden aufzuerlegen. Die Frauen treibt er dazu, das Schamgefühl zu überwinden, das alle Mädchenerziehung seit vielen Generationen zu wecken und zu untermauern sich hat angelegen sein lassen, und außerordentliche körperliche Leiden auszuhalten, oft sogar sich mit einem Kopfsprung in das tiefste Elend zu stürzen. Nur mich hat er noch nicht zu etwas getrieben. Wie ist das möglich?

Meine Sinne erwachten erst spät, zu einem Zeitpunkt, da mein Wille schon der eines Mannes war. Als Kind war ich sehr ehrgeizig. Ich gewöhnte mich früh an Selbstbeherrschung und daran, einen Unterschied zwischen dem zu machen, was mein innerster und beständiger Wille war, und dem Willen des Augenblicks, der Lust des Augenblicks; ich gewöhnte mich daran, auf die eine Stimme zu hören und die andere geringzuschätzen. Später habe ich gemerkt, daß dies recht selten bei den Menschen ist, vielleicht seltener als Talent und Genie, und darum kommt es mir manchmal so vor, als hätte etwas Ungewöhnliches und Bedeutendes aus mir werden müssen. Ich war ja auch ein großes Licht in der Schule; immer der Jüngste in der Klasse, mit fünfzehn Jahren Abiturient und mit dreiundzwanzig Lizentiat der Medizin. Hier aber blieb ich stehen. Keine weiteren Spezialstudien mehr, keine Doktordisputation. Die Leute waren zwar bereit, mir Geld zu leihen, fast in unbegrenzter Höhe; ich aber war müde. Ich empfand keine Neigung, mich noch weiter zu spezialisieren, und ich wollte mein Brot verdienen. Der Ehrgeiz des Schuljünglings, gute Zensuren zu erringen, war gestillt und schwand dahin, und seltsamerweise trat an seine Stelle niemals der Ehrgeiz eines Mannes. Ich glaube, es beruhte darauf, daß ich zu diesem Zeitpunkt anfing zu denken. Vorher hatte ich keine Zeit dazu gehabt.

Aber während dieser ganzen Zeit lag mein Triebleben in eine Art von Halbschlummer versenkt, lebendig genug, um unbestimmte Träume und Begierden zu erwecken, wie bei einem jungen Mädchen, aber nicht mächtig und gebieterisch wie bei andern jungen Männern. Und wenn ich auch ab und zu eine Nacht mit heißen Phantasien durchwachte, erschien es mir doch gänzlich undenkbar, daß ich bei den Frauen, die meine Kameraden besuchten, Befriedigung finden könnte, Frauen, die sie mir manchmal auf der Straße gezeigt hatten und die mir abstoßend erschienen. Hierzu kam wohl auch, daß meine Phantasie stets hatte auf eigene Hand wachsen und sich fast ohne jeden Kontakt mit der meiner Kameraden hatte entwickeln müssen. Ich war immer so viel jünger als diese, ich verstand anfänglich nichts, wenn sie von solchen Dingen redeten, und da ich nichts verstand, gewöhnte ich mich daran, nicht zuzuhören. So blieb ich »rein«. Nicht einmal mit den Sünden der Knabenjahre machte ich jemals Bekanntschaft, wußte kaum, was das war. Ich hatte keinen religiösen Glauben, der mich zurückhielt, aber ich erfand Träume von der Liebe, oh, sehr schöne Träume, und ich war dessen sicher, daß sie sich einmal verwirklichen würden. Ich wollte mein Erstgeburtsrecht nicht für ein Linsengericht verkaufen, wollte meine weiße Abiturientenmütze nicht beschmutzen.

Meine Träume von der Liebe – einmal erschien es mir, als wären sie nahe daran, ganz nahe, Wirklichkeit zu werden. Johannisnacht, seltsame bleiche Nacht, immer wieder weckst du diese Erinnerung, die eigentlich die einzige meines Lebens ist, das einzige, was besteht, wenn alles andere versinkt und zu Staub und Nichts wird. Ich verbrachte das Johannisfest draußen auf dem Lande bei meinem Onkel. Dort gab es Jugend und Tanz und Spiele. Unter der jugendlichen Schar befand sich ein junges Mädchen, das ich einige Male vorher bei Familieneinladungen getroffen hatte. Ich hatte bislang nicht viel an sie gedacht, aber als ich sie nun dort wiedersah, fiel mir plötzlich ein, was einer meiner Kameraden einmal auf einer Einladung über sie gesagt hatte: Das Mädel dort scheint sich sehr für dich zu interessieren, sie hat den ganzen Abend hier gesessen und dich angestarrt. Daran erinnerte ich mich jetzt, und obgleich ich nicht ohne weiteres daran glaubte, trug es doch dazu bei, daß ich sie intensiver beobachtete, als ich es wohl sonst getan hätte, und ich merkte auch, daß sie mir manchmal einen Blick sandte. Sie war vielleicht nicht hübscher als viele andere, aber sie stand in der vollen Blüte ihrer zwanzig Jahre, und eine dünne weiße Bluse bedeckte ihre jungen Brüste. Wir tanzten einige Male um den Maibaum. Gegen Mitternacht gingen wir alle zusammen auf einen Berg, um uns die Aussicht anzusehen und ein Johannisfeuer zu entzünden, und wir wollten bis zum Sonnenaufgang dort bleiben. Der Weg führte durch einen Wald mit hohen, geraden Kiefern; wir gingen paarweise, und ich ging in ihrer Gesellschaft. Als sie im Dunkel des Waldes über eine Baumwurzel stolperte, reichte ich ihr meine Hand, freudigste Erregung durchrieselte mich, als ich ihre kleine weiche, feste, warme Hand in der meinen fühlte, und ich behielt ihre Hand dann auch, als der Weg wieder frei von Hindernissen und leicht war. Worüber sprachen wir? Ich weiß es nicht, kein einziges Wort ist in meinem Gedächtnis verblieben, ich erinnere mich lediglich daran, daß ein heimlicher Strom von stiller und entschlossener Hingabe ihre Stimme und alle ihre Worte erfüllte, so als sei das Ereignis, daß sie hier Hand in Hand mit mir durch den Wald ging, etwas, wovon sie lange geträumt und worauf sie lange gehofft hatte. Wir kamen auf den Berg hinauf, andere junge Leute waren bereits vor uns angekommen und hatten schon das Feuer entzündet, und wir lagerten uns gruppen- und paarweise. Von andern Anhöhen und Bergen flammten ebenfalls Feuer. Über uns hing groß und licht und blau der Weltenraum, zu unsern Füßen lagen eisblank und tief die Bucht und der Sund und der weite Fjord. Ich hielt immer noch ihre Hand in der meinen, ich glaube auch, daß ich es wagte, sie sanft zu streicheln. Ich betrachtete sie verstohlen und sah, daß ihre Haut im bleichen Glanz der Nacht glühte und daß Tränen in ihren Augen standen, aber sie weinte nicht, sie atmete gleichmäßig und ruhig. Wir saßen schweigend, aber in mir sang es, ein Gesang, ein altes Lied, das mir einfiel, ich weiß nicht, woher:

Es flammt ein Brand, er brennt so klar,
er blinkt wie tausend Lanzen –
soll ich durchs Feuer gehn
und mit meiner Liebsten tanzen?

So saßen wir lange. Dieser und jener erhob sich und ging nach Hause, und ich hörte jemand sagen: im Osten sind große Wolken, wir werden vom Sonnenaufgang nichts zu sehen bekommen. Die Schar auf dem Berge wurde kleiner, wir aber blieben sitzen, schließlich waren wir allein. Ich sah sie lange an, und sie begegnete meinem Blick mit Festigkeit. Da nahm ich ihren Kopf zwischen meine Hände und küßte sie, es war ein flüchtiger und unschuldiger Kuß. In diesem Augenblick wurde sie von jemand gerufen, sie fuhr zusammen, machte sich los und lief davon, lief auf leichten Sohlen talwärts durch den Wald.

Als ich sie eingeholt hatte, befand sie sich schon in Gesellschaft der andern, ich konnte nur schweigend ihre Hand drücken, und sie erwiderte den Handdruck. Dort unten auf der Wiese wurde noch immer um den Maibaum getanzt, Mägde und Knechte und die Jugend der Herrschaft bunt durcheinander, wie es in dieser einzigen Nacht des Jahres üblich ist. Ich führte sie aufs neue zum Tanz, ein wilder und übermütiger Tanz wurde das; es war schon taghell, aber noch lag die Hexerei der Johannisnacht in der Luft, die ganze Erde tanzte unter uns, und die andern Paare flogen an uns vorbei, mal hoch über uns, mal weit unten, alles ging auf und ab und rundherum. So gelangten wir zum Schluß aus dem Wirbel der Tanzenden hinaus, wir wagten nicht, einander anzublicken, aber wir schlichen uns ohne ein Wort weg, hinter eine Fliederhecke. Dort küßte ich sie wieder. Aber jetzt war es etwas anderes, ihr Kopf lag rückwärts auf meinen Arm gestützt, sie schloß die Augen, und ihr Mund wurde unter meinem Kuß zu einem lebenden Wesen. Ich preßte meine Hand an ihre Brüste, und ich fühlte, wie ihre Hand sich über meine legte – vielleicht hatte sie die Absicht, sich zu wehren, meine Hand zu entfernen, aber in Wirklichkeit preßte sie sie nur stärker auf ihren Busen. Ein Schimmer verklärte ihr Gesicht, erst schwach, dann stärker und schließlich wie ein gewaltiger Feuerschein, sie öffnete ihre Augen, mußte sie aber wieder, wie geblendet, schließen, und als wir dann endlich den langen Kuß zu Ende geküßt hatten, standen wir Wange an Wange und starrten verwundert direkt in die Sonne, die aus den Wolkenfeldern im Osten hervorbrach.

Danach sah ich sie nie mehr wieder. Zehn Jahre sind seitdem verflossen, zehn Jahre genau in dieser Nacht, und noch heute macht es mich krank und toll, wenn ich daran denke.

Wir hatten uns nicht für den folgenden Tag verabredet, wir dachten nicht daran. Ihre Eltern wohnten in der Nähe, und wir nahmen es wie selbstverständlich an, daß wir uns am nächsten Tage wieder treffen und zusammensein würden, alle Tage, das ganze Leben lang. Aber am nächsten Tage regnete es, der Tag verlief, ohne daß ich sie sah, und am Abend mußte ich in die Stadt abreisen. Dort las ich ein paar Tage später in der Zeitung, daß sie tot war. Beim Baden ertrunken, sie und ein anderes junges Mädchen.

– – – Ja, ja, das ist nun zehn Jahre her.

Zuerst war ich betrübt. Aber ich muß eigentlich eine sehr starke Natur sein. Ich arbeitete wie zuvor, und im Herbst machte ich mein Examen. Aber ich litt auch. Nachts sah ich sie ständig vor mir. Ich sah den weißen Leib zwischen Seegras und Schlamm liegen und vom

Wasser auf und nieder gewiegt werden. Die Augen standen weit offen, und offen stand der Mund, den ich geküßt hatte. Dann kamen Menschen in einem Boot mit einem Draggen. Und der Draggen heftete seine Schere in ihre Brust, die gleichen Jungmädchenbrüste, die meine Hand noch neulich liebkost hatte.

Eine lange Zeit verrann nach diesem Ereignis, ehe ich wieder empfand, daß ich ein Mann war und daß es Frauen in dieser Welt gab. Da aber war ich abgehärtet. Nun hatte ich doch einmal einen Funken von der großen Flamme verspürt, und ich war weniger denn je geneigt, mich mit Talmiliebe zu begnügen. Andere mögen es in diesem Punkt weniger genau nehmen, das ist ihre Sache, und ich weiß nicht, ob diese ganze Frage wirklich so wichtig ist. Aber ich fühlte, daß sie für mich von Bedeutung war. Und es wäre doch wohl naiv zu glauben, daß der Wille eines Mannes diese Bagatellen nicht zu regeln vermöchte, wenn nur der Wille vorhanden ist. Lieber Martin Luther, du würdiger Lehrmeister von Pastor Gregorius, was für ein Sünder im Fleische mußt du nicht gewesen sein, da du so viel dummes Zeug geredet hast, wenn du auf dies Kapitel zu sprechen kamst. Aber du warst doch aufrichtiger als deine Bekenner heutzutage, und dafür wird man dir wohl ewig Dank schulden.

So gingen die Jahre ins Land, und das Leben zog an mir vorbei. Ich sah viele Frauen, die aufs neue meine Sehnsucht weckten, aber gerade diese Frauen nahmen von mir keine Notiz, es war, als ob ich für sie nicht existierte. Wie kam das? Ich glaube, daß ich das jetzt verstehe. Eine Frau, die liebt, besitzt diesen Zauber in ihrer Bewegung, ihrer Haut und ihrem ganzen Wesen – den Zauber, der mich fesselt. Immer waren es solche Frauen, die meine Begierde reizten. Aber da sie bereits andere Männer liebten, konnten sie ja von mir keine Notiz nehmen. An ihrer Stelle schenkten mir andere Frauen ihre Aufmerksamkeit; ich war ja bereits in jungen Jahren praktischer Arzt, und meine Praxis entwickelte sich vielversprechend, also galt ich allgemein für eine ausgezeichnete Partie und war natürlich allerhand aufdringlichen Annäherungsversuchen ausgesetzt. – Aber das war nun einmal stets vergebliche Liebesmüh.

Ja, so vergingen die Jahre, und das Leben zog an mir vorbei. Ich bin in meinem Beruf tätig. Die Menschen kommen mit ihren Krankheiten, allen möglichen Krankheiten, zu mir, und ich kuriere sie, so gut ich es vermag. Eine Reihe von Patienten wird gesund, andere sterben, die meisten schleppen sich weiter mit ihren Beschwerden. Ich mache keine Wunderkuren; der eine oder andere Patient, dem ich nicht habe helfen können, hat sein Heil statt dessen bei Quacksalbern und notorischen Scharlatanen gesucht und ist gesund geworden. Aber ich glaube, daß man mich für einen gewissenhaften und vorsichtigen Arzt hält. Bald bin ich wohl der typische Hausarzt, der Doktor mit der großen Erfahrung und dem vertrauenerweckenden Blick. Die Menschen würden vermutlich weniger Vertrauen für mich hegen, wenn sie wüßten, wie schlecht ich schlafe.

Johannisnacht, lichte blaue Nacht, du warst ja doch früher so leicht und luftig und ausgelassen, weshalb liegst du nun wie eine Angst auf meiner Brust?

28. Juni

Auf meinem heutigen Abendspaziergang kam ich am Grand Hotel vorbei; dort saß Klas Recke an einem Tisch auf der Terrasse, allein mit seinem Whisky. Ich ging noch ein paar Schritte weiter, dann kehrte ich um und nahm an einem Tisch in seiner Nähe Platz, um ihn zu beobachten. Er sah mich nicht oder wollte mich nicht sehen. Die kleine Frau hat ihm natürlich von ihrem Besuch bei mir und dem glücklichen Resultat erzählt – für das letztere ist er vermutlich dankbar, aber es ist ihm vielleicht etwas unangenehm zu wissen, daß es jemand gibt, der in das Geheimnis eingeweiht ist. Er saß unbeweglich und blickte auf den Fluß und rauchte an einer sehr langen und schmalen Zigarre.

Ein Zeitungsjunge kam vorbei; ich kaufte ein *Aftonblad* als Tarnkappe und betrachtete ihn, über den Rand der Zeitung linsend. Und wieder durchfuhr mich der gleiche Gedanke wie damals vor vielen Jahren, als ich ihn zum ersten Male sah: Warum hat ausgerechnet dieser Mann das Gesicht bekommen, das ich hätte haben sollen? Ungefähr so wie er möchte ich aussehen, wenn ich mich selbst verändern könnte. Ich, der ich damals so bitterlich darunter litt, daß ich häßlich wie der Teufel selbst war. Jetzt ist es mir egal.

Ich habe kaum je einen besser aussehenden Mann gesehen. Kalte, hellgraue Augen, aber in einem Rahmen, der sie träumerisch und tiefliegend macht. Völlig geradlinige und horizontale Augenbrauen, die sich weit zu den Schläfen hinziehen; eine marmorweiße Stirn, dunkles und dichtes Haar. Aber in der unteren Hälfte des Gesichtes ist der Mund das einzige, was vollkommen schön ist, davon abgesehen gibt es dort ein paar kleine Bizarrerien, eine unregelmäßige Nase, eine dunkle und gleichsam verbrannte Haut, kurz alles, was notwendig ist, um ihn vor jener Sorte fehlerloser Schönheit zu retten, die meistens lächerlich wirkt.

Wie sieht das Innere dieses Mannes aus? Darüber weiß ich so gut wie nichts. Ich weiß lediglich, daß er im Rufe einer großen Intelligenz steht, vom Gesichtspunkt der Karriere aus gesehen, und ich glaube mich daran zu erinnern, daß ich ihn öfter in Gesellschaft seiner Vorgesetzten in dem Ministerium, in dem er arbeitet, gesehen habe als zusammen mit seinen gleichaltrigen Kameraden.

Hunderte von Gedanken erfüllten mich, als ich ihn betrachtete, wie er dort unbeweglich, den Blick ins Unbestimmte gerichtet, saß – sein Glas rührte er nicht an, und die Zigarre war dabei zu verglimmen. Hunderte alter Träume und Phantasien wurden wieder wach, als ich an das Leben dachte, das er führte, und es mit meinem eigenen verglich. Oft habe ich zu mir selbst gesagt: *Die Begierde* ist das Köstlichste in dieser Welt und das einzige, was dies elende Leben ein ganz klein wenig vergolden kann; aber mit der Befriedigung der Begierde scheint es nicht weit her zu sein, wenn ich nach all den Konsuln und Generalkonsuln urteilen soll, die sich in dieser Beziehung nichts versagen und die ich dennoch niemals beneidet habe. Aber wenn ich einen Mann sehe wie den dort, dann empfinde ich tief in meinem Inneren eine bittere Eifersucht. Das Problem, das meine Jugend vergiftet hat und das mich noch in meinen Mannesjahren schwer bedrückt, hat sich für ihn wie von selbst gelöst. Es ist wahr, das ist wohl auch für die meisten andern der Fall gewesen, aber diese Lösung des Problems verursacht mir keinen Neid, sondern Ekel, sonst hätte es sich auch für mich längst gelöst. Ihm aber ist die Liebe der Frauen von allem Anfang an wie ein natürliches Recht zugefallen, niemals hat er vor der Wahl zwischen Hunger und fauligem Fleisch gestanden. Ich glaube auch kaum, daß er es jemals geschafft hat, besonders viel zu denken und zu überlegen; niemals hat er Zeit gefunden, das Nachdenken Gift in seinen Wein tropfen zu lassen. Er ist glücklich, und ich beneide ihn.

Und ich dachte auch mit einem Kälteschauer an sie, an Helga Gregorius, ich sah vor meinem geistigen Auge ihren von Glück getränkten Blick. Ja, diese beiden gehören zusammen, das ist natürliche Auswahl. – Gregorius; warum soll sie diesen Namen und diesen Menschen das ganze Leben hindurch mit sich herumtragen? Das ist ja sinnlos.

Es begann zu dämmern, eine rote Abendbeleuchtung fiel über die rußflammige Schloßfassade. Auf dem Bürgersteig gingen Menschen vorüber; ich lauschte auf ihre Stimmen – es waren magere Yankees darunter mit ihrem undeutlichen Slang, fette kleine Handelsjuden mit ihren Nasallauten und gewöhnliche Bürgersleute mit einem zufriedenen Samstagabendtonfall in der Stimme. Dieser und jener nickte mir zu, dieser und jener lüftete den Hut, und ich tat dasselbe. Ein paar Bekannte setzten sich an einen Tisch ganz nahe dem meinigen, Martin Birck und Markel und ein dritter Herr, den ich mal irgendwo getroffen, dessen Namen ich aber vergessen oder möglicherweise niemals gekannt habe – er hat eine sehr große Glatze, und als ich ihn vormals traf, war das drinnen gewesen, deshalb erkannte ich ihn erst wieder, als er seinen Hut abnahm, um zu grüßen. Recke nickte zu Markel hin, den er kennt, und erhob sich bald danach, um zu gehen. Als er nahe an meinen Tisch kam, schien er mich plötzlich zu erkennen und grüßte äußerst höflich, wenn auch etwas fremd. Wir waren in Uppsala per du gewesen, aber das hat er vergessen.

Die Gesellschaft nebenan begann sofort von ihm zu sprechen, sobald er außer Hörweite war, und ich hörte, wie sich der glatzköpfige Herr an Markel wandte und fragte:

— So, so, du kennst diesen Recke, der soll ja ein Mann sein, dem die Zukunft gehört – es wird behauptet, daß er ehrgeizig ist?

Markel: — Ja, ehrgeizig... Wenn ich ihn ehrgeizig nennen soll, so geschieht das wohl in erster Linie, weil wir gute Freunde sind, ansonsten drückt man sich wohl richtiger aus, wenn man sagt, daß er vorwärtskommen will. Ehrgeiz ist etwas so Seltenes. Wir haben uns daran gewöhnt, eine Person als ehrgeizig zu bezeichnen, wenn sie Minister werden will. Minister, was ist das? Einkünfte wie ein kleinerer Großkaufmann und kaum so viel Macht, daß er seinen Verwandten Hilfestellung leisten kann, geschweige denn Macht genug, um seine Ideen durchzusetzen, sofern er solche hat. Das hindert natürlich nicht, daß ich selber gern Minister werden würde, das ist ja immer noch eine günstigere Stellung als die, die ich innehabe – aber man soll das nur nicht Ehrgeiz nennen. Es ist etwas anderes. Damals, als ich ehrgeizig war, machte ich einen, übrigens sehr schön ausgedachten, Plan, die ganze Welt zu erobern und die Verhältnisse zu ändern, so daß alles wurde, wie es sein sollte; und wenn es schließlich so gut wurde, daß es fast trist zu werden begann, würde ich so viel Geld in meine Taschen stopfen, wie ich brauchte, und mich fortschleichen, in irgendeiner Millionenstadt untertauchen und in der Ecke eines Cafés sitzen und Absinth trinken und mich darüber freuen zu sehen, wie verkehrt alles ging, seitdem ich mich zurückgezogen habe... Aber ich kann nun mal Klas Recke leiden, weil er gut aussieht und weil er über ein ungewöhnliches Talent verfügt, es sich hier im Jammertal etwas nett und erträglich einzurichten.

Ja, Markel; er ist sich in jeder Beziehung treu geblieben. Er ist jetzt Politiker in einer großen Zeitung, und er schreibt oft in froher Gemütsverfassung Artikel, deren Zweck es ist, mit Ernst gelesen zu werden, und die es manchmal auch verdienen. Vormittags ein bißchen unrasiert und zerzaust, aber abends stets elegant und in einer Laune, die zum gleichen Zeitpunkt wie die Gaslaternen aufleuchtete. Neben ihm saß Birck mit abwesendem Blick, mitten in der Wärme in einen großen Regenmantel gekleidet; mit einer Geste, als fröre er, zog er ihn enger um sich.

Markel wandte sich an mich und fragte freundlich, ob ich in einem erwählten Kreise alter Alkoholiker Platz nehmen wolle. Ich dankte und antwortete, daß ich gleich nach Hause gehen würde. Das war auch meine Absicht, aber ich empfand in Wirklichkeit keine Sehnsucht nach meinen einsamen Zimmern, ich blieb noch lange sitzen und lauschte der Musik vom Strömparterre, die deutlich und laut die abendstille Stadt durchdrang, und ich sah, wie die blinden und starren Fensterreihen des Schlosses sich in der Strömung spiegelten – denn momentan ist keine Strömung vorhanden, das Gewässer liegt so blank da wie ein Waldsee. Und ich betrachtete einen kleinen blauen Stern, der zitternd über Rosenbad stand. Ich hörte auch der Unterhaltung am Nebentisch zu. Man sprach von den Frauen und von der Liebe, und man behandelte die Frage, welches die wichtigste Voraussetzung sei, um mit einer Frau ein richtig vergnügliches Zusammensein haben zu können.

Der glatzköpfige Herr sagte: Sie muß sechzehn sein, mit schwarzen Haaren und mager, und heißblütig muß sie sein.

Markel, träumerisch: Rund und mollig muß sie sein.

Birck: Sie muß mich liebhaben.

2. Juli

Nein, es fängt an, entsetzlich zu werden. Wieder stand heute Frau Gregorius in meinem Sprechzimmer, vormittags so gegen zwölf. Sie sah bleich und verstört aus, mit so großen Augen starrte sie mich an. – Was ist los, fragte ich unwillkürlich, was ist passiert – ist etwas passiert?

Sie antwortete leise:

– Heute nacht hat er mich mit Gewalt genommen. So gut wie mit Gewalt.

Ich setzte mich auf meinem Stuhl am Schreibtisch, meine Hand fingerte wohl an einem Federhalter und einem Bogen Papier herum, als gedächte ich, ein Rezept auszuschreiben. Sie setzte sich in eine Ecke des Sofas. – Arme Kleine, sagte ich, gleichsam wie zu mir selber. Ich konnte keine passenden Worte finden.

Sie sagte:

– Ich bin dazu geschaffen, daß man auf mir herumtrampelt.

Wir schwiegen einen Augenblick, dann begann sie zu erzählen. Er hatte sie mitten in der Nacht geweckt. Er hatte nicht schlafen können. Er bettelte und bat; er weinte. Er sprach davon, daß seine Seligkeit auf dem Spiel stände, er wüßte nicht, welche schweren Sünden er begehen könnte, wenn sie ihm nicht willführe. Es wäre ihre Pflicht, das zu tun, und Pflicht ginge vor Gesundheit. Gott würde ihnen helfen, Gott würde sie auf jeden Fall gesund machen.

Ich saß da, stumm vor Erstaunen.

– Ist er denn ein Heuchler? fragte ich.

– Ich weiß es nicht. Nein, das glaube ich nicht. Aber er hat sich daran gewöhnt, Gott zu allem möglichen zu benutzen, so wie es ihm am besten paßt. Das tun sie immer, ich kenne ja so viele Pfarrer. Ich hasse sie. Aber er ist kein Heuchler, im Gegenteil, er hat es wohl immer für selbstverständlich gehalten, daß seine Religion die richtige ist, und eher ist es wohl so, daß er glaubt, die seine Religion ablehnen, seien Betrüger, schlechte Menschen, welche mit Absicht lügen, um andere ins Verderben zu führen.

Sie sprach ruhig, in ihrer Stimme war nur ein ganz kleines Zittern, und was sie sagte, das überraschte mich in gewisser Weise; ich hatte bisher nicht gewußt, daß diese kleine Frau ein denkendes Wesen war, daß sie einen solchen Mann, von dem sie sprach, so klar und gleichsam von außen beurteilen konnte, obgleich sie doch tödlichen Haß und tiefen Abscheu gegen ihn empfinden mußte. Ich vernahm diesen Abscheu und Haß im Zittern ihrer Stimme und in allen ihren Worten, und das wirkte ansteckend auf mich, während sie die Geschichte zu Ende erzählte: Sie wollte aufstehen, sich ankleiden, weggehen, die ganze Nacht bis zum Morgen draußen auf der Straße bleiben; er aber hielt sie fest, er war stark und ließ sie nicht los – – –

Ich merkte, wie ich erhitzt wurde, meine Schläfen klopften. Ich hörte eine innere Stimme so deutlich, daß ich fast fürchtete, laut zu denken, eine Stimme, die zwischen den Zähnen flüsterte: Nimm dich in acht, Pastor! Ich habe dieser kleinen Frau dort, der kleinen

Blume von Frau mit dem hellen Seidenhaar, versprochen, sie gegen dich in Schutz zu nehmen. Nimm dich in acht, dein Leben ist in meiner Hand, wenn ich will, kann ich dich selig machen, bevor du es selber wünschst. Nimm dich in acht, Pastor, du kennst mich nicht, mein Gewissen hat nicht die geringste Ähnlichkeit mit deinem, ich bin mein eigner Richter, ich bin von einer Sorte Mensch, von der du nicht ahnst, daß es sie gibt.

Saß sie wirklich hier und lauschte meinen heimlichen Gedanken? Mich durchzuckte ein Kälteschauer, als ich sie plötzlich sagen hörte:

– Ich könnte diese Mann ermorden.

– Liebe Frau Gregorius, antwortete ich lächelnd, das ist ja natürlich eine Redensart, aber man sollte sie nicht einmal als solche in den Mund nehmen.

Beinahe hätte ich noch gesagt: am allerwenigsten als solche.

– Aber, sprach ich fast im selben Atemzug weiter, um auf ein anderes Thema abzulenken, aber sagen Sie mir einmal, wie kam das eigentlich, daß Sie sich mit Pastor Gregorius verheiratet haben? Unter dem Druck Ihrer Eltern, oder war es vielleicht eine Konfirmandenschwärmerei?

Sie schüttelte sich, als ob sie fröre.

– Nein, weder das eine noch das andere. Es ging ganz merkwürdig zu, nichts, was Sie erraten oder von selbst verstehen können. Ich war natürlich niemals verliebt in ihn, nicht das geringste verliebt. Es war nicht einmal die übliche Schwärmerei eines Mädchens für den Einsegnungspfarrer – nichts davon. Aber ich will versuchen, Ihnen alles zusammenhängend zu erzählen und zu erklären.

Sie setzte sich in ihrer Sofaecke bequemer zurecht, und sie saß da zusammengekauert wie ein kleines Mädchen. Mit einem Blick, der an mir vorbei und hinaus ins Unbestimmte sah, begann sie zu sprechen.

– Ich war so glücklich in meiner Kindheit und in meiner frühen Jugend. Diese Zeit erscheint mir wie ein Märchen, wenn ich an sie denke. Alle hatten mich gern, und ich hatte alle gern und glaubte nur Gutes von allen. Dann kam ich in das gewisse Alter, Sie verstehen. Aber zunächst veränderte das nichts, ich war immer noch glücklich, ja, glücklicher als vorher – bis zu meinem zwanzigsten Jahr. Ein junges Mädchen besitzt auch seine Sinnlichkeit, das verstehen Sie sicher, aber in der ersten Jugend erfüllt sie das nur mit Glück. Jedenfalls verhielt es sich mit mir so. Das Blut sang in meinen Ohren, und ich sang auch selbst – sang jederzeit, wenn ich zu Hause meinen Beschäftigungen oblag, und ich sang und summte vor mich hin, wenn ich auf der Straße ging... Und ich war immerzu verliebt. Ich war in einem sehr religiösen Hause aufgewachsen; aber ich glaubte dennoch nicht, daß das Küssen eine so schrecklich große Sünde sei. Wenn ich in einen jungen Mann verliebt war und er küßte mich, so ließ ich es geschehen. Ich wußte ja auch, daß es etwas anderes gab, wovor man sich in acht zu nehmen hatte und was eine fürchterliche Sünde war, aber das war für mich etwas so Unklares und Abgelegenes, daß es mich nicht reizte. Nein, überhaupt nicht; ich begriff nicht einmal, daß es jemand in Versuchung führen konnte, ich glaubte nur, daß es etwas war, was man über sich ergehen lassen mußte, wenn man verheiratet war und Kinder haben wollte, aber nichts, was an und für sich von Bedeutung sein könnte. Aber als ich zwanzig war, verliebte ich mich sehr in einen Mann. Er sah gut aus und war gut und fein – jedenfalls glaubte ich das damals, und ich glaube es immer noch, wenn ich an ihn denke. Ja, er muß es sein – er heiratete dann eine Jugendfreundin von mir und hat sie sehr glücklich gemacht. – Wir begegneten einander im Sommer, auf dem Lande. Wir küßten uns. Eines Tages führte er mich weit in den Wald hinein. Dort versuchte er, mich zu verführen, und es wäre ihm beinahe geglückt. Oh, wenn er es fertiggebracht hätte, wenn ich nicht davongelaufen wäre – wie anders hätte nun alles sein können! Dann hätte ich mich vielleicht mit ihm verheiratet – jedenfalls hätte ich niemals den geheiratet, der jetzt mein Mann ist. Ich hätte vielleicht kleine Kinder bekommen und ein Heim, ein wirkliches Heim; niemals hätte ich dann eine untreue Frau werden müssen. – Aber ich wurde ganz wild vor Scham und Schreck, ich entwand mich seinen Armen und lief weg, ich lief, was das Zeug hielt.

Danach kam eine schreckliche Zeit. Ich wollte ihn nicht mehr sehen, wagte nicht, ihn zu treffen. Er schickte mir Blumen, er schrieb Brief auf Brief an mich und bat mich, ihm zu verzeihen. Ich aber glaubte, daß er ein Schurke sei; seine Briefe beantwortete ich nicht, und die Blumen warf ich zum Fenster hinaus. – Aber ich dachte dauernd an ihn. Und jetzt dachte ich nicht nur an Küsse; jetzt wußte ich, was die Versuchung war. Ich empfand es, als wäre eine Veränderung mit mir vorgegangen, obgleich nichts passiert war. Ich bildete mir ein, man könne es mir ansehen. Niemand kann verstehen, wie ich litt. Im Herbst, als wir wieder in die Stadt gezogen waren, ging ich eines Nachmittags in der Dämmerung allein spazieren. Der Wind pfiff um die Häuserecken, und ab und zu fiel ein Regentropfen. Ich gelangte in die Straße, in der er, wie ich wußte, wohnte und vorbei an seinem Haus. Ich blieb stehen und sah, daß sein Fenster erleuchtet war, ich sah seinen Kopf im Schein der Lampe, über ein Buch gebeugt. Das zog mich an wie ein Magnet, ich empfand, wie gut wäre es, da drinnen zu sein, bei ihm. Ich schlich mich durch das Haustor hinein und die halbe Treppe hinauf – da kehrte ich um.

Hätte er in diesen Tagen an mich geschrieben, dann würde ich geantwortet haben. Aber er war es überdrüssig geworden, zu schreiben und niemals eine Antwort zu erhalten, und danach begegneten wir uns niemals mehr – viele Jahre nicht, und dann war ja alles so ganz anders geworden.

Ich habe wohl bereits gesagt, daß ich sehr religiös erzogen war. Jetzt versank ich ganz in der Religion, ich wurde Schwesterschülerin, mußte aber aufhören, da meine Gesundheit sehr zu wünschen übrig ließ; dann war ich wieder zu Hause, ging in meiner häuslichen Arbeit auf wie zuvor und träumte und sehnte mich und bat zu Gott, er möge mich von meinen Träumen und meiner Sehnsucht befreien. Ich fühlte, daß dieser Zustand unerträglich war, daß eine Änderung erfolgen mußte. So bekam ich eines Tages durch Vater zu wissen, daß Pastor Gregorius um meine Hand angehalten hatte. Ich stand wie versteinert, er hatte sich mir niemals in einer Weise genähert, als daß ich etwas hätte ahnen können. Er hatte lange bei uns verkehrt, Mutter bewunderte ihn, und Vater hatte, glaube ich, etwas Angst vor ihm. Ich ging in mein Zimmer und weinte. Er hatte immer etwas in seinem Wesen gehabt, das mich besonders abstieß, und ich glaube, gerade deswegen entschied ich mich schließlich dazu, ja zu sagen. Niemand zwang mich, niemand überredete mich. Aber ich glaubte, daß es Gottes Wille war. Man hatte mich ja gelehrt zu glauben, daß Gottes Wille immer am stärksten unserem eigenen Willen im Wege war. Noch in der vorigen Nacht hatte ich ja wach gelegen und um Befreiung und Ruhe zu Gott gebetet. Ich glaubte nun, er hätte mein Gebet erhört – auf seine Weise. Es schien mir, als sähe ich seinen Willen leuchtend klar vor mir. Ich glaubte, daß an der Seite dieses Mannes meine Sehnsucht dahinschwinden und meine Begierde sich verflüchtigen würde, und daß Gott es so geordnet hatte. Und daß er ein guter und braver Mann sein würde, dessen war ich ja sicher, da er Pfarrer war.

Es kam ja ganz anders. Er konnte meine Träume nicht abtöten, nur beschmutzen konnte er sie. Statt dessen tötete er allmählich meinen Glauben. Das ist das einzige, was ich ihm zu verdanken habe, denn ich sehne mich nicht danach zurück. Wenn ich jetzt an ihn denke, erscheint mir mein Glaube nur als etwas Sonderbares. Alles, wonach man sich sehnte, alles woran zu denken süß war, das war Sünde. Die Umarmung eines Mannes war Sünde, wenn man sich danach sehnte und sie gern haben wollte; wenn man sie aber unschön und abstoßend fand, sie als Geißel empfand, als Plage, als Ekel – dann war es Sünde, sie *nicht* zu wollen! Finden Sie nicht auch, daß das merkwürdig ist, Herr Doktor Glas?

Sie hatte sich warm und heiß geredet. Ich nickte ihr über meine Brille hinweg zu:

– Ja, wirklich merkwürdig.

– Oder sagen Sie mir, ob Sie finden, daß meine Liebe jetzt eine Sünde ist. Sie ist nicht nur Glück, sie ist vielleicht mehr Angst, aber glauben Sie, daß sie Sünde ist? Wenn sie Sünde ist, dann ist alles an mir Sünde, da ich nichts an mir finden kann, was besser und wertvoller ist als sie. – Aber Sie sind vielleicht erstaunt darüber, daß ich hier sitze und mit Ihnen darüber spreche. Ich habe ja einen andern, mit dem ich darüber sprechen kann. Aber wenn wir zusammen sind, ist die Zeit so kurz, und er spricht so wenig mit mir – sie errötete plötzlich – er spricht so wenig mit mir von dem, woran ich am meisten denke.

Ich saß ruhig da und hielt meinen Kopf in meine Hand gestützt und betrachtete sie mit halbgeschlossenen Lidern, wie sie dort in meiner Sofaecke saß, blühend rot unter dem dichten goldblonden Haar. Jungfrau Samtwange. Und ich dachte: Wenn sie nun für mich so empfinden würde, daß die Zeit zum Reden nicht ausreichte. Wenn sie nun wieder anfängt zu sprechen – so überlegte ich weiter –, dann werde ich zu ihr gehen und ihr den Mund mit einem Kuß verschließen. Aber sie saß nun schweigend da. Die Tür stand halb offen zum großen Wartezimmer, und ich hörte die Schritte meiner Haushälterin im Korridor.

Ich brach das Schweigen.

– Nun sagen Sie mir mal, Frau Gregorius, haben Sie eigentlich niemals an Scheidung gedacht? Sie sind ja nicht aus irgendeinem wirtschaftlichen Zwang an Ihren Mann gebunden – Ihr Vater hat ja Vermögen hinterlassen, Sie waren das einzige Kind, und Ihre Mutter lebt noch, in guten Verhältnissen, nicht wahr?

– Ach, Herr Doktor Glas, Sie kennen ihn nicht. Scheidung – von einem Pfarrer! Er würde niemals darauf eingehen, niemals, was ich auch täte und was auch geschähe. Er würde mir lieber sieben- und auch siebzigmal »vergeben« und eine Ehrenerklärung für mich abgeben und alles mögliche... Er wäre sogar imstande, Fürbitte für mich in der Kirche zu erflehen. – Nein, ich bin dafür geschaffen, daß man auf mir herumtritt.

Ich erhob mich:

– Ja, liebe Frau Gregorius, was wollen Sie also nun von mir, was soll ich tun? Ich sehe jetzt keinen Ausweg mehr.

Sie schüttelte ratlos den Kopf.

– Ich weiß nicht. Ich weiß nichts mehr. Aber ich glaube, daß er heute zu Ihnen kommt, Herr Doktor, wegen seines Herzens; er sprach gestern davon. Könnten Sie ihm nicht noch einmal etwas sagen? Aber natürlich ohne ihn ahnen zu lassen, daß ich heute hier und mit Ihnen darüber gesprochen habe?

– Ja – wir wollen mal sehen.

Sie ging.

Nachdem sie gegangen war, nahm ich mir das Heft einer Fachzeitschrift vor, um mich abzulenken. Aber das half nicht, ich sah sie immer noch vor mir, sah sie zusammengekauert dort in der Sofaecke von ihrem Schicksal erzählen und davon, wie es gekommen war, daß sie in eine so ganz falsche Bahn in dieser Welt geraten war. Wessen Fehler war es? War es der Fehler jenes Mannes, der sie eines Sommertags im Walde verführen wollte? Ach, welche andere Aufgabe hat der Mann einer Frau gegenüber, als sie zu verführen, ob das nun im Walde geschieht oder im Brautbett, und ihr danach Hilfe und Stütze zu gewähren in allem, was auf die Verführung folgt. Wessen Fehler war es also – der des Pfarrers? Er hatte sie ja nur begehrt, so wie Myriaden von Männern Myriaden von Frauen begehrt haben, sie dazu noch begehrt in aller Zucht und Ehre, wie es in seiner eigenartigen Sprache heißt – und sie hatte ihm willfahren, ohne zu wissen oder zu verstehen, nur aus Verzweiflung und unter dem Einfluß der merkwürdigen Begriffsverwirrung, in der sie aufgewachsen war. Sie war nicht richtig wach, als sie sich mit diesem Menschen verehelichte, sie tat es im Schlaf. Im Traum passieren so oft die eigentümlichsten Dinge, und sie erscheinen völlig natürlich und gewöhnlich – im Traum. Aber wenn man erwacht und sich daran erinnert, was man geträumt hat, staunt man und lacht schallend darüber oder erschauert. Jetzt war sie erwacht! Und ihre Eltern, die doch gewußt haben sollten, was eine Ehe ist, und die doch ihre Einwilligung gaben und vielleicht dazu noch entzückt und geschmeichelt waren – waren sie wach? Und der Pastor selbst: hatte er nicht das geringste Gefühl für das Unnatürliche und grob Unanständige in seinem Vorhaben?

Niemals habe ich ein so starkes Empfinden dafür gehabt, daß die Moral ein Karussell ist, das sich im Kreise dreht. Das habe ich eigentlich schon gewußt, aber ich hatte mir immer vorgestellt, daß die Schwingungsfristen Jahrhunderte oder ganze Zeitalter betragen müßten – jetzt erschienen sie mir wie Minuten und Sekunden. Es flimmerte vor meinen Augen, und als einzigen festen Punkt im Hexentanz vernahm ich nochmals die Stimme in meinem Inneren, die Stimme, die zwischen den Zähnen flüsterte: Nimm dich in acht, Pastor!

– – – – –

Und richtig: Er kam in meine Sprechstunde. Eine plötzliche und heimliche Munterkeit sprang mich an, als ich die Tür öffnete und ihn dort im Wartezimmer sitzen sah. Es war nur ein Patient vor ihm, eine alte Frau, die ein Rezept erneuert haben wollte – dann war er an der Reihe. Er breitete seinen Rockschoß aus und nahm mit bedächtiger Würde in eben jener Sofaecke Platz, in der seine Frau ein paar Stunden früher gekauert hatte.

Natürlich begann er damit, eine Menge Unsinn zu reden, wie gewöhnlich. Er unterhielt mich mit der Abendmahlfrage. Sein Herzfehler wurde nur en passant, in einem Nebensatz erwähnt, und ich bekam den Eindruck, daß er eigentlich gekommen war, um meine Meinung als Arzt zu hören, wie es mit der Gesundheitsschädlichkeit des Heiligen Abendmahls bestellt war, die jetzt zur Abwechslung in allen Zeitungen zur Debatte steht, bisher hatte die Große Seeschlange die Spalten gefüllt.* Ich habe diese Diskussion nicht verfolgt, ich habe nur hin und wieder einen Artikel darüber in einer Zeitung gesehen und ihn halb gelesen, aber ich war durchaus nicht mit dem Gegenstand vertraut, und an meiner Stelle blieb es dem Pastor überlassen, mir die Frage näher zu erläutern. Was soll man tun, um bei der Heiligen Kommunion der Ansteckungsgefahr vorzubeugen? So lautete die Frage. Der Pastor bedauerte sehr, daß eine solche Frage überhaupt geweckt worden war; nun war sie aber einmal gestellt und mußte beantwortet werden.

Man konnte sich verschiedene Lösungen denken. Die einfachste Lösung wäre vielleicht, daß in jeder Kirche eine Anzahl kleiner Becher angeschafft werden, die der Glöckner nach jedem Mal am Altar säubern könnte – aber das würde teuer kommen, möglicherweise würde es unbemittelten Gemeinden auf dem

---

* Ende der neunziger Jahre kam in der Presse eine Diskussion über die Gesundheitsschädlichkeit des Abendmahls auf, und die Vorschläge, die Pastor Gregorius hier erwähnt, wurden öffentlich von einer Reihe von Priestern gemacht. *Anm. d. Verf.*

Lande sogar unmöglich sein, eine zureichende Anzahl Silberbecher anzuschaffen.

Ich bemerkte ganz nebenbei, daß es in unserer Zeit, in der das religiöse Interesse ständig zunimmt, und in der für jedes Radrennen Massen von Silberbechern beschafft werden, es doch wohl nicht ganz unmöglich sein dürfte, genau die gleichen Becher für einen religiösen Zweck zu beschaffen. Im übrigen kann ich mich nicht erinnern, daß in den Stiftungsworten zum Abendmahl auch nur ein einziges Wort von Silber steht, aber diese Überlegung behielt ich für mich selbst. – Weiter hatte man an die Möglichkeit gedacht – fuhr der Pastor fort –, daß jeder Abendmahlsgast seinen eignen Becher oder sein eignes Glas mitbringen könnte. Aber wie würde das aussehen, wenn der Reiche mit einem kunstvoll gearbeiteten Silberbecher käme und der Arme vielleicht mit einem Schnapsglas?

Ich meinerseits fand, daß das recht pittoresk aussehen würde, aber ich schwieg und ließ ihn weiterreden. – Ferner hatte ein Pfarrer von der modernen, freisinnigen Richtung vorgeschlagen, das Blut unseres Erlösers in Kapseln zu gießen. – Ich fragte mich erst, ob ich wohl recht gehört hatte; in Kapseln wie Rizinusöl? – Ja, in Kapseln, kurz gesagt. Und schließlich hatte ein Hofprediger eine ganz neue Art von Abendmahlkelch konstruiert, hatte sich ein Patent darauf geben lassen und eine Aktiengesellschaft gebildet – der Pastor beschrieb mir den Kelch ausführlich, er schien ungefähr nach der gleichen Idee zu fungieren wie die Gläser und Flaschen von Zauberkünstlern. – Nun, Herr

Pastor Gregorius ist seinerseits orthodox und nicht im geringsten freisinnig, diese Neuerungen scheinen ihm daher sämtlich äußerst bedenklich, aber die Bazillen sind ja auch bedenklich, und was soll man tun?

Die Bazillen – mir ging ein Licht auf, als ich ihn dies Wort aussprechen hörte. Ich kannte den Tonfall ganz genau wieder, ich erinnerte mich, daß ich ihn einmal vorher hatte von Bazillen reden hören, und nun wurde mir plötzlich klar, daß er an der Krankheit litt, die man Bazillenschreck nennt. Die Bazillen liegen in seinen Augen deutlich in irgendwelcher mystischen Weise außerhalb sowohl der Religion wie der sittlichen Weltordnung. Das kommt daher, daß sie so neu sind. Seine Religion ist alt, fast neunzehnhundert Jahre alt, und die sittliche Weltordnung datiert sich mindestens vom Beginn des Jahrhunderts, von der deutschen Philosophie und dem Sturz Napoleons. Aber die Bazillen haben ihn in seinem Alter und gänzlich unvorbereitet überfallen. Sie haben in seiner Vorstellung erst an diesem Jüngsten Tag mit ihrer unbehaglichen Tätigkeit begonnen, und es ist ihm niemals der Gedanke gekommen, daß vermutlich auch an den einfachen Lehmkrügen, die beim Abschiedsmahle in Gethsemane die Tischrunde machten, Massen von Bazillen hafteten.

Unmöglich zu entscheiden, ob er mehr ein Schaf als ein Fuchs ist.

Ich wandte ihm den Rücken zu und ließ ihn reden, während ich etwas in meinem Instrumentenschrank ordnete. Ich bat ihn so ganz nebenbei, Jacke und Weste auszuziehen, und was die Abendmahlfrage betraf, so entschied ich mich ohne langes Bedenken dafür, mein Wort für die Methode mit den Kapseln einzulegen.

– Ich gebe zu, sagte ich, daß diese Idee im ersten Augenblick sogar mir etwas anstößig erschien, obgleich ich mich nicht einer besonders warmen Religiosität rühmen kann. Aber bei näherem Nachdenken müssen alle Einwände abgeschrieben werden. Das Wesentliche am Abendmahl sind ja nicht das Brot und der Wein, nicht einmal das Kirchensilber, sondern der Glaube; und der wahre Glaube darf sich natürlich nicht von solchen äußeren Dingen wie Silberpokalen und Gelatinekapseln beeinflussen lassen...

Bei den letzten Worten setzte ich das Stethoskop an seine Brust, bat ihn, einen Moment still zu sein, und lauschte. Ich bekam nichts Merkwürdiges zu hören, nur diese kleine Unregelmäßigkeit in den Herzstößen, die bei einem älteren Mann so oft vorkommt, wenn er die Gewohnheit angenommen hat, etwas mehr zum Mittag zu essen als notwendig und es sich dann auf dem Sofa bequem zu machen und zu schlummern. Eines Tages kann ein Schlaganfall kommen, das weiß man nie, aber das ist keine Notwendigkeit und nicht einmal eine besonders drohende Wahrscheinlichkeit.

Aber ich hatte mir nun einmal vorgenommen, aus dieser Konsultation einen besonders ernsten Fall zu machen. Ich lauschte viel länger, als ich eigentlich nötig hatte, setzte das Hörrohr an einer andern Stelle an, beklopfte ihn und lauschte nochmals. Ich merkte, wie es ihn quälte, während dieser Prozedur still und passiv dasitzen zu müssen – er ist ja daran gewöhnt, immerzu zu reden, in der Kirche, in Gesellschaft, in seinem Heim; er hatte eine ausgesprochene Begabung zum Schwatzen, und wahrscheinlich war es diese geringe Gabe, die ihn zu allererst zu seinem Beruf trieb. Wegen der Untersuchung war er etwas ängstlich, er hätte lieber noch eine Weile mit seinen Abendmahlbazillen fortgesetzt, um dann plötzlich auf seine Uhr zu sehn und zur Tür zu eilen. Aber nun hatte ich ihn in der Sofaecke, und ich ließ ihn nicht los. Ich lauschte und schwieg. Je länger ich lauschte, desto unregelmäßiger schlug sein Herz.

– Ist es etwas Ernstliches? fragte er schließlich.

Ich antwortete nicht sofort. Ich ging ein paar Schritte durchs Zimmer. In mir war ein Plan und gärte, an sich ein recht einfacher kleiner Plan; aber ich habe keine Übung im Veranstalten von Intrigen, darum zögerte ich. Ich zögerte auch deswegen, weil der Plan ganz und gar auf seine Dummheit und Einfalt baute – und war er wirklich dumm genug, sollte ich es wagen? Oder ist das zu grob, durchschaut er mich vielleicht?

Ich unterbrach mein Herumgehen und betrachtete ihn ein paar Sekunden mit meinem schärfsten ärztlichen Blick. Sein graubleiches, schlapp-fettes Gesicht lag in schafsfrommen Falten, aber seinen Blick konnte ich nicht fangen, die Brillengläser reflektierten lediglich mein Fenster mit den Gardinen und dem Gummibaum. Aber ich entschied mich dafür, es zu wagen. Er mag ein Schaf oder ein Fuchs sein – dachte ich bei mir – auch ein Fuchs ist doch noch immer viel dümmer als ein Mensch. Mit ihm könnte man bestimmt ohne Risiko eine kleine Weile Scharlatan spielen – er wußte die Manieren eines Scharlatans zu schätzen, das merkte man ihm deutlich an; meine gedankenvolle Promenade und mein langes Schweigen nach seiner Frage hatten ihm bereits imponiert und ihn kirre gemacht.

– Seltsam, murmelte ich schließlich gleichsam wie zu mir selbst.

Und ich näherte mich ihm erneut mit dem Hörrohr:

– Gestatten Sie, fügte ich hinzu, ich muß noch einmal kurz hören, um sicher sein zu können, daß ich mich nicht irre.

– Ja, sagte ich schließlich, wenn ich danach urteilen soll, was ich heute höre, dann haben Sie kein gutes Herz, Herr Pastor. Aber ich glaube nicht, daß es im allgemeinen ebenso schlimm steht. Ich glaube, daß es seine besonderen Gründe hat, daß es heute so außer Rand und Band ist!

Er versuchte eilig, seinem Gesicht den Ausdruck eines Fragezeichens zu verleihen, aber es glückte ihm nicht recht. Ich sah sofort, daß sein schlechtes Gewissen mich verstanden hatte. Er brachte seinen Mund in Ordnung, um zu reden, vielleicht um zu fragen, was ich meinte, bekam aber kein Wort heraus und hustete nur. Er wollte wohl am liebsten von einer näheren Erklärung verschont bleiben – aber das wollte ich nun nicht.

– Wollen wir doch aufrichtig zueinander sein, Herr Pastor Gregorius, begann ich. Er fuhr bei dieser Einleitung zusammen. Sie haben doch sicher nicht unser Gespräch vergessen, Herr Pastor, das wir vor einigen Wochen aus Anlaß des Gesundheitszustandes Ihrer Gattin gehabt haben. Ich möchte keine indiskrete Frage stellen, ob und wie Sie die Vereinbarung, die wir damals getroffen haben, gehalten haben, Herr Pastor. Ich möchte nur sagen, daß ich, wenn ich damals gewußt hätte, wie es mit Ihrem Herzen aussieht, noch stärkere Gründe für den Rat gehabt hätte, den ich mir erlaubte, Ihnen zu geben. Es gilt die Gesundheit Ihrer Frau, längere oder kürzere Zeit; für Sie, Herr Pastor, kann es sich aber um *das Leben* handeln.

Er sah fürchterlich aus, während ich sprach – sein Gesicht verfärbte sich, aber es war keine Röte, nur etwas Grünes und Lila-Violettes. Er war so furchtbar häßlich anzusehen, daß ich mich abwenden mußte. Ich ging ans offene Fenster, um etwas frische Luft in die Lungen zu bekommen, aber draußen war es fast noch schwüler als drinnen.

Ich fuhr fort:

– Meine Ordination ist einfach und klar; sie lautet: getrennte Schlafzimmer. Ich erinnere mich daran, daß Ihnen das unangenehm ist, Herr Pastor, aber das ist nicht zu ändern. Es handelt sich nämlich nicht nur um die äußere Befriedigung, die in diesem Fall eine große Gefahr bedeutet; wichtig ist auch, alles zu vermeiden, was geeignet ist, das Verlangen danach anzustacheln und zu steigern. – Ja, ja, ich weiß, was Sie einwenden wollen, Herr Pastor: daß Sie ein alter Mann sind, und außerdem Pfarrer. Aber ich bin ja Arzt und kann das

Recht beanspruchen, mit einem Patienten offen zu sprechen. Und ich glaube nicht, daß ich allzu taktlos bin, wenn ich zu bedenken gebe, daß diese ständige Nähe einer jungen Frau, noch dazu nachts, auf einen Priester ungefähr die gleiche Wirkung ausübt wie auf jeden anderen Mann. Ich habe ja in Uppsala studiert und kannte dort eine ganze Menge Theologen, und ich habe nicht gerade den Eindruck erhalten, als sei das Studium der Theologie mehr als andere Fächer dazu angetan, junge Leiber gegen das Feuer solcher Versuchungen zu sichern. Und was das Alter betrifft – ja, wie alt sind Sie eigentlich, Herr Pastor? – siebenundfünfzig; das ist ein kritisches Alter. In dem Alter ist die fleischliche Begierde unverändert – aber die Befriedigung rächt sich. Gewiß, es ist schon so, daß man das Leben unter sehr verschiedenen Gesichtswinkeln betrachten und bewerten kann; und würde ich mit einem alten Lebemann sprechen, müßte ich mich natürlich auf die von seinem Standpunkt durchaus logische Antwort gefaßt machen: Darauf pfeife ich, es ist sinnlos, nur deshalb darauf zu verzichten, was allein das Leben lebenswert macht, um das Leben zu behalten. Aber ich weiß ja, daß eine solche Denkungsart Ihrer Weltanschauung, Herr Pastor, völlig fremd ist. Meine Pflicht als Arzt ist in diesem Fall, aufzuklären und zu warnen – das ist alles, was ich tun kann, und ich bin dessen gewiß, Herr Pastor, daß das nun, wo Sie wissen, daß die Sache ernst ist, genügt. Ich kann mir schwerlich vorstellen, daß es Ihrem Geschmack entsprechen sollte, Herr Pastor, Knall auf Fall den gleichen

Tod zu sterben wie seinerzeit jener König Fredrik I. oder wie nun kürzlich Herr Félix Faure...*

Ich vermied, ihn anzusehen, während ich sprach. Aber als ich ausgeredet hatte, bemerkte ich, daß er mit der Hand über seinen Augen dasaß und daß sich seine Lippen bewegten, und ich erriet mehr als ich hörte: Vater unser, der du bist im Himmel, geheiligt werde dein Name... Führe uns nicht in Versuchung, sondern erlöse uns von dem Übel... Ich setzte mich an den Schreibtisch und verschrieb ihm etwas Digitalis.

Und ich fügte hinzu, als ich ihm das Rezept reichte:

Es ist auch nicht gut für Sie, Herr Pastor, den ganzen Sommer über in der Stadt zu bleiben. Eine Badekur von sechs Wochen würde Ihnen sehr gut tun; vielleicht in Porla oder Ronneby. Aber in diesem Falle müßten Sie natürlich allein reisen, Herr Pastor.

5. Juli

Sommersonntag. Überall Staub und Stickluft, und nur arme Leute unterwegs. Und arme Leute sind leider sehr unsympathisch.

Gegen vier Uhr setzte ich mich an Bord eines kleinen Dampfers und fuhr zum Tiergarten hinaus nach Djurgårdsbrunn, um dort Mittag zu speisen. Meine Haushälterin war zu einem Begräbnis eingeladen und sollte danach im Grünen Kaffee trinken. Es handelte

---

* Präsident der französischen Republik: gewählt 1895, starb unvermutet am 16. Februar 1899. *Anm. d. Verf.*

sich nicht um einen nahen Verwandten oder Freund
von ihr, der gestorben war, aber ein Begräbnis ist auf
jeden Fall für eine Frau ihrer Klasse ein großes Vergnügen, und ich konnte es nicht über mich bringen,
mich zu weigern, ihr freizugeben. Ich konnte also
zu Hause kein Mittag bekommen. Eigentlich war ich
auch bei Bekannten eingeladen, die eine Villa in den
Schären hatten; ich hatte aber keine Lust. Ich bin
nicht so besonders begeistert weder von Bekannten
noch von Villen oder den Schären. Besonders nicht
von den Schären. Eine Landschaft, die zu Klops gehackt ist. Kleine Inseln, kleine Gewässer, kleine Anhöhen und kleine mickrige Bäume. Eine blasse und
karge Landschaft, kalt in der Farbe, meist grau und
blau, und dennoch nicht karg genug, um die Größe der
Ödnis zu besitzen. Wenn ich Leute die schöne Natur
der Schären rühmen höre, dann kommt mir der Verdacht, daß sie dabei an ganz andere Dinge denken, und
bei näherer Untersuchung erweist es sich dann auch
meistens, daß mein Verdacht berechtigt ist. Der eine
denkt an die frische Luft und die schönen Bäder im
Meer, der andere an sein Segelboot und der dritte an
die Barsche, und all das bekommt bei diesen Leuten
die Überschrift schöne Natur. Dieser Tage sprach ich
mit einem jungen Mädchen, das von den Schären ganz
entzückt war, aber im Laufe des Gesprächs ergab sich,
daß sie eigentlich an die Sonnenuntergänge dachte,
und vielleicht auch an einen Studenten. Sie vergaß,
daß die Sonne überall untergeht und daß der Student
transportabel ist. Ich glaube nicht, daß ich gänzlich

unempfänglich für Naturschönheit bin, aber dann muß ich weiter wegfahren, nach dem Väternsee oder nach Schonen, oder ans Meer. Dazu habe ich nur selten Zeit, und innerhalb der nächsten dreißig oder vierzig Kilometer von Stockholm habe ich niemals eine Landschaft angetroffen, die mit Stockholm selbst verglichen werden kann – mit dem Tiergarten und dem Haga-Park und dem Trottoir am Wasser vor dem Grand Hotel. Deshalb bleibe ich meistens im Sommer wie im Winter in der Stadt. Ich tue das um so lieber, als ich den ständigen Drang des Einsiedlers habe, Menschen um mich zu sehen – wohlgemerkt fremde Menschen, die ich nicht kenne und mit denen ich nicht zu reden brauche.

Ich kam also nach Djurgårdsbrunn und bekam einen Tisch an der Glaswand in dem niedrigen Pavillon. Der Kellner brachte eilends die Speisekarte und breitete diskret eine reine Serviette über den Resten von Kalbsbratensauce und Battys Senf aus, die eine frühere Mittagsrunde übriggelassen hatte, und als er mir im nächsten Augenblick die Weinkarte reichte, verriet er mit seiner kurzen, rasch gestellten Frage: Chablis?, daß in seinem Gedächtnis möglicherweise ebenso viele unermeßliche Einzelkenntnisse verwahrt waren wie in dem eines Professors. Ich bin zwar kein fleißiger Wirtshausbesucher, aber wahr ist, daß ich fast niemals anderen Wein trinke als Chablis, wenn ich ab und zu außer Haus Mittag esse. Und er war lange in seinem Beruf und kannte seine Pappenheimer. Den ersten Rausch der Jugend hatte er gestillt, als er im Restaurant Berns

Tablette voller Punsch balancierte, in reiferem Alter hatte er mit größerer Würde kompliziertere Pflichten als Speisesaalkellner bei Rydberg und der »Hamburger Börse« bewältigt, und wer weiß, welche zufällige Ungunst des Schicksals daran schuld war, daß er jetzt, da ihm die Haare auszufallen begannen und sein Kellnerfrack etwas fettiger geworden war, seinem Beruf in einem etwas einfacheren Lokal nachging. Er hatte mit den Jahren einen Stempel erhalten, überall dort hinzugehören, wo es nach Speisen riecht und wo Flaschen entkorkt werden. Ich war erfreut, ihn zu sehen, und wir tauschten einen Blick voll heimlichen Verständnisses.

Ich sah mich unter dem Publikum um. Am Nebentisch saß der sympathische junge Mann, bei dem ich meine Zigarren zu kaufen pflege, und tat sich gütlich zusammen mit seinem Mädel, einer anmutigen kleinen Ladenmamsell mit flinken Mausaugen. Etwas weiter entfernt saß ein Schauspieler mit Frau und Kind und wischte sich mit glattrasierter priesterlicher Würde den Mund ab. Und noch weiter weg in einer Ecke saß ein einsames altes Original, das ich seit mindestens zwanzig Jahren von der Straße und den Cafés wiedererkenne, und teilte sein Mittag mit seinem Hund, der ebenfalls alt war und einen angegrauten Pelz hatte.

Ich hatte meinen Chablis erhalten und saß und ergötzte mich am Spiel der Sonnenstrahlen mit dem leichten, hellen Trank in meinem Glas, als ich ganz in meiner Nähe eine Frauenstimme hörte, die mir bekannt vorkam. Ich blickte auf. Eine Familie kam gerade ins Lokal, ein Herr, eine Dame und ein kleiner

Junge von vier, fünf Jahren, ein sehr hübsches Kind, aber dumm und lächerlich ausstaffiert mit einer hellblauen Samtbluse und Spitzenkragen. Die Frau führte das Wort, und ihre Stimme schien mir bekannt: dort wollen wir sitzen – nein, dort nicht – da scheint die Sonne – nein, dort haben wir keine Aussicht – wo ist der Ober?

Plötzlich erkannte ich sie wieder. Das war die gleiche junge Frau, die sich einst tränenüberströmt auf meinem Fußboden gewunden und gebettelt und gebeten hatte, ich möge ihr helfen – ich möge sie von dem Kind befreien, das sie erwartete. Dann wurde sie mit dem Ladenschwengel, den sie so gern haben wollte, verheiratet und bekam ihr Kind – etwas zu schnell, aber das tut ja jetzt nichts zur Sache – und hier haben wir also das *corpus delicti* in Samtbluse und Spitzenkragen. Na, kleine Frau, was sagen Sie jetzt – habe ich nicht recht bekommen? Der Skandal ging vorüber, aber Ihren kleinen Sohn haben Sie behalten und haben Freude an ihm...

Aber ich frage mich auf jeden Fall, ob es wirklich das Kind ist. Nein, das kann es ja gar nicht sein. Der Knabe ist vier, höchstens fünf Jahre alt, und es ist ja sieben oder acht Jahre her, seitdem diese Geschichte passierte: es war ja ganz im Anfang meiner Praxis. Was kann aus dem ersten Kind geworden sein? Vielleicht ist es irgendwie verunglückt. Na, das macht auch nichts, da sie den Schaden dann gutgemacht zu haben scheinen.

Ich finde die Herrschaften übrigens nicht so besonders verlockend, wenn ich sie mir näher betrachte.

Die Frau ist jung und noch recht hübsch, aber sie hat etwas Fett angesetzt und einen allzu blühenden Teint bekommen. Ich habe sie im Verdacht, daß sie vormittags Konditoreien besucht und Portwein trinkt mit Gebäck dazu und sich mit ihren Freundinnen Klatsch erzählt. Und der Herr ist ein Laden-Don Juan. Soll ich ihn nach seinem Aussehen und seinen Manieren beurteilen, dann bin ich geneigt zu glauben, daß er so untreu ist wie ein Hahn. Außerdem haben beide diese Art, als Vorschuß auf die Nachlässigkeit, die sie von ihm erwarten, mit dem Kellner zu zanken: eine Art, die mir Übelkeit erregt. Pack, kurz gesagt.

Ich spülte meine gemischten Eindrücke mit einem großen Schuß von dem leichten, säuerlichen Wein hinunter und blickte durch das große offene Schiebefenster hinaus. Da draußen lag die Landschaft reich, still und warm in der Nachmittagssonne. Der Kanal spiegelte das Grün der Strandufer und die Bläue des Himmels. Ein paar Kanus mit Ruderern in gestreiften Trikots flitzten sanft und leicht unter die Brücke und verschwanden, Radler rollten über die Brücke und verteilten sich über die Wege, und im Gras unter den großen Bäumen saßen Menschen in Gruppen und labten sich am Schatten und dem schönen Tag. Und über meinen Tisch flatterten zwei gelbe Schmetterlinge.

Und während ich so dasaß und meinen Blick im vollen Grün des Sommers da draußen versinken und ausruhen ließ, glitten meine Gedanken in eine Phantasie über, an der ich mich bisweilen vergnüge. Ich habe etwas erspartes Geld, einige zehntausend Kronen oder etwas mehr, in guten Wertpapieren angelegt. In fünf oder sechs Jahren habe ich vielleicht genug zusammengespart, um mir ein Haus auf dem Lande bauen zu können. Wo aber soll ich es bauen? Es muß am Meer sein. Es soll an einer offenen Küste, ohne Inseln und Schären sein. Ich will den Horizont frei haben, und ich will das Meer *hören*. Und ich will das Meer im Westen haben. Die Sonne soll dort untergehen.

Aber eine andere Sache ist ebenso wichtig wie das Meer; ich will reiches Grün und große, rauschende Bäume haben. Keine Kiefern und Fichten. Nun ja, Kiefern gehen noch an, wenn sie hoch und gerade und stark sind und wenn es ihnen gelungen ist, zu dem zu werden, zu was sie bestimmt waren; aber die angenagten Konturen eines Fichtenwaldes, die sich am Himmel abzeichnen, peinigen mich in einer Weise, die ich nicht erklären kann. Außerdem regnet es ja manchmal auf dem Lande genau wie in der Stadt, und ein Fichtenwald bei Regenwetter macht mich ganz krank und elend. Nein, eine arkadische Wiese soll es sein mit einem Hang, der langsam zum Strand hinunterführt, und Gruppen von großen, blätterreichen Bäumen, die grüne Gewölbe über meinem Haupt bilden.

Aber leider ist die Natur der Küste nicht so beschaffen; sie ist rauh und karg. Und vom Meereswind werden die Bäume knorrig und niedrig und verkrüppelt. Die Küste, an der ich bauen und wohnen möchte, werde ich niemals zu sehen bekommen.

Und dann ein Haus bauen; das ist auch so eine Geschichte. Erst dauert es einige Jahre, bis es fertig ist, und wahrscheinlich stirbt man während dieser Zeit; dann dauert es weitere drei Jahre, bis alles in Ordnung gekommen ist, und dann vergehen noch ungefähr fünfzig Jahre, bis es richtig gemütlich ist...

Eine Eheliebste sollte wohl eigentlich auch dazugehören. Aber das ist nun auch so eine Sache. Ich kann mich so schwer mit dem Gedanken abfinden, daß mich jemand ansieht, während ich schlafe. Der Schlaf eines Kindes ist schön zu schauen, der einer jungen Frau auch, aber kaum der eines Mannes. Man sagt, daß der Schlaf eines Helden am Lagerfeuer, mit dem Rucksack als Kopfkissen, ein hübscher Anblick sein soll, und das ist möglich, denn er ist so müde und schläft so gut. Wie aber kann mein Gesicht aussehen, wenn die Gedanken sich im Dämmerzustand befinden? Ich möchte das kaum selbst sehen, wenn ich könnte, und noch weniger sollte jemand anders das mitansehen.

Nein, es existiert kein Traum vom Glück, der nicht zuletzt sich selbst ad absurdum führt.

Oft frage ich mich auch, welche Natur ich mir am liebsten aussuchen würde, wenn ich niemals ein Buch gelesen und niemals ein Kunstwerk gesehen hätte. Vielleicht würde ich dann überhaupt nicht daran denken zu wählen – vielleicht wären dann die Schären mit ihren kleinen Anhöhen gut genug für mich. Alle meine Gedanken und Träume von der Natur bauen vermutlich auf Eindrücke von Dichtung und Kunst. Von der Kunst habe ich meine Sehnsucht gelernt, auf den Blumenwiesen der alten Florentiner lustwandeln, auf dem Meer Homers schaukeln und in Böcklins heiligem Hain das Knie beugen zu dürfen. Ach, was würden meine eignen armen Augen, sich selbst überlassen, in dieser Welt wahrnehmen ohne all diese Hunderte oder Tausende von Lehrern und Freunden unter denjenigen, die für uns andere gedichtet und gedacht und geschaut haben. Oft dachte ich in meiner Jugend: wer dabeisein dürfte; wer dabeisein könnte. Wer einmal etwas geben, nicht nur ständig empfangen dürfte. Es ist so öde, mit einer unfruchtbaren Seele allein zu sein; man weiß nicht, was man anfangen soll, um zu fühlen, daß man etwas ist und etwas bedeutet und etwas Selbstachtung bekommt. Es ist vermutlich ein großes Glück, daß die meisten in dieser Beziehung so anspruchslos sind. Ich war es nicht, und das hat mich lange gequält, obgleich ich glaube, daß das Schlimmste nun überstanden ist. Dichter konnte ich ja nicht werden. Ich sehe nichts, was nicht andere bereits gesehen und dem sie Form und Gestalt gegeben haben. Ich kenne ja einige Schriftsteller und Künstler; seltsame Figuren in meinen Augen. Sie wollen nichts, oder wenn sie etwas wollen, dann tun sie das Gegenteil. Sie sind nur Augen und Ohren und Hände. Aber ich beneide sie. Nicht so, daß ich um ihrer Visionen willen auf meinen eignen Willen verzichten möchte, aber ich würde mir ihre Augen und Ohren dazu wünschen. Manchmal, wenn ich einen von ihnen schweigend und wie abwesend dasitzen und ins Leere starren sehe, denke ich für mich selbst: Vielleicht sieht er in diesem Augenblick etwas, was niemand vorher gesehen hat und was er binnen kurzem tausend andere zu sehen zwingen wird, unter diesen auch mich. Was die Jüngsten unter ihnen produzieren, darauf verstehe ich mich zwar nicht – noch nicht! –, aber ich weiß, ich sehe voraus, daß, wenn sie nur eines Tages anerkannt und berühmt werden, auch ich sie verstehen und bewundern werde. Es verhält sich damit wie mit den neuen Moden in Kleidung, Möbeln und allem andern; nur die Versteinten und Vertrockneten, die seit langem Fertigen können dem widerstehen. Und die Dichter selbst, sind wirklich sie es, die die Gesetze der Zeit schreiben? Ja, weiß Gott. Ich finde dennoch nicht, daß sie so aussehen. Ich glaube eher, daß sie Instrumente sind, auf denen die Zeit spielt, Äolsharfen, in denen der Wind singt. Und was bin ich? Nicht einmal so viel. Ich habe keine eignen Augen. Ich kann ja nicht einmal den Schnaps und die Radieschen dort mit meinen Augen sehen, ich sehe sie mit Strindbergs Augen und denke an einen nächtlichen Schmaus, den er in seiner Jugend im Gasthaus Stallmästargården einnahm. Und als die Ruderer vorhin in ihren gestreiften Blusen auf dem Kanal vorbeihasteten, war mir einen Augenblick zumute, als eile ihnen Maupassants Schatten voraus.

Und nun, da ich an meinem offenen Fenster sitze und dies hier bei flatterndem Kerzenlicht niederschreibe – denn ich habe einen Widerwillen, mich mit Petroleumlampen zu befassen, und meine Haushälterin schläft nur allzu tief nach ihrem Begräbniskaffee mit Kuchen, als daß ich es über mich brächte, sie zu wecken – jetzt, da das Licht im Zuge flackert und mein

Schatten auf der grünen Tapete der Lichterflamme gleich flattert und zittert und lebendig werden möchte – jetzt denke ich an Andersen und sein Märchen vom Schatten, und es scheint mir, als sei ich selbst der Schatten, der Mensch werden wollte.

6. Juli morgens

Ich muß den Traum aufzeichnen, den ich heute nacht hatte: Ich stand am Bett von Pastor Gregorius; er war krank. Sein Oberkörper war entblößt, und ich horchte sein Herz ab. Das Bett stand in seinem Arbeitszimmer; eine Kammerorgel stand in einer Ecke, und jemand spielte darauf. Kein Choral, kaum eine Melodie. Nur ungeformte, fugenartige Tonfolgen auf und ab. Eine Tür stand offen; das beunruhigte mich, aber ich konnte es nicht über mich bringen, sie zu schließen.

– Ist es ernst? fragte der Pastor.

– Nein, antwortete ich, es ist nichts Ernstes; aber es ist gefährlich.

Ich meinte damit, daß das, woran ich dachte, für mich selbst gefährlich war. Und ich fand im Traum, daß ich mich tiefsinnig und fein ausdrückte.

– Sicherheitshalber, fügte ich hinzu, können wir ja um Abendmahlkapseln nach der Apotheke schicken.

– Soll ich operiert werden? fragte der Pastor.

Ich nickte.

– Das dürfte notwendig werden. Ihr Herz taugt nichts mehr, Herr Pastor, es ist zu alt. Wir werden es herausnehmen müssen. Es ist übrigens eine völlig ungefährliche Operation, sie kann mit einem gewöhnlichen Papiermesser ausgeführt werden.

Das erschien mir als eine ganz einfache wissenschaftliche Wahrheit, und ich hatte gerade ein Papiermesser in der Hand.

– Wir legen nur ein Taschentuch über das Gesicht.

Der Pfarrer stöhnte laut unter dem Taschentuch. Aber anstatt ihn zu operieren, drückte ich rasch auf einen Knopf an der Wand.

Ich nahm das Taschentuch fort. Er war tot. Ich fühlte seine Hand an; sie war eiskalt. Ich sah auf meine Uhr.

– Er ist seit mindestens zwei Stunden tot, sagte ich zu mir selbst.

Frau Gregorius erhob sich von der Orgel, wo sie gesessen und gespielt hatte, und kam auf mich zu. Ihr Blick schien mir besorgt und traurig, und sie reichte mir einen Strauß dunkler Blumen. Und erst in diesem Augenblick sah ich, daß sie zweideutig lächelte und daß sie nackt war.

Ich streckte meine Arme zu ihr hin aus und wollte sie an mich ziehen, aber sie wich zurück, und im gleichen Augenblick stand Klas Recke in der offenen Tür.

– Herr Doktor Glas, sagte er, in meiner Eigenschaft als stellvertretender Kanzleisekretär erkläre ich Sie für verhaftet!

– Zu spät, antwortete ich ihm. Siehst du nichts?

Ich deutete auf das Fenster. Ein roter Feuerschein schlug zu den beiden Fenstern des Zimmers hinein, plötzlich war es taghell, und eine Frauenstimme, die aus einem anderen Zimmer zu kommen schien, jammerte und wimmerte: die Welt brennt, die Welt brennt!

Da wachte ich auf.

Die Morgensonne schien mitten ins Zimmer, ich hatte abends, als ich nach Hause gekommen war, die Gardine nicht vorgezogen.

Seltsam. In den letzten Tagen habe ich ja überhaupt nicht an den ekelhaften Pastor und seine hübsche Frau gedacht. Nicht an sie denken *wollen*.

Und Gregorius war ja nach Porla gereist.

– – – – –

Ich schreibe hier nicht alle meine Gedanken nieder.

Ich schreibe selten einen Gedanken das erste Mal nieder, wenn er mich überkommt. Ich warte ab, ob er wiederkommt.

7. Juli

Es regnet, und ich sitze und denke an unbehagliche Dinge.

Warum sagte ich damals im Herbst nein zu Hans Fahlén, als er zu mir kam und mich bat, ihm fünfzig Kronen zu leihen? Es ist zwar wahr, daß ich ihn sehr wenig kannte. Aber eine Woche später hat er sich den Hals abgeschnitten.

Und warum habe ich nicht Griechisch gelernt, als ich zur Schule ging? Das ärgert mich zum Krankwerden. Ich habe es ja vier Jahre lang gepaukt. War es vielleicht, weil mein Vater mich gezwungen hatte, es anstelle von Englisch zu wählen? Hatte ich mir deshalb vorgenommen, nichts zu lernen? Wie kann man so tierisch dumm sein! Alles andere habe ich ja gelernt, sogar den Nonsens, der sich Logik nennt. Aber Griechisch habe ich vier Jahre lang geochst, und ich kann kein Griechisch.

Und das kann unmöglich der Fehler meines Lehrers gewesen sein, denn er ist später Minister geworden.

Ich habe Lust, meine Schulbücher wieder hervorzuholen und zu prüfen, ob ich jetzt etwas lernen kann, vielleicht ist es noch nicht zu spät dazu.

– – – – –

Ich frage mich, wie man sich fühlt, wenn man ein Verbrechen zu bereuen hat.

– – – – –

Ich möchte wissen, ob Kristin nicht bald mit dem Mittagessen fertig ist…

– – – – –

Der Wind rüttelt an den Bäumen auf dem Kirchhof, und der Regen strömt in der Dachrinne. Ein armer Teufel mit einer Flasche in der Tasche hat unter dem Kirchendach Schutz gesucht, in einer Ecke an dem Strebepfeiler. Er steht dort an die rote Kirchenmauer angelehnt, und sein Blick irrt fromm und blau durch die dahinziehenden Wolken. Es tropft von den zwei mageren Bäumen am Grabe von Bellmann. Schräg gegenüber von der Kirchhofecke liegt ein berüchtigtes

Haus; ein Mädchen in einem Leinenhemd geht behutsam ans Fenster und läßt die Gardine herunter. Aber dort unten zwischen den Gräbern spaziert der Gemeindepfarrer mit Regenschirm und Gummischuhen vorsichtig durch den Schmutz, und jetzt schlupft er durch die kleine Tür in die Sakristei hinein.

– – – – –

Übrigens, warum geht der Pfarrer immer durch eine Hintertür in die Kirche?

9. Juli

Es regnet immer noch. Tage wie diese sind mit allem geheimen Gift in meiner Seele verwandt.

Vorhin, als ich mich auf dem Nachhauseweg von meinen Krankenbesuchen befand, tauschte ich an einer Straßenecke einen raschen Gruß mit einem Mann aus, den zu treffen mir nicht angenehm ist. Er hat mich einmal beleidigt – tief beleidigt, und unter solchen Umständen, daß ich keine Möglichkeit sehe, es ihm heimzuzahlen.

So etwas vertrage ich nicht. Das greift meine Gesundheit an.

– – – – –

Ich sitze an meinem Sekretär, habe die Schreibplatte heruntergeklappt und ziehe eine Schublade nach der andern heraus und sehe mir alte Papiere und Sachen an. Ein vergilbter Zeitungsausschnitt fällt mir in die Hände.

Gibt es ein Leben nach dem Tode?
Von Dr. theol. H. Cremer. Preis 50 Öre.
John Bunyans Offenbarungen.
Eine Darstellung des Lebens nach dem Tode,
der Herrlichkeit des Himmels und der Schrecken
der Hölle. Preis 75 Öre.
Des Menschen eigne Kraft.
Der richtige Weg zu Reichtum und Erfolg von
S. Smiles. Preis 3,50, elegant in Leinen gebunden
mit Goldschnitt 4,25.

Weshalb habe ich dieses alte Inserat aufgehoben?
Ich erinnere mich daran, daß ich es ausschnitt, als ich
vierzehn Jahre alt war, dem gleichen Jahr, da das Vermögen meines Vaters in Rauch aufging. Ich sparte von
meinem kleinen Taschengeld, und zum Schluß kaufte
ich das Buch von Smiles, allerdings nicht die Goldschnittausgabe. Nachdem ich es gelesen hatte, verkaufte ich es gleich wieder in einem Antiquariat; es war
von allzu ausgeprägter Einfalt.

Aber das Inserat habe ich also noch. Das ist auch
wertvoller.

Und hier eine alte Photographie: das Landhaus, das
wir eine Reihe von Jahren besaßen. Haus Marie hieß
es, nach meiner Mutter.

Die Photographie ist verblichen und verblaßt, und es
liegt wie ein Nebel über dem weißen Haus und dem
Fichtenwald dahinter. Ja, so hat es dort an grauen und
verregneten Tagen ausgesehen.

Ich hatte es dort nicht so besonders unterhaltsam.
Im Sommer bekam ich immer so viel Prügel von mei-

nem Vater. Ich war damals wohl ein schwierig zu behandelndes Kind, wenn ich nicht mit der Schule und dem Aufgabenlernen beschäftigt war.

Einmal bekam ich zu Unrecht Schläge. Das gehört fast zu meinen besten Kindheitserinnerungen. Natürlich tat es dem Fell weh, aber der Seele tat es gut. Ich ging danach an den See herunter, es herrschte fast ein Sturm, und der Schaum spritzte mir bis ins Gesicht. Ich weiß nicht, ob ich jemals später eine so angenehme Überschwemmung von edlen Gefühlen verspürt habe. Ich verzieh meinem Vater; er war von solch heftiger Laune, und er hatte auch große Sorgen wegen seiner Geschäfte.

Schwerer fiel es, ihm alle die Male zu verzeihen, da er mir gerechterweise Prügel verabreichte; ich weiß nicht, ob ich ihm das bis heute so richtig verziehen habe. Wie damals, als ich trotz strengstem Verbot wieder an meinen Nägeln gekaut hatte. Wie schlug er mich! Stundenlang danach lief ich im strömenden Regen durch den elenden Fichtenwald und weinte und fluchte.

Mein Vater war niemals richtig ruhig. Er war selten froh, und wenn er das nicht war, konnte er auch nicht die frohe Laune anderer Menschen vertragen. Aber Feste liebte er; er gehörte zu den melancholischen Verschwendern. Er war reich und starb arm. Ich weiß nicht, ob er ein hundertprozentiger Ehrenmann war; er war ja in so große Geschäfte verstrickt. Wie wunderte ich mich doch als Kind über ein Scherzwort, das ich ihn einmal zu einem seiner Geschäftsfreunde äußern hörte: »Ja, mein lieber Gustav, es ist nicht so leicht, ehrlich zu sein, wenn man so viel Geld verdient, wie wir es tun«... Aber er war streng und hart, und er hatte völlig klare und bestimmte Begriffe von Pflicht, wenn es andere betraf. Für sich selbst findet man ja immer Umstände, die eine Ausnahme entschuldigen.

Aber das Schlimmste war, daß ich stets eine so starke physische Abneigung gegen ihn empfand. Wie es mich quälte, als ich als kleiner Junge mit ihm zusammen baden mußte und er mich Schwimmen lehren wollte. Ich entwand mich wie ein Aal seinen Händen, wiederholt kam es mir vor, als ertränke ich, und ich war fast ebenso bange vor dem Tode wie vor der Berührung mit seinem nackten Körper. Er ahnte wohl auch nicht, wie diese rein körperliche Abneigung meine Pein jedesmal, wenn er mir Prügel verabfolgte, verschärfte. Und noch lange danach war es eine Qual für mich, wenn ich auf Reisen oder sonst bei gewissen Anlässen im gleichen Zimmer wie er schlafen mußte.

Und dennoch hatte ich ihn lieb. Vielleicht am meisten deswegen, weil er so stolz auf meine Intelligenz war. Und auch deswegen, weil er immer so fein gekleidet war. Eine Zeitlang haßte ich ihn auch deswegen, weil er zu meiner Mutter nicht gut war. Aber dann wurde sie ja krank und starb. Ich merkte damals, daß er sie mehr betrauerte, als ich es mit meinen fünfzehn Jahren vermochte, und da konnte ich ihn ja nicht länger hassen.

Jetzt sind sie beide nicht mehr am Leben. Und verblichen sind sie alle – alle diejenigen, die zwischen den

Möbeln im Hause meiner Kindheit gingen und standen. Ja, nicht alle, aber diejenigen, die mir etwas nahestanden. Bruder Ernst, der so stark und so dumm und so brav war, mein Helfer und mein Schutz in allen Abenteuern der Schuljungenperiode – dahin. Nach Australien reiste er, und niemand weiß, ob er lebt oder tot ist. Und meine hübsche Cousine Alice, die so blaß und gerade am Klavier stand und mit den Augen einer Schlafwandlerin und mit einer Stimme, die schimmerte und brannte, sang, so sang, daß ich, der ich in einer Ecke der großen Glasveranda kauerte, von Schauern gepackt wurde, so sang, wie ich niemals mehr werde jemanden singen hören, was ist aus ihr geworden? Verheiratet mit der Armut, mit einem Lehrer in einer Kleinstadt, und schon alt und krank und verzehrt. Ich fiel in einen plötzlichen Weinkrampf, als ich sie vorige Weihnachten bei ihrer Mutter traf, das wirkte ansteckend auf sie, und wir weinten beide... Und ihre Schwester Anna mit den heißen Wangen, sie, die von dem gleichen Fieber im Tanz gepackt war wie ihre Schwester im Gesang, sie lief ihrem Lümmel von Mann mit einem andern Lümmel davon und wurde verlassen. Jetzt, so sagt man, verkauft sie sich in Chicago. Und deren Vater, der gute, schöne, geistreiche Onkel Ulrik, von dem sie immer sagten, daß ich ihm ähnlich sähe, obgleich ich ihm auf eine ungute Weise ähnelte, er wurde in denselben Krach mit hineingezogen, der meinen Vater zu Fall brachte, und wie er starb er in einer kaum verhüllten Misere... Was war das für eine Pest, die sie alle im Lauf weniger Jahre dahinraffte, sie ins

Grab oder zu einem Schattenleben im Elend führte, alle, alle, auch die meisten der Freunde, die ehedem bei festlichen Gelegenheiten unsere Räume gefüllt hatten?

Gott weiß, was das war. Aber sie sind alle dahin. Und Haus Marie soll jetzt Sophienhain heißen.

5. Juli

Am Sekretär.

Mir kam der Einfall, auf die Feder zu drücken, die das kleine Geheimfach öffnet. Ich weiß ja, was dort verborgen liegt: nur eine kleine runde Schachtel mit Pillen. Ich will sie nicht in meinem Medikamentenschrank haben, es könnte möglicherweise einmal eine Verwechslung geschehen, und das wäre nicht gut. ich habe sie selbst gedreht, vor mehreren Jahren, und sie enthalten etwas Zyankali. Ich hatte keine aktuellen Selbstmordgedanken, als ich sie für mich verfertigte; aber ich war der Meinung, ein weiser Mann müsse jederzeit bereit sein.

Wenn man etwas Zyankali in ein Glas Wein oder etwas ähnliches mischt, erfolgt unmittelbar darauf der Tod, das Glas fällt aus der Hand auf den Boden, und jedem ist klar, daß ein Selbstmord vorliegt. Das ist nicht immer gut. Wenn man dagegen eine von meinen Pillen einnimmt und ein Glas Wasser darauf trinkt, dauert es eine oder ein paar Minuten, bis die Pille sich auflöst und ihre Wirkung tut, man kann das Glas ruhig auf das Tablett zurückstellen und sich in einen bequemen Stuhl vor dem Kaminfeuer setzen und sich eine Zigarre anzünden und das *Aftonblad* entfalten. Plötzlich fällt man zusammen. Der Arzt konstatiert einen Schlaganfall. Erfolgt dann eine Obduktion, wird das Gift natürlich gefunden. Aber wenn keine verdächtigen oder vom medizinischen Standpunkt besonders interessanten Umstände vorliegen, erfolgt keine Obduktion. Und man kann nicht sagen, daß solche Umstände vorliegen, wenn eine Person vom Schlag getroffen wird, während sie bei ihrer Mittagszigarre das *Aftonblad* liest.

Es ist doch ein schönes und beruhigendes Gefühl zu wissen, daß diese kleinen mehligen Pillen, die Bleikugeln ähneln, dort liegen und auf den Tag warten, an dem sie gebraucht werden können. In ihnen schlummert eine Kraft, böse und hassenswert an sich, von allem Anfang an der Hauptfeind des Menschen und alles Lebendigen. Und man setzt sie erst frei, wenn sie der einzige und heiß ersehnte Befreier von einem noch größeren Übel ist.

Woran dachte ich am meisten, als ich diese kleinen schwarzen Kugeln für mich herstellte? Einen Selbstmord aus unglücklicher Liebe habe ich mir niemals vorstellen können. Eher noch aus Armut. Armut ist schrecklich. Von allen sogenannten äußeren Unglücken ist sie wohl dasjenige, das am tiefsten nach innen wirkt. Aber sie scheint mir nicht nahe zu sein; selbst zähle ich mich zu den relativ Wohlhabenden, und die Gesellschaftswissenschaft ordnet mich den Reichen zu. Woran ich in erster Linie dachte, war wohl Krankheit. Eine langwierige, unheilbare, schreckliche Krankheit. Ich habe ja so viel gesehen... Krebs, Gesichtslupus, Blindheit, Lähmung... Wie viele Unglückliche habe ich nicht gesehen, denen ich ohne geringstes Zögern eine dieser Pillen gegeben haben würde, wenn bei mir nicht, wie bei anderen Leuten, das Eigeninteresse und der Respekt vor der Polizei stärker spräche als die Barmherzigkeit. Und statt dessen, wieviel untaugliches, hoffnungslos verdorbenes Menschenmaterial habe ich nicht von Amts wegen konserviert – und mich nicht einmal geschämt, dafür noch bezahlt zu werden.

Aber so ist der Brauch. Man handelt stets klug, wenn man dem Brauch folgt; und in Dingen, die uns nicht zutiefst persönlich berühren, handeln wir vielleicht auch richtig, wenn wir ihm folgen. Und warum soll ich mich zum Märtyrer einer Ansicht machen, die früher oder später Gemeingut aller zivilisierten Menschen werden wird, heute aber noch als verbrecherisch gilt?

Der Tag wird und muß kommen, da das Recht zu töten als ein weitaus wichtigeres und unabdingbareres Menschenrecht erkannt werden wird als das Recht, einen Stimmzettel in die Wahlurne zu legen. Wenn diese Zeit reif ist, wird jeder unheilbar Kranke – und ebenfalls jeder »Verbrecher« – ein Anrecht auf die Hilfe des Arztes haben, sofern er die Befreiung wünscht.

Es war etwas Schönes und Großes mit dem Giftbecher, den die Athener Sokrates durch den Arzt überreichen ließen, nachdem sie nun einmal des Glaubens gewesen waren, daß sein Leben eine Gefahr für den Staat bedeutete. Unsere Zeit würde ihn, vorausgesetzt, daß sie ihn in gleicher Weise beurteilt hätte, auf ein rohes Schafott geschleppt und mit einem Beil abgeschlachtet haben.

– – – – –

Gute Nacht, du Kraft des Bösen. Schlafe gut in deiner kleinen runden Dose. Schlafe, bis ich dich brauche; soweit es auf mich ankommt, werde ich dich nicht zu ungelegener Zeit wecken. Heute regnet es, morgen aber scheint vielleicht die Sonne. Und erst wenn der Tag heraufdämmert, da selbst der Sonnenschein mir verpestet und krank erscheint, werde ich dich wecken, um selbst schlafen zu können.

11. Juli

Am Sekretär an einem Tage Grau in Grau.

In einer der kleinen Schubladen fand ich soeben einen kleinen Zettel, auf dem ein paar Worte mit meiner Schrift geschrieben standen, so wie sie vor Jahren war – denn die Handschrift eines jeden Menschen ändert sich ununterbrochen, jedes Jahr ein klein wenig, vielleicht unmerklich für ihn selbst, aber ebenso unvermeidlich und sicher, wie sich das Gesicht, die Haltung, die Bewegungen, die Seele verändern.

Auf dem Zettel stand geschrieben:

»Nichts verringert einen Menschen so und zieht ihn so herab wie das Bewußtsein, nicht geliebt zu werden.«

Wann habe ich das geschrieben? Ist das eine Betrachtung von mir selbst oder ein Zitat, das ich notiert habe? Erinnere mich nicht.

– – – – –

Die Ehrgeizigen verstehe ich. Ich brauche nur in einer Ecke in der Oper zu sitzen und den Krönungsmarsch aus dem *Propheten* zu hören, um eine heiße, wenn allerdings auch rasch vorübergehende Begierde danach zu empfinden, über die Menschen zu herrschen und mich in einem alten Dom krönen zu lassen.

Aber das muß zu meinen Lebzeiten geschehen; der Rest darf gern Schweigen sein. Niemals habe ich diejenigen verstanden, die einem unsterblichen Namen nachjagen. Das Gedächtnis der Menschheit ist lückenhaft und ungerecht, und unsere ältesten und größten Wohltäter haben wir vergessen. Wer hat den Wagen erfunden? Pascal erfand den Schubkarren* und Fulton die Lokomotive, wer aber hat den Wagen erfunden? Wer hat das Rad erfunden? Das weiß niemand. Statt dessen hat die Geschichte den Namen des Leibkutschers von König Xerxes aufbewahrt: Patiramphes, Sohn des Otanes. Er fuhr den Wagen des großen Königs. – Und der Lümmel, der im Tempel der Diana in Ephesus Feuer legte, damit die Menschen seinen Namen nicht vergessen sollten, hat natürlich sein Ziel erreicht und steht jetzt im Brockhaus.

– – – – –

Man will geliebt werden, mangels dessen bewundert, mangels dessen gefürchtet, mangels dessen verabscheut und verachtet. Man will den Menschen irgendein Ge-

---

* Diese Angabe erscheint seltsam, und ich erinnere mich nicht mehr daran, wo ich sie gelesen habe. Die Idee des Schubkarrens (eine Kombination von Hebel und Rad) dürfte bedeutend älteren Datums sein. *Anm. d. Verf.*

fühl eingeben. Die Seele erschauert vor dem leeren Raum und will um jeden Preis Kontakt haben.

13. Juli

Ich habe graue Tage und schwarze Stunden. Ich bin nicht glücklich. Doch kenne ich niemanden, mit dem ich würde tauschen wollen; mein Herz zieht sich zusammen bei der Vorstellung, daß ich der oder jener unter meinen Bekannten sein könnte. Nein, ich will niemand anders sein.

In meiner ersten Jugend litt ich sehr darunter, daß ich nicht hübsch war, und in meiner brennenden Begierde danach, hübsch zu sein, kam ich mir vor wie ein Monstrum an Häßlichkeit. Aber jetzt weiß ich, daß ich aussehe, wie die Leute im allgemeinen auszusehen pflegen. Das macht mich aber auch nicht gerade froh.

Ich liebe mich selbst nicht besonders, weder die Schale noch das Innere. Aber ich möchte niemand anders sein.

14. Juli

Gesegnete Sonne, die du zu uns hienieden den Weg zu finden vermagst, bis in die Gräber hinein unter den Bäumen...

Ja, so war es vorhin; jetzt ist es dunkel. Ich komme von meiner Abendpromenade. Die Stadt lag wie einem Rosenbad entstiegen, und über den Höhenzügen im Süden lagen leichte Rosennebel.

Ich saß eine Weile allein an einem Tisch auf dem Trottoir vor dem »Grand« und trank etwas Brauselimonade mit Zitrone; da kam Fräulein Mertens vorbei. Ich erhob mich und grüßte, und zu meiner Überraschung blieb sie stehen, reichte mir die Hand und sagte ein paar Worte, ehe sie ihren Weg fortsetzte, etwas über die Krankheit ihrer Mutter und den schönen Abend. Während sie sprach, errötete sie etwas, als ob sie fühlte, daß, was sie tat, ungewöhnlich war und mißdeutet werden könnte.

Ich mißdeutete es jedenfalls nicht. Ich habe ja viele Male gesehen, wie gefällig und freundlich und unberührt von aller Form ihre Art gegenüber fast allen Leuten ist, und das hat mich immer entzückt.

Aber auf jeden Fall – wie sie strahlte! Liebt sie jemand?

Ihre Familie gehörte zu den vielen, die durch den Bankrott meines Vaters in Mitleidenschaft gezogen wurden. In den letzten Jahren ist die alte Oberstin kränklich gewesen, und sie nimmt mich oft in Anspruch. Ich habe niemals ein Honorar annehmen wollen, und sie verstehen ja den Grund.

Sie reitet auch; in der letzten Zeit habe ich sie ein paarmal auf meinen Morgenritten gesehen, zuletzt gestern. Mit einem munteren »Guten Morgen« ritt sie in raschem Tempo an mir vorbei, und dann sah ich sie weit weg an einer Wegbiegung das Tempo verringern, sie fiel in Schritt und ritt eine lange Strecke mit langen Zügeln, wie in Träume versunken... Aber ich hielt meinen gleichmäßigen Takt, auf diese Weise ritten wir in kurzen Abständen einige Male aneinander vorbei.

– – – – –

Sie ist nicht eigentlich hübsch, aber sie hat etwas, was in ganz besonderer Weise mit dem in Verbindung steht, was viele Jahre lang und bis ganz kürzlich mein Traum von der Frau war. So etwas kann nicht erklärt werden. Einmal – es ist nun wohl drei Jahre her – erreichte ich es mit vielen Mühen, daß ich in einer Familie eingeladen wurde, von der ich wußte, daß sie dort verkehrt, nur um sie zu treffen. Sie kam auch wirklich hin, aber damals schenkte sie mir kaum einen Blick, und wir sprachen nicht viele Worte miteinander.

Und jetzt: ich erkenne sie gut wieder, sie ist die gleiche wie damals. Nun bin ich es, den ich nicht mehr wiedererkenne.

17. Juli

Nein, manchmal kommt es mir vor, als hätte das Leben ein allzu gemeines Gesicht.

Ich bin gerade von einem nächtlichen Krankenbesuch nach Hause gekommen. Ich wurde durch ein Klingeln des Telefons geweckt, bekam einen Namen und eine Adresse – ganz in der Nähe von mir – und eine Andeutung dessen, worum es sich handelte: ein Kind war plötzlich schwer krank geworden, vermutlich Krupp, bei Großkaufmann sowieso. Von angetrunkenen Nachtbummlern und von Dirnen, die mich am

Mantel zogen, umschwärmt, eilte ich durch die Straßen. Es war vier Treppen hoch in einem Haus in einer Nebenstraße. Der Name, den ich am Telefon gehört hatte und den ich nun an der Tür las, kam mir bekannt vor, ohne daß ich mir darüber im klaren war, woher. Ich wurde von der Dame des Hauses in Nachtgewand und Unterrock empfangen – es war die Dame von Djurgårdsbrunn, die gleiche, die ich seit damals vor vielen Jahren kannte. So, so, also der hübsche kleine Junge, dachte ich. Durch ein enges Speisezimmer und einen idiotischen Salon, die momentan durch eine fettige Küchenlampe erhellt waren, die auf einer Anrichte stand, wurde ich ins Schlafzimmer geführt, das offenbar für die ganze Familie gemeinsam war. Den Mann sah ich jedoch nicht, er war nicht zu Hause. »Unser ältester Sohn ist krank«, erklärte die Frau. Ich wurde an ein kleines Bett geführt. Dort lag nicht der kleine hübsche Junge. Es war ein anderer, ein Monstrum. Enorme Kiefer wie ein Affe, ein zusammengedrückter Schädel, kleine böse und stumpfe Augen. Ein Idiot, das stand beim ersten Augenschein fest.

So, so – das war also der Erstgeborene. Ihn trug sie damals unter dem Herzen. Dieses Embryo war es, von dem sie mich auf ihren Knien bat, sie zu befreien; und ich antwortete ihr mit der Pflicht. Leben, ich verstehe dich nicht!

Und jetzt will der Tod sich endlich seiner und ihrer erbarmen und ihn aus dem Leben führen, in das er niemals hätte kommen dürfen. Aber das darf er nicht. Sie wünschen nichts lieber, als ihn loszuwerden, anderes ist ja nicht möglich, aber in der tiefen Feigheit ihres Herzens senden sie dennoch nach mir, dem Arzt, damit ich den guten und barmherzigen Tod vertreibe und die Mißgeburt am Leben erhalten soll. Und in meiner ebenso großen Feigheit tue ich »meine Pflicht« – tue sie jetzt, wie ich sie damals tat.

Ich habe ja alle diese Gedanken nicht sofort erwogen, als ich verschlafen in dem fremden Zimmer, an einem Krankenbett stand. Ich wirkte nur in meinem Beruf und dachte nichts – blieb da, so lange wie ich gebraucht wurde, tat, was getan werden mußte, und ging meiner Wege. Im Flur traf ich den Mann und Vater, der gerade nach Hause kam, etwas angesäuselt.

– – – – –

Und der Affen-Knabe wird leben – vielleicht noch viele Jahre.

Das widerliche Tiergesicht mit seinen kleinen, bösen, stumpfen Augen verfolgt mich bis hier in mein Zimmer, und ich sitze hier und lese die ganze Geschichte in ihnen.

Er hat genau die Augen bekommen, mit denen die Umwelt seine Mutter ansah, als sie mit ihm schwanger ging. Und mit den gleichen Augen verleitete die Umwelt auch sie, zu sehen, was sie getan hatte.

Hier ist nun die Frucht – siehe, welche schöne Frucht!

Der rohe Vater, der sie schlug, die Mutter, in deren Kopf es von dem rumorte, was Verwandte und Bekannte sagen würden, die Bedienten, die sie hämisch

betrachteten und grinsten und herzensfroh darüber
waren, eine deutliche Bestätigung dafür zu erhalten,
daß die »besseren Leute« nicht besser sind als die nied-
riger gestellten, Tanten und Onkel mit Gesichtern, die
in Idiotenempörung und Idiotenmoral erstarrten, der
Pfarrer, der sich bei der schmählichen Hochzeit kurz
faßte und trocken sprach, vielleicht mit einem gewissen
Recht geniert, im Namen des Herrn die Kontrahen-
ten zu ermahnen, zu tun, was augenscheinlich bereits
getan war – alle trugen das Ihrige dazu bei, alle haben
etwas Teil an dem, was entstand. Nicht einmal der Arzt
fehlte – und der Arzt, das war ich.

Ich hätte ihr damals ja helfen können, als sie in
höchster Not und Verzweiflung hier in diesem Zimmer
auf den Knien herumrutschte. Statt dessen antwortete
ich ihr mit der Pflicht, an die ich nicht glaubte.

Aber ich konnte auch nicht wissen oder ahnen...

Ihr Fall war doch einer jener, wo ich mich sicher
fühlte. Wenn ich auch nicht an die »Pflicht« glaubte –
nicht glaubte, daß sie das über allem andern verbind-
liche Gesetz war, für das sie sich ausgab – so war mir
doch durchaus klar, daß das Richtige und Kluge in
diesem Fall war, das zu tun, was die andern Pflicht
nannten. Und ich tat es ohne Zögern.

Leben, ich verstehe dich nicht.

– – – – –

»Wenn ein Kind verkrüppelt geboren wird, wird es
ertränkt.« (Seneca.)

– – – – –

Jeder Idiot im Eugenia-Heim kostet mehr an jährlichem Unterhalt, als ein gesunder junger Handarbeiter jährlich an Lohneinkommen hat.

24. Juli

Die Afrikahitze ist zurückgekommen. Den ganzen Vormittag über liegt sie wie ein Rauch von Goldstaub in drückender Windstille über der Stadt, und erst mit der Dämmerung kommen Abkühlung und endlich Linderung.

Fast jeden Tag sitze ich eine Weile auf dem Trottoir vor dem »Grand« und sauge durch einen schmalen Strohhalm an einer leichten zitronengesäuerten Limonade. Ich liebe diese Stunde, da die Laternen am Ufer des Stroms entlang aufzuglimmen beginnen, das ist meine beste Stunde am Tage. Sehr oft sitze ich allein dort, aber gestern saß ich zusammen mit Birck und Markel.

– Ich preise Gott dafür, sagte Markel, daß sie endlich wieder damit begonnen haben, die Laternen anzuzünden. Ich kenne mich selbst in diesem Sommernachtsdunkel ohne Beleuchtung nicht wieder, in dem wir nun eine beträchtliche Zeit lang herumgeirrt sind. Obgleich ich weiß, daß die Anordnung ausschließlich aus Sparsamkeitsgründen erfolgt ist, also einem durchaus achtungswerten Motiv, hat sie auf jeden Fall einen gemeinen Beigeschmack, für den Geschmack der Touristen arrangiert zu sein. »Das Land der Mitternachtssonne« – pfui Deibel!

– Ja, sagte Birck, man könnte sich mindestens damit begnügen, die Laternen um die Mittsommerzeit ein paar Nächte gelöscht zu halten, wenn es wirklich fast taghell ist. Auf dem Lande ist die Sommernachtsdämmerung etwas ganz Zauberhaftes, aber hierher gehört sie einfach nicht. Lichter anzuzünden paßt zur Stadt. Niemals habe ich das Glück und den Stolz darüber, in einer Stadt zu Hause zu sein, stärker empfunden, als wenn ich als Kind an einem Herbstabend vom Lande zurückkam und die Laternen rund um die Kais funkeln sah. Jetzt, so dachte ich, jetzt müssen sich die armen Teufel dort draußen auf dem Lande in ihrer Stube aufhalten oder auch in Dunkel und Schmutz herumstiefeln.

– Aber das ist wahr, fügte er hinzu, auf dem Lande hat man statt dessen einen ganz andern Sternenhimmel als hier in der Stadt. Hier tauchen die Sterne in Konkurrenz mit den Gaslaternen unter. Und das ist schade.

– Die Sterne, sagte Markel, taugen nicht dazu, uns auf unsern nächtlichen Irrfahrten zu leuchten. Es ist traurig, in welchem Grade sie allen praktischen Wert verloren haben. Früher regelten sie unser ganzes Leben; und wenn man einen gewöhnlichen Vierzehn-Öre-Almanach öffnet, sollte man glauben, daß sie es noch immer tun. Es wäre schwer, ein sinnfälligeres Exempel für die Zähigkeit der Tradition zu finden als dies: daß das am meisten verbreitete Volksbuch, das es gibt, mit genauen Angaben über Dinge gefüllt ist, um die sich kein Mensch mehr kümmert. Alle diese astronomischen Zeichen, die der ärmste Bauer vor zweihundert Jahren doch annähernd verstand und die er mit Eifer und Fleiß studierte, da er glaubte, daß sein ganzes Wohlergehen davon abhing, sind heutzutage einer großen Menge gebildeter Menschen unbekannt und unverständlich. Wenn die Akademie der Wissenschaften Scherz verstehen würde, könnte sie sich damit vergnügen, Krebs, Löwe und Jungfrau im Kalender wie Lose in einem Hut zu mischen, und die Leute würden nicht das geringste merken. Der Sternenhimmel ist zu einer rein dekorativen Rolle abgesunken.

Er trank einen Schluck von seinem Whisky und fuhr fort:

– Nein, die Sterne können sich nicht mehr der gleichen Popularität erfreuen wie früher. So lange wie man glaubte, daß unser Schicksal von ihnen abhing, waren sie gefürchtet, aber auch geliebt und verehrt. Und als Kinder haben wir sie ja alle mit dem Gedanken geliebt, daß sie hübsche kleine Lichter sind, die Gott abends anzündete, um uns zu erfreuen, und wir glaubten, sie blinzelten uns zu. Jetzt wiederum, seitdem wir etwas mehr über sie zu wissen bekommen haben, sind sie für uns nur eine ständige, schmerzliche, unverschämte Mahnung an unsere eigene Unbedeutendheit. Hier geht man zum Beispiel eines Nachts die Drottninggata entlang und denkt großartige, wunderbare, ja epochemachende Gedanken, Gedanken, von denen man ahnt, daß kein Mensch in der ganzen Welt sie vorher hat denken können oder gewagt hat zu denken. Zugegeben, daß eine langjährige Erfahrung zutiefst in unserem Unterbewußten auf der Lauer sitzt und flüstert, daß wir am nächsten Morgen ohne den geringsten Zweifel diese Gedanken vergessen oder auch keinen Blick mehr für ihre großartige und epochale Bedeutung haben werden – das tut nichts, das vermindert nicht das Glück der gedanklichen Berauschung, solange sie währt. Aber man braucht nur ganz zufällig in die Höhe zu blicken und einen kleinen Stern zwischen ein paar blechernen Schornsteinen ganz still sitzen und leuchten und blinken zu sehen, um zu verstehen, daß man sie ebenso gern sofort vergessen kann. Oder man geht und blickt in den Rinnstein und fragt sich, ob man wirklich recht daran tut, sich totzusaufen oder ob man möglicherweise etwas Besseres aushecken könnte, um die Zeit auszufüllen. Dann bleibt man plötzlich – wie es mir neulich nachts erging – stehen und starrt auf einen kleinen blinkenden Punkt im Rinnstein. Man findet nach einer Weile Nachdenkens, daß da ein Stern ist, der sich spiegelt – übrigens war es Deneb im Schwan. Und sofort wird einem klar, wie lächerlich unwichtig die ganze Frage ist.

– Na, erlaubte ich mir einzuwerfen, das kann man nun allerdings als die Betrachtung des Saufens unter dem Gesichtswinkel der Ewigkeit bezeichnen. Aber diese ist in nüchternem Zustand kaum völlig natürlich für uns und eignet sich jedenfalls nicht für den täglichen Gebrauch. Wenn der Stern Deneb auf die Idee käme, sich selbst *sub specie aeternitatis* zu betrachten, würde er sich vielleicht allzu unbedeutend vorkommen, um es noch weiter der Mühe wert zu finden, zu leuchten. Jedoch sitzt er nun seit längerer Zeit dort oben getreulich auf seinem Posten und leuchtet sehr hübsch und spiegelt sich sowohl in den Weltmeeren auf den unbekannten Planeten, deren Sonne er wahrscheinlich ist, als auch ab und zu in einem Rinnstein auf der kleinen dunklen Erde. Folge diesem Beispiel, lieber Freund! Ja, ich meine es im großen und ganzen und so ungefähr und nicht nur in bezug auf den Rinnstein.

– Markel, mischte sich Birck ein, überschätzt sehr die Reichweite seines Gedankens, wenn er glaubt, daß er auch nur den kleinsten und schwächsten seiner Grogs unter dem Gesichtswinkel der Ewigkeit betrachten kann. Das steht nicht in seiner Macht, und er würde nicht lebend davonkommen. Ich glaube, irgendwo gelesen zu haben, daß dieser Gesichtspunkt ausschließlich Gott, dem Herrn, vorbehalten ist. Und vielleicht hat er deshalb zu existieren aufgehört. Das Rezept war wohl sogar für ihn zu stark.

Markel schwieg. Er sah ernst und niedergeschlagen aus. Jedenfalls erschien es mir so nach dem, was ich von seinem Gesicht unter dem großen rotgeränderten Sonnenzelt sehen konnte, und als er ein Streichholz entzündete, um seiner verglimmenden Zigarre Feuer zu geben, fiel mir auf, daß er alt geworden war. Er wird zwischen vierzig und fünfzig sterben, dachte ich bei mir selbst. Und er ist wohl bereits ein gutes Stück über vierzig.

Plötzlich sagte Birck, der so saß, daß er das Trottoir in Richtung zur Stadt überschauen konnte:

– Dort kommt Frau Gregorius, das ist die Dame, die mit diesem ekelhaften Pfaffen verheiratet ist. Gott weiß, unter welchen Umständen sie hat die Seine werden können. Wenn man die beiden zusammen sieht, muß man sich abwenden, man hat das Gefühl, daß das elementarste Taktgefühl ihr gegenüber das erfordert.

– Ist der Pastor mit von der Partie? fragte ich.

– Nein, sie ist allein...

Ja, natürlich, der Pastor war ja noch in Porla.

– Ich finde, daß sie aussieht wie eine blonde Delila, sagte Birck.

Markel: Wollen wir hoffen, daß sie ihre Aufgabe in diesem Leben richtig auffaßt und dem Nasir des Herrn ordentliche Hörner aufsetzt.

Birck: Das glaube ich kaum. Sie ist natürlich religiös, sonst wäre diese Ehe unerklärlich.

Markel: Nach meinem gewöhnlichen Verstand zu urteilen, wäre es ganz im Gegenteil unerklärlich, wenn sie nach einer passenden Zeit von Ehe mit Pastor Gregorius noch auch nur den geringsten Bruchteil von Religion bewahrt hätte – und im übrigen kann sie keinesfalls religiöser sein als Madame de Maintenon. Der wahre Glaube ist eine unschätzbare Hilfe in allen Lebenslagen und ist noch niemals ein Verkehrshindernis gewesen.

Unser Geschwätz verstummte, als sie vorbeiging, in Richtung zum Museum und Skeppsholmen. Sie trug ein einfaches schwarzes Kostüm. Sie ging weder langsam noch schnell, und sie sah weder nach rechts noch links.

Ja, ihr Gang… Ich mußte unfreiwillig die Augen schließen, als sie vorbeiging. Sie hat einen Gang wie jemand, der auf sein Schicksal zuschreitet. Sie ging mit etwas gesenktem Kopf, so daß ein Stück ihres Halses weiß unter dem hellhaarigen Nacken hervorleuchtete. Lächelte sie? Ich weiß es nicht. Aber plötzlich mußte ich an meinen Traum neulich nachts denken. Diese Art des Lächelns, die sie in dem furchtbaren Traum hatte, habe ich sie niemals in Wirklichkeit lächeln sehen, und ich will es auch niemals sehen.

Als ich von neuem aufsah, sah ich Klas Recke in der gleichen Richtung vorbeigehen. Er nickte im Vorübergehen Birck und Markel zu, vielleicht auch mir, aber das war etwas unbestimmt. Markel gestikulierte zu ihm hin, er möge sich zu uns setzen, aber er ging vorbei und tat so, als hätte er es nicht bemerkt. Er ging in ihrer Spur. Und mir kam es vor, als sähe ich eine starke Hand, die beide an dem gleichen unsichtbaren Faden hielt und beide in der gleichen Richtung zog. Und ich fragte mich selbst: Wohin führt der Weg für sie und für ihn? – Ach, was geht mich das an! Den Weg, den sie geht, würde sie auch ohne meine Hilfe gegangen sein. Ich habe nur etwas von dem allerwiderlichsten Schmutz vor ihren Füßen weggeräumt. Aber ihr Weg ist gewiß dennoch schwer, das muß er sein. Die Welt ist für die, die lieben, nicht gut. Und ins Dunkel führt es ja zu guter Letzt immer, für sie und für uns alle.

– Recke ist in letzter Zeit schwer zu erreichen, sagte Markel. Ich bin sicher, daß der Lümmel etwas Besonderes vorhat. Ich habe sagen hören, daß er auf ein kleines Mädchen mit Geld scharf ist. Ja, ja, es muß wohl zuletzt so gehen, er hat Schulden wie ein Thronfolger. Er ist in den Händen eines Wucherers.

– Woher weißt du das? fragte ich, vielleicht etwas unmotiviert erzürnt.

– Ich weiß es überhaupt nicht, antwortete er frech. Aber ich errate es. Niedrige Geister pflegen einen Mann nach seiner geschäftlichen Stellung zu beurteilen. Ich gehe den entgegengesetzten Weg und beurteile die geschäftliche Stellung nach dem Mann. Das ist logischer, und ich kenne Recke.

– Jetzt darfst du aber nicht mehr Whisky trinken, Markel, sagte Birck.

Markel goß sich selbst einen neuen Whisky ein und auch einen für Birck, der dasaß und in die leere Luft starrte und aussah, als sehe er nichts. Mein Grog war fast nicht berührt, und Markel betrachtete ihn mit einem Blick voller Sorge und Mißbilligung.

Birck wandte sich plötzlich an mich:

– Sag mir eins, fragte er, strebst du nach dem Glück?

– Ich vermute es, antwortete ich. Ich kenne keine andere Definition des Glückes, als daß es die Summe dessen ist, was ein jeder an seinem Ort als erstrebenswert empfindet. Daher ist es doch wohl selbstverständlich, daß man das Glück anstrebt.

Birck: Ja, gewiß. So gesehen ist es selbstverständlich. Und deine Antwort erinnert mich zum hundertsten Male daran, daß eine Philosophie ausschließlich von sprachlichen Zweideutigkeiten lebt und durch sie wirkt.

Dem vulgären Glückspfannkuchen setzt der eine sein Heilsbackwerk und der andere »sein Werk« entgegen; beide verleugnen jegliche Bekanntschaft mit irgendeinem Glücksstreben. Es ist eine beneidenswerte Gabe, sich auf diese Weise selbst mit Worten betrügen zu können. Man hat ja immer den Wunsch, sich selbst und das eigne Streben in einem Licht der Idealität zu sehen. Und das höchste Glück liegt vielleicht am Ende in der Illusion, daß man nicht nach dem Glück trachtet.

Markel: Der Mensch strebt nicht nach Glück, sondern er strebt nach Wollust. »Es ist möglich«, sagten die Kyrenaiker, »daß es Menschen geben kann, die nicht nach Wollust trachten, aber die Ursache dessen ist, daß ihr Verstand mißbildet und ihr Urteil verdorben ist.«

– Wenn die Philosophen, so fuhr er fort, sagen, daß die Menschen dem Glück oder dem »Heil« oder »ihrem Werk« nachstreben, denken sie dabei nur an sich selbst, oder jedenfalls an erwachsene Personen von einem gewissen Bildungsgrad. Per Hallström erzählt in einer seiner Novellen, wie er als kleiner Junge jeden Abend zu lesen pflegte: »die Laterne kommt, die Laterne geht, wen Gott liebt, dem er die Laterne gibt.«* Er kannte offenbar in diesem zarten Alter nicht die Bedeutung des Wortes »Glück« und ersetzte darum unbewußt das unbekannte und unbegreifliche Wort mit einem leichtverständlichen und wohlbekannten. Aber die Zellen in

---

* Unübersetzbares Wortspiel. Im Schwedischen bedeutet »lyckan« Glück, »lyktan« Laterne. *Anm. d. Übers.*

unserem Körper wissen ebensowenig wie kleine Kinder etwas von »Glück« oder »Heil« oder einem »Werk«. Und sie sind es, die unser Streben bestimmen. Alles, was auf der Erde organisches Leben heißt, flieht den Schmerz und sucht die Wollust. Die Philosophen denken nur an ihr eignes bewußtes Streben, ihr *gewolltes* Streben, was besagen will: ihr eingebildetes Streben. Aber der unbewußte Teil unseres Wesens ist tausendfach größer und mächtiger als der bewußte, und er gibt den Ausschlag.

Birck: Alles, was du da sagst, überzeugt mich nur davon, daß ich in dem, was ich eben gesagt habe, recht habe und daß die Sprache von allem Ursprung an gewandelt werden muß, wenn man mit einigem Resultat philosophieren können soll.

Markel: Ja, Herrgott, behalte doch dein Glück, ich nehme die Wollust. Prosit! Aber wenn ich auch deinem Sprachgebrauch zustimme, so ist es deswegen noch nicht wahr, daß alle nach dem Glück streben. Es gibt Menschen, denen alle Anlagen für Glück fehlen, und die dies mit peinlicher, unerschütterlicher Klarheit empfinden. Solche Menschen streben nicht nach Glück, sondern danach, etwas Form und Stil für ihr Unglück zu bekommen.

Und er fügte plötzlich, unvermutet hinzu:

– Zu ihnen gehört Glas.

Das Letztgesagte kam so verblüffend, daß ich keine Antwort fand. Bis ich ihn meinen Namen nennen hörte, glaubte ich, daß er von sich selbst sprach. Ich glaube das immer noch, und daß er auf mich zielte, um es zu verbergen. Es folgte ein drückendes Schweigen. Ich sah über das glitzernde Wasser hinaus. In den Wolkenmassen über Rosenbad öffnete sich eine helle Mondlücke und fiel wie bleiches Silber über die Pfeilerfassade des alten Bonde-Palastes. Draußen über dem Mälarsee segelte langsam für sich selbst eine rotviolette Wolke dahin, die sich von den andern Wolken getrennt hatte.

25. Juli

Helga Gregorius: immer sehe ich sie vor Augen. Sehe sie, wie ich sie im Traum gesehen habe: nackt, mir einen Strauß dunkler Blumen entgegenstreckend. Vielleicht rote Blumen, aber sehr dunkle. Ja, rot erscheint ja in der Abenddämmerung immer so dunkel.

Keine Nacht gehe ich ohne den Wunsch zu Bett, sie möge mir im Traum wieder erscheinen.

Aber das zweideutige Lächeln hat meine Phantasie allmählich wegmanipuliert, und ich sehe es nicht mehr.

– – – – –

Ich wünschte, der Pastor wäre endlich zurück. Dann würde sie sicher wieder herkommen. Ich möchte sie sehen und ihre Stimme hören. Ich will sie bei mir haben.

26. Juli

Der Pastor: auch sein Gesicht verfolgt mich – verfolgt mich mit genau dem Ausdruck, den es bei unserer letzten Begegnung annahm, als ich auf die geschlechtlichen Dinge zu sprechen kam. Wie soll ich diesen Ausdruck beschreiben können? Es ist der Ausdruck eines Menschen, der an etwas Verdorbenem riecht und den Geruch heimlich gut findet.

2. August

Mondschein. Alle meine Fenster stehen offen. In meinem Arbeitszimmer brennt die Lampe; ich habe sie auf die Klappe meines Sekretärs gestellt, damit sie vor dem Nachtwind, der mit seinem schwachen Gesäusel die Gardine wie ein Segel bläht, geschützt ist. Ich gehe im Zimmer auf und ab, hin und wieder bleibe ich an der Klappe stehen und schreibe eine Zeile nieder. Ich habe lange an einem der Fenster im Wohnzimmer gestanden und hinausgesehen und alle die merkwürdigen Geräusche der Nacht belauscht. Heute aber ist es dort unten unter den dunklen Bäumen still. Nur eine Frau sitzt allein auf einer Bank; sie hat lange dort gesessen. Und der Mond scheint.

– – – – –

Als ich heute um die Mittagsstunde nach Hause kam, lag ein Buch auf meinem Schreibtisch. Und als ich es öffnete, fiel eine Visitenkarte heraus: Eva Mertens.

Ich erinnere mich daran, daß sie dieser Tage von dem Buch sprach, und daß ich so ganz im Vorbeigehen sagte, daß ich es gern lesen würde. Ich sagte das aus

Höflichkeit, um mich nicht einer Geringschätzung dessen, was sie interessierte, schuldig zu machen. Danach habe ich nicht weiter an die Sache gedacht.

Aber sie hat also daran gedacht.

Bin ich nun sehr dumm, wenn ich glaube, daß sie ein bißchen verliebt in mich ist? Ich sehe ihr ja an, daß sie liebt. Aber wenn sie jemand anders liebt, wie kann sie da noch so viel Interesse an mir haben?

Sie hat zwei leuchtend helle, aufrichtig blaue Augen und reiches braunes Haar. Ihre Nase ist etwas fehlerhaft modelliert. Ihr Mund – an den Mund erinnere ich mich nicht. Doch, doch, er ist rot und etwas groß; aber ich sehe ihn nicht richtig vor mir. Und richtig kennen tut man wohl nur den Mund, den man geküßt hat, oder den zu küssen man sich sehr gesehnt hat. – Ich weiß von einem Mund, den ich kenne.

Ich sitze hier und schaue auf die kleine einfache und korrekte Visitenkarte mit dem Namen in blasser lithographierter Schrift. Aber ich sehe mehr als den Namen. Es gibt eine Schrift, die nur unter der Einwirkung starker Wärme sichtbar wird. Ob ich die Wärme besitze, weiß ich nicht, aber ich lese die unsichtbare Schrift dennoch: »Küsse mich, sei mein Mann, schenke mir Kinder, laß mich lieben. Ich sehne mich danach, lieben zu dürfen.«

»Hier gehen viele Jungfrauen, die noch kein Mann berührt hat, und denen es nicht wohl tut, allein zu schlafen. Solche sollen gute Männer bekommen.«

Ungefähr so sprach Zarathustra. Der richtige Zarathustra, der alte, nicht der mit der Peitsche.

Bin ich »ein guter Mann«? Würde ich ihr ein guter Mann werden können?

Ich frage mich, welches Bild sie sich von mir gemacht haben kann. Sie kennt mich nicht. In ihrem leichten Gehirn, in dem nur ein paar zärtliche und freundliche Gedanken an die ihr Nahestehenden Raum finden, und außerdem vielleicht noch etwas Plunder, hat sich ein Bild geformt, das einige äußere Züge von mir trägt, das aber nicht ich ist, und an diesem Bild hat sie anscheinend Gefallen gefunden – Gott weiß, warum, vielleicht hauptsächlich deswegen, weil ich unverheiratet bin. Aber wenn sie mich kennen würde, wenn sie beispielsweise durch einen Zufall würde lesen können, was ich abends hier auf diese Zettel kritzele, ja, dann, glaube ich, würde sie sich mit einem scheuen, aber richtigen Instinkt von den Wegen, die ich beschreite, fernhalten. Mich dünkt, daß der Abgrund, der zwischen unsern beiden Seelen gähnt, doch etwas zu groß ist. Oder wer weiß: wenn man sich in die Ehe begeben soll, ist es vielleicht umgekehrt geradezu ein Glück, daß dieser Abgrund so groß ist – wäre er geringer, könnte ich versucht sein, ihn auszufüllen, und das würde niemals gut enden.

Die Frau, der ich mich offenbaren könnte, existiert nicht! Und dennoch: Seite an Seite mit ihr zu leben und ihr niemals in das, was wirklich ich und das Meine ist, Eingang zu gewähren – darf man es mit einer Frau so halten?

Man darf es. So geht das wohl eigentlich immer vor sich; man weiß so wenig voneinander. Man umarmt einen Schatten und man liebt einen Traum. Und was weiß ich im übrigen von ihr?

Aber ich bin einsam, und der Mond scheint, und ich sehne mich nach einer Frau. Ich hätte Lust, ans Fenster zu treten und sie heraufzubitten, die dort unten allein auf der Bank sitzt und auf jemanden wartet, der nicht kommt. Ich habe Portwein und Branntwein und Bier und gutes Essen und ein gemachtes Bett. Das wäre ja das Himmelreich für sie.

– – – – –

Ich sitze hier und denke daran, was Markel dieser Tage über mich und das Glück gesagt hat. Ich würde wahrhaftig Lust haben, mich zu verheiraten und so glücklich zu werden wie ein Christbaumschweinchen, nur um ihn zu ärgern.

3. August

Ja, der Mond. Da ist er wieder.

Ich erinnere mich an so viele Monde. Der älteste, an den ich mich erinnere, ist der, der an den Winterabenden meiner frühesten Jugend hinter der Fensterscheibe saß. Er saß immer über einem weißen Dach. Einmal las meine Mutter uns Kindern aus Viktor Rydbergs *Heinzelmännchen* vor; da erkannte ich ihn sofort wieder. Aber er hatte noch keine der Eigenschaften, die er später erhielt, er war weder mild und sentimental noch kalt und schrecklich. Er war nur groß und leuchtend. Er gehörte zum Fenster, und das Fenster gehörte zum Zimmer. Er wohnte bei uns.

Später, als man gemerkt hatte, daß ich musikalisch war, und man mich hatte Klavierstunden nehmen lassen und ich so weit gekommen war, daß ich etwas Chopin klimpern konnte, da wurde der Mond etwas Neues für mich. Ich erinnere mich an eine Nacht, ich war damals wohl ungefähr zwölf Jahre alt, da lag ich wach und konnte nicht schlafen, weil ich Chopins zwölftes Nocturne im Kopf hatte, und weil Mondschein war. Es war auf dem Lande, wir waren erst gerade umgezogen, und in dem Zimmer, in dem ich lag, gab es noch keine Rollgardine. Das Mondlicht flutete groß und weiß ins Zimmer und über das Bett und das Kopfkissen. Ich setzte mich auf und sang. Ich mußte die wunderbare Melodie ohne Worte singen, ich konnte von ihr nicht loskommen. Sie verschmolz mit dem Mondschein, und in beiden lag ein Versprechen von etwas Unerhörtem, das eines Tages mein Los sein würde, etwas, ich weiß nicht was, ein unseliges Glück oder ein Unglück, das mehr wert war als alles Glück der Erde, etwas Brennendes und Liebliches und Großes, das mich erwartete. Und ich sang, bis mein Vater in der Tür stand und mich anschrie, ich solle schlafen.

Das war der Chopin-Mond. Und es war der gleiche Mond, der dann an den Augustabenden, als Alice sang, über dem Wasser bebte und brannte. Ich liebte sie.

Dann erinnere ich mich an meinen Uppsala-Mond. Niemals habe ich einen Mond mit einem so kalten und abweisenden Gesicht gesehen wie damals. Uppsala hat ein ganz anderes Klima als Stockholm, ein Binnenklima mit trockenerer und klarerer Luft. In einer

Winternacht ging ich hier mit einem älteren Kameraden in den weißverschneiten Straßen mit ihren grauen Häusern und schwarzen Schatten spazieren. Wir sprachen über Philosophie. Mit meinen siebzehn Jahren glaubte ich kaum an Gott; aber ich wehrte mich gegen den Darwinismus: ihm zufolge erschien mir alles sinnlos, dumm, gemein. Wir kamen unter ein schwarzes Gewölbe und stiegen ein paar Stufen hinauf und standen dicht unter den Mauern des Doms. Mit seinen Baugerüsten ähnelte er dem Skelett eines Fabeltiers aus toten Formationen. Mein Freund redete mit mir über unsere Verwandtschaft mit unseren Brüdern, den Tieren; er redete und bewies und brüllte mit einer schrillen und unkultivierten Stimme, die zwischen den Mauern widerhallte, und er sprach irgendeinen Dialekt. Ich antwortete nicht viel, aber ich dachte für mich selbst: Du hast unrecht, aber ich habe noch zu wenig gelesen und nachgedacht, um dich widerlegen zu können. Aber warte – warte nur ein Jahr, und ich werde mit dir auf diesen gleichen Platz gehen, bei Mondschein wie jetzt, und ich werde dir beweisen, wie unrecht du hattest und wie dumm du warst. Denn das, was du sagst, kann nicht und darf unter keinen Umständen wahr sein; wenn es wahr ist, dann will ich nicht mehr mitmachen, in einer solchen Welt habe ich nichts zu suchen. Aber mein Kamerad redete und gestikulierte mit einem kleinen deutschen Buch, das er in der Hand hielt und das ihn mit Argumenten versehen hatte. Plötzlich blieb er mitten im Mondschein stehen, schlug eine Stelle in dem Buch auf, wo der Text mit Illustrationen versehen war, und reichte es mir. Der Mond schien so hell, daß man sowohl sehen konnte, was die Bilder vorstellten, als auch die Unterschrift lesen konnte. Es waren Bilder von drei ziemlich ähnlichen Schädeln –: der Schädel eines Orang-Utans, eines australischen Negers und von Immanuel Kant. Mit Abscheu schleuderte ich das Buch weit weg von mir. Mein Kamerad war wütend und fuhr auf mich los, wir rangen miteinander und prügelten uns im Mondschein, er aber war stärker und bekam mich in Unterlage und »wusch« mir nach alter Schuljungenart das Gesicht mit Schnee.

So ging ein Jahr und es vergingen mehrere, aber ich fühlte mich niemals erwachsen genug, um ihm das Gegenteil zu beweisen; ich fand, daß ich diese Aufgabe noch aufschieben mußte. Und obgleich ich nicht richtig verstand, was ich in dieser Welt zu suchen hatte, blieb ich dennoch leben.

Und viele Monde habe ich seitdem gesehen. Einen milden und sentimentalen Mond zwischen den Birken am Rande eines Sees... Den Mond, der eilends durch die Nebel über dem Meer fährt... Den Mond auf der Flucht durch schüttere Herbstwolken... Den Liebesmond, der Gretchens Gartenfenster und Julias Balkon beleuchtete... Ein nicht mehr ganz junges Mädchen, das sich gern verheiratet hätte, sagte mir einmal, daß sie weinen müßte, wenn sie den Mond über einem kleinen Häuschen im Walde leuchten sah... Der Mond ist liederlich und lüstern, sagt ein Dichter. Ein anderer Dichter bemüht sich, den Mondstrahlen eine ethischreligiöse Tendenz beizulegen und vergleicht sie mit Fäden, die von lieben Entschlafenen zu einem Netz gesponnen werden, in dem eine verirrte Seele gefangen werden kann... Der Mond ist für die Jugend ein Versprechen all jenes Unerhörten, das wartet, und für die Älteren ein Menetekel für gebrochene Versprechen, eine Erinnerung an all das, was mißglückte und entzweiging...

Und was *ist* der Mondschein?

Surrogat für Sonnenschein. Abgeschwächt und verfälscht.

– – – – –

Der Mond, der jetzt hinter dem Kirchturm hervorkriecht, hat ein unglückliches Gesicht. Es scheint mir, als seien die Gesichtszüge entstellt, aufgelöst, von einem namenlosen Leiden angefressen. Armer Mann, weshalb sitzt du dort? Bist du als Fälscher verurteilt – hast du den Sonnenschein verfälscht?

Wahrlich, das ist kein geringes Verbrechen. Wäre man nur selbst sicher, niemals das gleiche Verbrechen zu begehen.

7. August

Licht!

... Ich richtete mich im Bett auf und zündete das Licht auf dem Nachttisch an. Ich fühlte Angstschweiß, das Haar klebte mir an der Stirn... Was hatte ich geträumt?

Wieder das gleiche. Daß ich den Pfarrer tötete. Daß er sterben mußte, weil er bereits Leichengeruch verströmte, und daß es meine Pflicht als Arzt war, es zu tun... Ich fand es schwer und unbehaglich, es war etwas, was niemals vorher in meiner Praxis vorgekommen war – ich wollte gerne einen Kollegen konsultieren, wollte in einer so ernsten Angelegenheit nicht ganz allein die Verantwortung übernehmen... Aber Frau Gregorius stand nackt in einer Ecke weit weg im Halbdunkel und versuchte, mit einem kleinen schwarzen Flor ihre Blöße zu bedecken.

Und als sie mich das Wort »Kollege« nennen hörte, kam in ihre Augen ein derart erschrockener und verzweifelter Ausdruck, daß ich verstand, daß es sofort geschehen mußte, daß sie sonst verloren war, ich konnte nicht recht begreifen, auf welche Weise, und daß ich es allein tun mußte und so, daß niemand es jemals erfahren konnte. Also tat ich es mit weggewandtem Kopf. Wie geschah es? Ich weiß es nicht. Ich weiß nur, daß ich mir die Nase zuhielt und den Kopf abwandte und zu mir selbst sagte: Nur ruhig, jetzt ist es geschehen. Jetzt riecht er nicht mehr. Und ich wollte Frau Gregorius erklären, daß es ein sehr seltener und eigentümlicher Fall war: die meisten Menschen riechen ja erst nach dem Tode, und da begräbt man sie; wenn aber jemand schon riecht, der noch lebendig ist, muß man ihn töten, nach dem augenblicklichen Stand der Wissenschaft gibt es keinen andern Ausweg... Aber Frau Gregorius war verschwunden, um mich war nur eine große Leere, in der alles zu entschwinden und vor mir zu fliehen schien... Die Dunkelheit wurde lichter in einer aschgrauen Monddämmerung... Und ich saß aufrecht im Bett, völlig wach, und lauschte meiner eignen Stimme...

Ich stand auf, kleidete mich ein wenig an, machte in allen Zimmern Licht. Ich ging hin und her, regelmäßig wie ein Uhrwerk. Ich weiß nicht, wie lange. Schließlich blieb ich vor dem Spiegeltisch im Wohnzimmer stehen und starrte mein bleiches und verrücktes Ich an wie einen Fremden. Aber aus Furcht, einem plötzlichen Impuls nachzugeben und den alten Spiegel entzwei zu schlagen, der meine Kindheit und fast mein ganzes Leben und viel von dem mitangesehen hat, was vor meiner Existenz geschehen war, ging ich weiter und stellte mich an ein offenes Fenster. Jetzt herrschte kein Mondschein mehr, es regnete, und der Regen blies mir ins Gesicht. Das war schön.

»Träume sind Schäume«... Ich kenne dich, du alte Spruchweisheit. Und das meiste, was man träumt, ist in Wirklichkeit nicht einen Gedanken wert – lose Scherben dessen, was man erlebt hat, oft vom Gleichgültigsten und Dümmsten, von dem, was dem Bewußtsein nicht wert erschienen war, es zu behalten, was aber dennoch sein Schattendasein in einer der Plunderkammern des Gehirns fristet. Aber es gibt auch andere Träume. Ich erinnere mich, wie ich einmal als Junge einen ganzen Nachmittag lang über ein geometrisches Problem nachdachte und zu Bett gehen mußte, ohne es gelöst zu haben; im Schlaf arbeitete das Gehirn selbständig weiter daran und schenkte mir im Traum die

Lösung. Und sie war richtig. Es gibt auch Träume, die Blasen aus der Tiefe sind. Und wenn ich es recht bedenke: – oft hat ein Traum mich etwas über mich selbst gelehrt. Viele Male hat der Traum mir Wünsche enthüllt, die ich nicht wünschen *wollte*, Begierden, von denen ich bei Tageslicht nichts wissen wollte. Diese Wünsche und Begierden habe ich dann bei vollem Sonnenschein gewogen und geprüft. Aber sie vertrugen nur selten das Licht, und in den überwiegenden Fällen stieß ich sie in die dumpfe Tiefe zurück, in die sie gehörten. In den Träumen der Nacht konnten sie dann wiederkommen, aber ich erkannte sie wieder und hohnlachte über sie auch im Traum, bis sie alle Ansprüche aufgaben, aufzusteigen und in der Wirklichkeit und im Licht zu existieren.

Aber das ist etwas anderes. Und ich will wissen, was es ist; ich will wägen und prüfen. Es ist einer der Grundtriebe meines Wesens, daß ich etwas Halbbewußtes und Halbklares bei mir nicht dulden kann, wo es in meiner Macht liegt, es hervorzuholen und gegen das Licht zu halten und nachzusehen, was es ist.

Also, wollen wir mal nachdenken:

Eine Frau kam zu mir in ihrer Not, und ich versprach, ihr zu helfen. Jawohl *helfen* – was das bedeutete oder zukünftig bedeuten würde, daran hatte ja damals niemand gedacht. Was sie von mir verlangte, war ja so einfach und leicht. Es kostete mich weder Mühe noch Bedenken, das Ganze belustigte mich eher, ich erwies der hübschen jungen Frau einen delikaten Dienst und spielte gleichzeitig dem ekelhaften Pfarrer einen schlimmen Streich, und in meinem enormen schwarzgrauen Spleen erschien diese Episode und leuchtete wie ein Rosenfunke aus einer Welt, die mir verschlossen war... Und für sie bedeutete es ja Glück und Leben – so wie sie es sah und wie sie mich dazu bekam, es zu sehen. Also versprach ich ihr zu helfen, und tat es – das, was damals getan werden sollte.

Dann aber hat die Sache allmählich ein anderes Aussehen bekommen, und nun muß ich versuchen, der Angelegenheit auf den Grund zu kommen, bevor ich weitergehe.

Ich versprach, ihr zu helfen; aber ich liebe es nicht, eine Sache nur halb zu tun. Und jetzt weiß ich ja, und habe es lange gewußt: ihr kann nur so geholfen werden, daß sie frei wird.

In ein paar Tagen kommt der Pfarrer zurück – und die alte Geschichte beginnt wieder von neuem. Ich kenne ihn ja jetzt. Aber nicht nur das; schließlich muß sie wohl selbst sehen, darüber hinwegzukommen, wie schwer das auch sein mag und obgleich es ihr Leben zerreißt und sie zu einer Ruine macht. Aber eine Eingebung sagt mir so sicher, als sei es bereits geschehen, daß sie bald ein Kind unter dem Herzen tragen wird. So, wie sie jetzt liebt, wird sie dem nicht entgehen. Sie will es vielleicht nicht einmal. Und dann: wenn das passiert – zu dem Zeitpunkt, wenn es passiert – was dann? Dann muß der Pfarrer weg. Völlig weg.

Es ist wahr: wenn das passiert, dann kann es ja sein, daß sie zu mir kommen und mich bitten wird, ihr zu »helfen«, die gleiche Hilfe erbitten wird, um die mich so viele vergebens angebettelt haben – und wenn sie das tut: – ja, dann werde ich wohl ihren Wunsch erfüllen müssen; denn ich weiß nicht, wie ich ihr in irgendeiner Sache zuwiderhandeln soll. Aber ich bin auch dieser ganzen Geschichte sehr überdrüssig, und es muß einmal Schluß damit sein, was meinen Teil betrifft.

Aber ich fühle es, ich fühle und weiß, daß es so nicht zugehen wird. Sie ist nicht wie die andern, sie wird mich niemals um *diese* Hilfe bitten.

Und dann muß also der Pfarrer weg.

Wie ich es auch drehe, sehe ich keine andere Lösung. Ihn zur Vernunft bringen? Ihn zur Einsicht bringen, daß er kein weiteres Recht hat, ihr Leben zu beschmutzen, daß er sie freigeben muß? Nonsens. Sie ist seine Ehefrau; er ist ihr Mann. Alles gibt ihm ihr gegenüber recht: die Welt, Gott, sein eignes Gewissen. Die Liebe ist für ihn natürlich dasselbe, was sie für Luther war: ein Naturbedürfnis, das mit gerade dieser Frau zu befriedigen ihm sein Gott ein für allemal gestattet hatte. Daß sie sein Verlangen mit Kühle und Unlust erwidert, kann ihn niemals auch nur einen Augenblick an seinem »Recht« zweifeln lassen. Im übrigen bildet er sich vielleicht ein, daß sie in diesen Augenblicken das gleiche empfindet wie er, aber er findet es durchaus in Ordnung, daß eine christliche Frau und Pfarrersgattin so etwas nicht einmal vor sich selbst zugibt. Nicht einmal in seiner eigensten Kammer möchte er die Sache ein Vergnügen nennen; er möchte sie lieber als »Pflicht« und als »Gottes Wille« bezeichnen…

Nein, weg mit einem solchen Menschen, weg mit ihm, weg!

Wie war es nun: ich war ja auf der Suche nach einer Tat, ich bettelte um sie. Ist das also die Tat – *meine* Tat? Die Tat, die getan werden muß, deren Notwendigkeit ich allein sehe und die kein anderer als ich ausführen kann und auszuführen wagt?

Man könnte sagen, daß sie etwas eigenartig aussieht. Aber das ist kein Grund, weder dafür noch dagegen. »Die Größe«, »die Schönheit« einer Handlung, das ist der Widerschein ihrer Wirkung auf das Publikum. Aber da ich natürlich die Absicht habe, alles Publikum außerhalb dieser Angelegenheit zu halten, kommt dieser Gesichtspunkt nicht in Frage. Ich habe nur mit mir selbst zu tun. Ich will meine Tat genau unter die Lupe nehmen; ich will sehen, wie sie innen aussieht.

Zunächst einmal: es ist also wirklich Ernst damit, daß ich den Pfarrer umbringen will?

»Will« – ja, was bedeutet das? Ein Menschenwille ist keine Einheit; er ist eine Synthese von Hunderten von einander widersprechenden Impulsen. Eine Synthese ist eine Fiktion; der Wille ist eine Fiktion. Aber wir brauchen Fiktionen, und keine Fiktion ist für uns notwendiger als der Wille. Also: *willst* du?

Ich will, und ich will nicht.

Ich höre widerstreitende Stimmen. Ich muß sie ins Verhör nehmen; ich muß wissen, *warum* die eine sagt: ich will, und die andere: ich will nicht.

Erst du, die sagt: »Ich will« – und warum willst du? Antworte!

– Ich will handeln. Leben heißt handeln. Wenn ich etwas sehe, was mich empört, will ich eingreifen. Ich greife nicht jedesmal ein, wenn ich eine Fliege in einem Spinnennetz sehe; denn die Welt der Spinnen und Fliegen ist nicht die meinige, und ich weiß, daß man sich beschränken muß, und ich mag Fliegen nicht. Aber wenn ich ein kleines, hübsches Insekt mit goldschimmernden Flügeln im Netz sehe, dann reiße ich es entzwei und töte die Spinne, wenn es notwendig ist; denn ich glaube nicht daran, daß man Spinnen nicht töten darf. – Ich gehe im Wald spazieren; ich höre einen Hilferuf; ich laufe dem Ruf nach und finde einen Mann, der im Begriff ist, eine Frau zu vergewaltigen. Ich tue natürlich alles, was in meiner Macht steht, um sie zu befreien, und wenn es notwendig ist, töte ich den Mann. Das Gesetz gibt mir kein Recht dazu. Das Gesetz gibt mir das Recht, jemand anders nur in Notwehr zu töten, und unter Notwehr versteht das Gesetz lediglich Wehr in äußerster Not, um das eigne Leben zu retten. Das Gesetz erlaubt mir nicht, jemanden zu töten, um meinen Vater oder meinen Sohn oder meinen besten Freund zu retten, ebenfalls nicht, meine Geliebte vor Mißhandlung oder vor Vergewaltigung zu bewahren. Das Gesetz ist, kurz gesagt, lächerlich, und kein anständiger Mensch läßt sich seine Handlungsweise von ihm vorschreiben.

– Aber das ungeschriebene Gesetz? Die Moral...?

– Lieber Freund, die Moral befindet sich, das weißt du ebensogut wie ich, in einem Schwebezustand. Sie hat sogar in den hastigen Augenblicken, in denen wir die Welt durchlebt haben, merkbare Veränderungen erfahren. Die Moral, das ist der berühmte Kreidekreis um das Huhn: sie bindet diejenigen, die an sie glauben. Moral, das ist die Ansicht anderer Leute über das, was recht und billig ist. Aber hier steht ja die meinige in Frage! Es ist wahr, in einer Menge von Fällen, vielleicht in den meisten und am zahlreichsten vorkommenden, stimmt meine Ansicht über das Rechte einigermaßen überein mit der anderer Leute, mit »der Moral«; und in einer Menge anderer Fälle finde ich, daß die Unstimmigkeit zwischen meinem Ich und der Moral nicht das Risiko wert ist, das eine Abweichung mit sich führen kann, und ordne mich deshalb unter. Auf diese Weise wird die Moral für mich bewußt zu dem, was sie in der Praxis für alle andern Menschen ist, obgleich es nicht alle wissen: – nicht ein festes und allumfassend-bindendes Gesetz, sondern ein im täglichen Leben brauchbarer Modus vivendi in dem ständigen Kriegszustand zwischen dem Ich und der Welt. Ich weiß und erkenne an, daß die übliche Moral ebenso wie das bürgerliche Gesetz in ihren großen allgemeinen Grundzügen eine Rechtsauffassung ausdrücken, die die Frucht einer durch unüberschaubare Zeitläufte hindurch, von Geschlecht zu Geschlecht ererbter, langsam erweiterter und veränderter Erfahrung von den notwendigsten Bedingungen des menschlichen Zusammenlebens ist. Ich weiß, daß im großen und ganzen diese Gesetze ziemlich allgemein respektiert werden müssen, wenn das Leben auf dieser Erde überhaupt von Wesen, wie wir es sind, gelebt werden soll und kann, von Wesen, die undenkbar sind in jedem anderen Rahmen als dem einer Gesellschaftsorganisation, und aufgewachsen mit allen ihren wechselnden Rechten, Bibliotheken und Museen, Polizei und Wasserleitung, Straßenbeleuchtung, nächtlicher Müllabfuhr, Wachtparade, Predigten, Opernballett und so weiter. Aber ich weiß auch, daß die Menschen, mit denen etwas los war, diese Gesetze niemals pedantisch praktiziert haben. Die Moral gehört zum Hausrat, nicht zu den Göttern. Sie soll angewandt werden, aber nicht herrschen. Und sie soll mit Bedacht angewandt werden, »mit einem kleinen Körnchen Salz«. Es ist vernünftig, sich einzuprägen: Andere Länder, andere Sitten; dies mit Überzeugung zu tun, ist einfältig. Ich bin ein Reisender in der Welt; ich schaue mir die Sitten der Menschen an und eigne mir an, was ich davon gebrauchen kann. Und die Moral kommt von »mores«, Sitten; sie beruht völlig auf der Sitte, auf dem, was üblich und gebräuchlich ist; eine andere Grundlage hat sie nicht. Und daß ich, wenn ich den Pfarrer umbringe, eine Handlung begehe, die dem Brauch widerspricht, das brauchst du mich nicht zu lehren. Moral – du scherzest!

– Ich gestehe, daß ich die Frage mehr um der Form willen angeschnitten habe. Ich glaube, daß wir uns hinsichtlich der Moral verstehen. Aber ich lasse dich deswegen nicht in Frieden. Die Frage galt von Anfang an wesentlich nicht dem Problem, wie du das, worüber wir gesprochen haben, wagen kannst, zu tun, obgleich es Brauch und Moral widerspricht; sie galt wesentlich dem Problem, weshalb du es tun *willst*. Du hast mit dem Gleichnis von dem Gewalttäter geantwortet, der eine Frau im Walde schändet. Was für ein Vergleich! Auf der einen Seite ein brutaler Verbrecher, auf der andern ein unbescholtener und achtenswerter alter Pfarrer!

– Ja, der Vergleich hinkt ein wenig. Er galt einer unbekannten Frau und einem unbekannten Mann und einem nur unvollständig bekannten Verhältnis der beiden. Es ist nicht sicher, daß die unbekannte Frau wert ist, daß man ihretwegen einen Mann tötet. Es ist auch nicht sicher, daß der unbekannte Mann, der im tiefen Wald eine junge Frau trifft und plötzlich von Pan besessen und überwältigt wird, deswegen wert ist, getötet zu werden. Schließlich ist es nicht sicher, daß eine solche Gefahr besteht, die ein Eingreifen notwendig macht! Das Mädchen ruft um Hilfe, weil sie Furcht hat und es weh tut, aber es ist nicht gesagt, daß der Schaden nach dem Hilferuf bemessen werden muß. Es kann passieren, daß die beiden gute Freunde werden, ehe sie sich trennen. Auf dem Lande haben viele Ehen mit Vergewaltigung angefangen und sind nicht schlechter geworden als andere Ehen, und Frauenraub war früher einmal die normale Form für Verlobung und Heirat. Wenn ich also in dem Beispiel, das ich gewählt habe, den Mann töte, um die Frau zu befreien – eine Handlungsweise, von der ich annehme, daß die große Masse moralisch denkender Menschen sie billigt, außer den Juristen, und die mir vor einem französischen oder amerikanischen Gericht einen eklatanten

Freispruch mit Publikumsapplaus einbringen würde –, handle ich rein impulsiv, ohne Überlegung, und begehe vielleicht eine große Dummheit. Aber unsere Angelegenheit ist ganz anders beschaffen. Hier handelt es sich nicht um einen einzelnen Fall von Vergewaltigung, sondern um ein lebensgefährliches Verhalten, das wesentlich in fortgesetzter, wiederholter Vergewaltigung besteht. Hier handelt es sich nicht um einen unbekannten Mann von unbekanntem Wert, sondern um jemanden, den du sehr gut kennst: um Pastor Gregorius. Und hier gilt es, zu helfen und zu retten, nicht eine unbekannte Frau, sondern deine heimliche Geliebte...

– Nein, still, genug davon, still...!

– Kann ein Mann diejenige, die er liebt, vor seinen Augen schänden und beschmutzen und erniedrigen lassen?

– Gib Ruhe! Sie liebt einen andern. Das hier ist seine Sache, nicht meine.

– Du weißt, daß du sie liebst. Also ist es deine Sache.

– Ruhig!... Ich bin Arzt. Und du willst, daß ich einen alten Mann, der zu mir kommt, weil er meine Hilfe braucht, heimtückisch töten soll!

– Du bist Arzt. Wie oft hast du nicht die Phrase ausgesprochen: meine Pflicht als Arzt. Hier hast du sie nun: ich finde, daß sie deutlich ist. Deine Pflicht als Arzt ist es, dem zu helfen, dem geholfen werden kann und soll, und das verdorbene Fleisch, das das gesunde verdirbt, wegzuschneiden. Hier ist allerdings keine Ehre zu ernten: du kannst es niemand wissen lassen, denn dann würde man dich nach Långholmen oder Konradsberg* schicken.

Ich erinnere mich nun nachträglich daran, daß ein Windhauch plötzlich die Gardine ergriff und sie an das Licht führte, die äußerste Kante fing Feuer, aber ich erstickte die kleine blaue Flamme sofort in meiner Hand und schloß das Fenster. Ich tat all das automatisch, fast ohne es zu wissen. Der Regen peitschte gegen die Fensterscheiben. Die Kerzen brannten steil und still. Auf der einen saß ein kleiner, graugesprenkelter Nachtfalter.

Ich saß da und starrte in die steilen Flammen der Lichter und war gleichsam unanwesend. Ich glaube, daß ich in eine Art von Betäubung versank. Vielleicht schlief ich eine kurze Weile. Aber plötzlich schreckte ich zusammen wie von einem heftigen Stoß getroffen und erinnerte mich an alles: an die Frage, die gelöst werden mußte, an den Beschluß, der gefaßt werden mußte, bevor ich mich zur Ruhe begeben konnte.

Also du, der nicht *will:* – *warum* willst du nicht?

– Ich habe Angst. Vor allen Dingen Angst vor Entdeckung und »Strafe«. Ich unterschätze deine Umsicht und Klugheit nicht, und ich glaube schon, daß du es so ordnen wirst, daß alles gutgeht. Ich halte das für wahrscheinlich. Aber ein Risiko besteht doch... Der Zufall... Man weiß niemals, was passieren kann.

– Man muß in dieser Welt etwas riskieren können. Du wolltest eine Tat. Hast du vergessen, was du vor

---

* Zwei bekannte Gefängnisse. *Anm. d. Übers.*

nicht sehr viel Wochen hier in dieses Tagebuch geschrieben hast, bevor wir noch etwas von all dem wußten, was dann eintraf: – Stellung, Ansehen, Zukunft, all das warst du bereit auf das erste Schiff zu verladen, das mit einer Tat befrachtet anlangt... Hast du das vergessen? Soll ich dir das Blatt zeigen?

– Nein. Ich habe es nicht vergessen. Aber das war nicht wahr. Das war Prahlerei. Ich empfinde es jetzt, wenn ich das Schiff kommen sehe, anders. Du kannst wohl verstehen, daß ich mir nicht solch ein Gespensterschiff des Teufels vorgestellt hatte! Es war Angabe! Es war Lüge! Niemand hört uns; ich kann aufrichtig sein. Mein Leben ist leer und elend, und ich sehe keinen Sinn in ihm, aber ich hänge dennoch daran, ich liebe es, im Sonnenschein zu promenieren und mir die Leute anzusehen, und ich will nichts zu verbergen haben, nichts, was mir Angst einflößt, laß mich in Frieden!

– In Frieden, nein – Frieden wird dennoch nicht eintreten. Willst du, daß ich zusehen soll, wie eine Person, die ich liebe, in einer Schmutzflut ertrinkt, wenn ich ihr mit einem einzigen kühnen und raschen Griff aufhelfen kann – wird Frieden werden, kann ich jemals Frieden bekommen, wenn ich ihr den Rücken wende und in den Sonnenschein hinausgehe und mir die Leute anschaue? Wird das der Frieden sein?

– Ich habe Angst. Nicht so sehr davor, entdeckt zu werden; ich habe ja stets meine Pillen und kann mich dem Spiel entziehen, wenn es brenzlig werden sollte. Aber ich habe Angst vor mir selbst. Was weiß ich von mir selbst? Ich habe Angst davor, in eine Geschichte verwickelt zu werden, die mich bindet und umgarnt und mich nie mehr losläßt. Das, was du von mir verlangst, dem steht in meiner Einstellung nichts entgegen; das ist eine Handlung, die ich bei jemand anders billigen würde, vorausgesetzt, ich wüßte das, was ich weiß; aber zu mir paßt sie nicht. Sie läuft meinen Neigungen, Gewohnheiten, Instinkten zuwider, all dem, was wesentlich ich bin. Ich bin für so etwas nicht gebaut. Es existieren Tausende von munteren, prächtigen Kerlen, die einen Menschen ebenso leicht töten wie eine Fliege, warum kann nicht einer von ihnen es tun? Ich habe Angst vor meinem schlechten Gewissen; man bekommt es, wenn man seine eigne Natur verleugnet. Sich »in seinen Schranken halten« bedeutet, seine Grenzen zu kennen; ich will mich in meinen Schranken halten. Die Menschen handeln täglich mit größter Leichtigkeit und mit Behagen ihren aufrichtigsten und wohlgegründeten Ansichten zuwider, und ihr Gewissen ist so munter wie die Fische im Wasser; aber versuche, gegen deine innerste Struktur zu handeln, dann wirst du vernehmen, wie dein Gewissen schreit! Dann wird Katzenmusik entstehen! Du sagst, daß ich um eine Handlung gebeten und gebettelt habe – das ist unmöglich, das ist nicht wahr, das muß ein Mißverständnis sein. Es ist undenkbar, daß ich einen so wahnwitzigen Wunsch gehabt haben kann – ich bin zum Zuschauer geboren, ich will bequem in einer Loge sitzen und zusehen, wie die Leute einander auf der Bühne morden, aber selbst habe ich dort nichts zu suchen, ich will draußen bleiben, laß mich zufrieden!

– Lump! Du bist ein Lump!

Ich habe Angst. Das ist ja ein Alptraum. Was habe ich mit diesen Menschen und ihren schmutzigen Angelegenheiten zu tun! Ich finde den Pfarrer so widerlich, daß ich mich vor ihm fürchte... Ich will nicht, daß sich sein Schicksal mit dem meinigen vermischt. Und was weiß ich von ihm? Was mir an ihm zuwider ist, ist nicht »er«, er selbst, sondern der Eindruck, den er auf mich gemacht hat – sicher hat er Hunderte und Tausende von Menschen getroffen, ohne auf sie den gleichen Eindruck zu machen wie auf mich. Das Bild, das er in meinem Gemüt hinterlassen hat, kann dadurch, daß er verschwindet, nicht ausgelöscht werden, besonders dann nicht, wenn er durch mein Zutun verschwindet. Er sitzt bereits als Lebendiger mehr als mir lieb ist wie ein Alpdruck auf mir, wer weiß, was er sich noch alles ausdenken kann, wenn er tot ist? Ich kenne das, ich habe *Raskolnikow* gelesen, und ich habe *Thérèse Raquin* gelesen. Ich glaube nicht an Gespenster, aber ich will es nicht so einrichten, daß ich schließlich an sie glauben kann. Was habe ich mit all dem zu tun? Ich will fortreisen. Ich will Wälder und Berge und Flüsse sehen. Ich will mich unter großen grünen Bäumen ergehen, mit einem kleinen, hübsch eingebundenen Buch in der Tasche, und schöne, feine, gute, ruhige Gedanken denken, Gedanken, die man laut äußern und für die man gelobt werden kann. Laß mich los, laß mich morgen abreisen...

– Lump!

Die Kerzen brannten mit schmutzigroten Flammen in der grauen Dämmerung. Der Nachtfalter lag mit angesengten Flügeln auf dem Schreibtisch.

Ich warf mich aufs Bett.

8. August

Ich bin ausgeritten und habe gebadet, ich habe meine Praxis gehabt und wie üblich meine Krankenbesuche durchgeführt. Und wieder kommt der Abend. Ich bin müde.

Der Ziegelturm der Kirche steht so rotglühend in der Abendsonne. Das Grün der Baumkronen ist in diesem Augenblick so mächtig und dunkel, und das Blau dahinter ist so tief. Es ist Samstagabend; ärmliche kleine Kinder spielen dort unten auf den sandigen Wegen Himmel und Hölle. An einem offenen Fenster sitzt ein Mann in Hemdsärmeln und bläst auf der Flöte. Er bläst das Intermezzo aus der *Cavalleria Rusticana*. Es ist etwas Merkwürdiges mit Melodien und wie ansteckend sie sind. Vor knapp zehn Jahren entstieg diese Melodie dem Chaos und verband sich mit einem armen italienischen Musiker, vielleicht an einem Abend, in der Dämmerung, vielleicht an einem Abend wie dem heutigen. Sie befruchtete sein Gemüt, sie bewirkte andere Melodien und andere Rhythmen und machte ihn zusammen mit diesen auf einen Schlag weltberühmt und schenkte ihm ein neues Leben mit neuen Freuden und neuen Sorgen und ein Vermögen, das man in

Monte Carlo aufs Spiel setzen konnte. Und die Melodie verbreitet sich gleich einem plötzlich auftauchenden Bazillus in der ganzen Welt und tut im Guten wie im Schlechten ihre vom Schicksal bestimmte Wirkung, sie färbt die Wangen rot und macht glänzende Augen, wird von unzähligen Menschen bewundert und geliebt und ruft bei anderen Menschen Unlust und Ekel hervor, oft bei den gleichen Leuten, die sie zuerst geliebt haben; eigensinnig und unbarmherzig klingt sie nachts in den Ohren des Schlaflosen, ärgert den Geschäftsmann, der daliegt und sich darüber grämt, daß die Aktien, die er vorige Woche verkauft hat, gestiegen sind, stört und peinigt den Denker, der seine Gedanken sammeln will, um ein neues Gesetz zu formulieren, oder tanzt herum in der Leere eines Idiotengehirns. Und während der Mann, der sie »schuf«, vielleicht mehr als jeder andere ihrer überdrüssig und von ihr gepeinigt ist, erzeugt sie auf allen Vergnügungsplätzen der Welt noch Abend für Abend schallenden Publikumsapplaus, und der Mann dort drüben bläst sie gefühlvoll auf seiner Flöte.

9. August

Wollen ist wählen können. Ach, daß es so schwer sein soll zu wählen!

Wählen können, heißt entbehren können. Ach, daß es so schwer sein soll zu entbehren!

Ein kleiner Prinz sollte einen Ausflug machen; man fragte ihn: ob er mit Kutsche oder Pferd oder mit einem Boot ausfahren wolle? Und er antwortete: Ich will mit der Kutsche fahren und im Boot rudern.

Alles wollen wir haben, alles wollen wir sein. Wir wollen die ganze Lust des Glücks und die ganze Tiefe des Leids auskosten. Wir wollen das Pathos des Handelns und die Ruhe des Zuschauens. Wir wollen sowohl die Stille der Wüste wie den Lärm auf dem Forum haben. Gleichzeitig wollen wir der Gedanke des Einsamen und die Stimme des Volkes sein; wir wollen sowohl Melodie wie Akkord sein! Alles auf einmal! Wie soll so etwas möglich sein!

»Ich will mit der Kutsche fahren und im Boot rudern.«

10. August

Eine Uhr ohne Zeiger hat etwas Glattes und Leeres, das an das Gesicht eines Toten erinnert. Ich sitze gerade hier und sehe mir eine solche Uhr an. Übrigens ist es keine Uhr, sondern nur ein leeres Uhrgehäuse mit einem hübschen alten Zifferblatt. Ich sah sie vorhin im Schaufenster bei dem buckligen Uhrmacher in der Gasse, als ich in der heißen gelben Dämmerstunde nach Hause ging – eine seltsame Abenddämmerung; so hatte ich mir den Schluß eines Tages in der Wüste vorgestellt... Ich trat bei dem Uhrmacher ein, der einmal meine Uhr repariert hat, und fragte ihn, was das für eine Uhr ohne Zeiger sei. Er lächelte mit seinem koketten Buckligenlächeln und zeigte mir das hübsche alte silberne Uhrgehäuse, eine feine Arbeit; er hatte die

Uhr auf der Auktion gekauft, aber das Werk war abgenutzt, unbrauchbar, und er wollte es durch ein neues ersetzen. Ich kaufte das Uhrgehäuse, so wie es war.

Ich beabsichtige, einige meiner Pillen hineinzulegen und es als Pendant zur Uhr in meiner rechten Westentasche zu tragen. Das ist nur eine neue Variante der Idee des Demosthenes mit dem Gift in der Feder. Es gibt nichts Neues unter der Sonne!

Jetzt kommt die Nacht; ein Stern blinkt schon durch das Laub der großen Kastanie. Ich fühle, daß ich heute nacht gut schlafen werde; es ist kühl und ruhig in meinem Kopf. Dennoch fällt es mir schwer, mich von dem Baum und dem Stern loszureißen.

Die Nacht. Ein so schönes Wort! Die Nacht ist älter als der Tag, sagten die alten Gallier. Sie glaubten, daß der kurze vergängliche Tag geboren war aus der unendlichen Nacht.

Die große, unendliche Nacht.

Na ja, das ist auch nur so eine Redensart... Was ist die Nacht, was ist das, was wir Nacht nennen? Es ist der schmale kegelförmige Schatten, den unser kleiner Planet wirft. Ein kleiner spitzer Kegel Dunkelheit mitten in einem Meer von Licht. Und dieses Lichtermeer, was ist es? Ein Funken im Weltenraum. Der kleine Lichtkreis um einen kleinen Stern: die Sonne.

Ach, was ist das für eine Pest, von der die Menschen befallen sind: bei allem Existierenden zu fragen, was es ist. Was ist das für eine Geißel, die sie aus dem übrigen Geschwisterring von fleuchenden und kreuchenden und kletternden und fliegenden Wesen auf der

Erde herausgepeitscht hat, herausgetrieben, so daß sie ihre Welt und ihr Leben von oben, von außen, mit kalten, fremden Augen betrachten und es kärglich und wertlos finden? Wohin des Wegs, wie wird das enden? Ich muß an die klagende Frauenstimme denken, die ich im Traum gehört habe, ich höre sie noch in meinen Ohren, die Stimme einer alten, verweinten Frau: die Welt brennt, die Welt brennt!

Du sollst deine Welt von deinem eigenen Gesichtspunkt aus betrachten und nicht von irgendeinem gedachten Punkt im Weltraum; du sollst bescheiden mit deinem eignen Maß messen, nach deinem Stand und deinen Bedingungen. Dann ist die Erde groß genug und das Leben eine wichtige Sache, und die Nacht unendlich und tief.

12. August

Wie prachtvoll die Sonne heute abend den Wetterhahn auf der Kirche beleuchtet!

Ich habe das hübsche und verständige Tier, das sich immer nach dem Winde dreht, gern. Es ist für mich eine beständige Erinnerung an den Hahn, der bei einer gewissen Gelegenheit dreimal krähte, und ein sinnreiches Symbol der heiligen Kirche, die davon lebt, ihren Meister zu verleugnen.

Auf dem Kirchhof spaziert der Gemeindepfarrer langsam auf und ab an diesem schönen Sommerabend, auf den Arm eines jüngeren Amtsbruders gestützt. Mein Fenster steht offen, und es ist so ruhig draußen, daß das eine oder andere Wort von dem, was sie sagen, bis hier nach oben dringt. Sie sprechen von der bevorstehenden Wahl des Oberpfarrers, und ich hörte, daß der Pfarrer den Namen Gregorius nannte. Er sprach diesen Namen ohne Begeisterung und mit einer nicht ganz ungetrübten Sympathie aus. Gregorius gehört zu den Pfarrern, die immer die Gemeinde auf ihrer Seite und demzufolge die Amtsbrüder gegen sich haben. Ich hörte an dem Tonfall, daß der Pfarrer seinen Namen mehr en passant erwähnte, und daß er nicht glaubte, er habe ernsthafte Aussichten.

Das ist auch meine Meinung. Ich glaube nicht, daß er irgendwelche Aussichten hat. Es sollte mich sehr überraschen, wenn er Oberpfarrer werden würde...

– – – – –

Heute ist der 12. August; am 4. oder 5. Juli ist er nach Porla gefahren und wollte sechs Wochen dort bleiben. Also wird es nicht mehr viele Tage dauern, bis man ihn wieder hier haben wird, gesund und munter nach seiner Badekur.

13. August

Wie soll es gemacht werden? Das habe ich seit langem gewußt. Der Zufall hat bewirkt, daß die Lösung des Problems sich so gut wie von selbst ergibt: meine Zyankalipillen, die ich einmal ohne einen Gedanken an jemand anders als mich drehte, werden nun natürlich ihren Dienst leisten müssen.

Eine Sache ist klar: man darf sie ihn nicht bei sich zu Hause einnehmen lassen. Es muß bei mir geschehen. Das ist zwar nicht angenehm, aber ich sehe keinen andern Ausweg, und ich will die Angelegenheit zu einem Schluß bringen. Wenn er bei sich zu Hause auf meine ärztliche Vorschrift hin eine Pille nimmt und sehr bald danach krepiert, steht zu befürchten, daß die Polizei möglicherweise einen Zusammenhang zwischen diesen beiden Tatsachen konstruieren kann. Außerdem könnte auch noch diejenige, die ich retten will, leicht verdächtigt und in die Sache verwickelt und für ihr ganzes Leben beschmutzt, vielleicht zum Tode verurteilt werden...

Natürlich darf nichts passieren, was geeignet sein könnte, die Polizei zu beunruhigen. Niemand darf wissen, daß der Pfarrer eine Pille bekommen hat; er muß eines völlig natürlichen Todes sterben, an Herzschlag. Auch *sie* darf nichts ahnen. Daß er bei mir stirbt, ist natürlich etwas fatal für meinen Ruf als Arzt und wird meinen Freunden Stoff zu schlechten Scherzen geben, aber das macht nichts.

Er kommt eines Tages in meine Praxis und spricht von seinem Herzen oder redet anderes Blech und möchte konstatiert haben, daß es ihm nach der Badekur besser geht. Niemand kann hören, wovon wir sprechen; das große, leere Wohnzimmer liegt zwischen dem Wartezimmer und meinem Sprechzimmer. Ich behorche ihn und klopfe ihn ab, erkläre, daß er sich in einem auffallend besseren Zustand befinde, aber daß da auf jeden Fall etwas ist, was mich ein wenig beunruhigt... Ich nehme dann meine Pillen heraus, erkläre, daß das ein neues Mittel gegen gewisse Herzkrankheiten sei (ich muß wohl auch einen Namen dafür erfinden), und rate ihm, eine davon sofort einzunehmen. Ich biete ihm ein Glas Portwein an, mit der er sie herunterspülen kann. Trinkt er Wein? Ja, das tut er, ich habe gehört, wie er sich auf die Hochzeit von Kanaa berufen hat... Er soll einen einigermaßen guten Wein bekommen. Marke Grönstedts Grådask. Ich sehe ihn vor mir: er nippt erst an dem Wein, dann legt er die Pille auf die Zunge, leert das Glas und schluckt sie herunter. Die Brillengläser spiegeln das Fenster und den Gummibaum wider und verbergen seinen Blick ... Ich wende mich ab, gehe ans Fenster und sehe auf den Kirchhof hinaus, stehe dort und trommele an die Scheibe... Er sagt etwas, zum Beispiel, daß es ein guter Wein war, aber bringt nur die Hälfte des Satzes zu Ende... Ich höre einen dumpfen Fall... Er liegt auf dem Boden...

Aber wenn er die Pille nicht nehmen will? Ach, er wird sie nehmen wie etwas Kostbares, er schwärmt ja für die Medizin... Aber *wenn*? Ja, dann kann ich nichts machen, dann muß es unterbleiben; ich kann ihn nicht mit einer Axt erschlagen.

... Er liegt am Boden. Ich räume die Pillendose und die Weinflasche und das Glas weg. Ich klingele nach Kristin: Der Pfarrer ist krank, ein Ohnmachtsanfall, es geht schnell vorüber... Ich fühle den Puls, untersuche das Herz:

– Ein Schlaganfall, sage ich zum Schluß. Er ist tot.

Ich telefoniere mit einem Kollegen. Tja – mit wem? Mal nachdenken. *Der* taugt nicht; er hat vor sieben Jahren eine Abhandlung geschrieben, die ich etwas skeptisch in einer Fachzeitschrift besprochen habe... Der: zu klug. Der und der und der: verreist. *Der*, ja, ihn nehmen wir. Oder auch den andern, oder notfalls den.

Ich zeige mich an der Wartezimmertür, vermutlich so blaß, wie es der Situation angemessen ist, und erkläre gedämpft und beherrscht, daß ein Ereignis eingetreten sei, das mich zwinge, die Sprechstunde für heute einzustellen.

Der Kollege kommt: ich erkläre, was passiert ist: der Pfarrer hat lange an einem schweren Herzleiden gelitten. Er bedauert mich freundlich wegen des Pechs, daß der Todesfall ausgerechnet in meiner Sprechstunde erfolgen sollte, und stellt auf mein Verlangen den Totenschein aus... Nein, ich gebe dem Pastor keinen Wein; er kann ihn über seinen Anzug vergießen, oder man kann an seinem Geruch spüren, daß er Wein getrunken hat, und es kann schwierig sein, das näher zu erklären... Er wird sich mit einem Glas Wasser begnügen müssen. Ich bin im übrigen der Ansicht, daß Wein schädlich ist.

Aber wenn es zu einer Obduktion kommt? Ja, dann muß ich eben selbst auch eine Pille einnehmen. Es ist eine Illusion zu glauben, daß man sich ohne Risiko auf ein Unternehmen dieser Art einlassen kann, das habe ich die ganze Zeit gewußt. Ich muß auf das Äußerste gefaßt sein.

Eigentlich erfordert die Situation ja, daß ich selbst die Obduktion vornehme. Jemand anders dürfte das kaum tun – ja, das weiß man übrigens nicht... Ich sage meinem Kollegen, daß ich die Obduktion verlangen würde; er antwortet vermutlich, daß sie rein sachlich natürlich unnötig sei, da ja die Todesursache feststehe, aber daß es der Form wegen ja richtig sein könne. Dann lasse ich die Frage fallen. Wie dem auch immer sei, hier existiert jedenfalls eine Lücke im Plan. Ich muß darüber noch etwas genauer nachdenken.

Man kann übrigens nicht alle Einzelheiten vorher ordnen; etwas wird der Zufall doch ändern; ein bißchen muß man mit Improvisationskunst rechnen.

Eine andere Sache – Teufel noch mal, was für ein Idiot ich bin! Ich habe ja nicht nur an mich selbst zu denken. Angenommen, es kommt zur Obduktion und ich nehme eine Pille und verschwinde in meiner Versenkung und ich habe den gleichen Weg wie Gregorius auf der Fahrt über den Styx, welche Erklärung für das seltsame Verbrechen soll man dann erfinden? Die Menschen sind so neugierig. Und wenn die Toten ihre Geheimnisse mit sich genommen haben, wird man dann die Erklärung nicht bei einem der Lebenden suchen – bei *ihr*? Wird man sie nicht vor Gericht zitieren, sie verhören und schikanieren... Daß sie einen Liebhaber hat, werden sie rasch ans Licht bringen; daß sie den Tod des Pastors gewünscht und herbeigesehnt haben muß, ergibt sich fast von selbst. Das vermag sie vielleicht nicht einmal zu leugnen. Es wird schwarz vor meinen Augen... Und ich sollte dir das antun, du allerlieblichste der Frauen! Ich grüble mich blind und grau darüber.

Aber vielleicht – vielleicht habe ich doch noch eine Idee. Wenn ich sehe, daß eine Obduktion vorgenommen werden muß, dann muß ich rechtzeitig deutliche Symptome von Geisteskrankheit durchscheinen lassen, bevor ich meine Pille nehme. Und was noch besser ist – ja, das eine Gute schließt ja das andere nicht aus –: ich schreibe ein Dokument nieder und lege es offen auf den Schreibtisch, hier im Zimmer, wo ich sterben soll, ein Dokument vollgeschrieben mit verworrenem Zeug, das auf Verfolgungswahn, religiösen Wahnsinn und so weiter hindeuten läßt; der Pfarrer hat mich durch Jahre hindurch verfolgt; er hat mein Gemüt vergiftet, deshalb habe ich seinen Leib vergiftet: ich habe in Notwehr gehandelt usw. Einige Bibelsprüche kann man auch einflechten, einige passen immer. Auf diese Weise kommt Licht in die Angelegenheit: der Mörder war verrückt, das genügt als Erklärung, man braucht nicht nach einer anderen zu suchen, ich erhalte ein christliches Begräbnis, und für Kristin ist es eine Bestätigung des Verdachts, den sie immer im stillen gehegt hat – ja, übrigens nicht immer im stillen. Sie hat mir hundertmal gesagt, daß ich verrückt sei. Sie kann eine vorteilhafte Zeugenaussage machen, wenn es nötig ist.

14. August

Ich wünschte, ich hätte einen Freund, dem ich mich anvertrauen könnte. Einen Freund, mit dem ich mich beraten könnte. Aber ich habe keinen, und wenn ich einen hätte – dann gibt es immerhin Grenzen für die Ansprüche, die man an seine Freunde stellen kann.

Ich bin ja immer etwas einsam gewesen. Ich habe meine Einsamkeit mit mir im Menschengewimmel herumgetragen so wie die Schnecke ihr Haus. Für gewisse Menschen ist Einsamkeit nicht ein Umstand, in den sie hineingeraten sind, sondern eine Eigenschaft. Und durch diese Sache dürfte meine Einsamkeit noch größer werden; wie es auch gehen mag, gut oder schlecht – für mich wird die »Strafe« auf jeden Fall auf lebenslängliche Einsamkeit lauten.

17. August

Narr! Lump! Kretin!

Ach, was nützen Invektiven – man kann doch nichts gegen seine Nerven und seinen Magen ausrichten.

Die Sprechstunde war lange vorbei; der letzte Patient war gerade fortgegangen; ich stand am Fenster im Wohnzimmer und dachte an nichts. Plötzlich bekomme ich Gregorius zu sehen, wie er quer über den Kirchhof genau auf meine Haustür zugeht. Vor meinen Augen wurde es grau und trübe. Ich erwartete ihn nicht, ich wußte nicht, daß er zurück war. Ich fühlte mich schwindelig, ich empfand Übelkeit, alle Symptome von Seekrankheit. Ich hatte nur einen Gedanken im Kopf: nicht jetzt, nicht jetzt. Ein andermal, nicht jetzt. Er ist auf der Treppe, er steht vor der Wohnungstür, was soll ich tun... Hinaus zu Kristin:

Wenn jemand nach mir fragt, sage, daß ich ausgegangen bin... Ich sah ihren weit aufgesperrten Augen und ihrem offenen Mund an, daß ich merkwürdig ausgesehen haben muß. Ich rannte ins Schlafzimmer und verriegelte die Tür. Ich kam gerade noch bis zum Waschbecken: dort erbrach ich mich.

– – – – –

Meine Furcht war also berechtigt? Ich tauge nicht dazu!

Denn gerade jetzt hätte es geschehen müssen. Wer handeln will, muß die Gelegenheit am Schopfe greifen können. Niemand weiß, ob sie wiederkommt. Ich tauge nicht!

21. August

Heute habe ich sie gesehen und habe mit ihr gesprochen.

Ich ging am Nachmittag eine Weile ins Freie, nach Skeppsholmen. Gleich nachdem ich über die Brücke gekommen war, traf ich Recke; er kam von der Höhe, wo die Kirche liegt. Er ging langsam und blickte mit vorgeschobener Unterlippe zu Boden und räumte mit seinem Stock kleine Steine aus dem Weg, und er sah nicht aus, als sei er richtig zufrieden mit seiner Umwelt. Ich glaubte, er würde mich nicht sehen, aber gerade, als wir aneinander vorübergingen, sah er auf und nickte mir ausgesprochen herzlich und munter zu, mit einer blitzschnellen Änderung seines ganzen Gesichtsausdrucks. Ich setzte meinen Weg fort, blieb aber nach einigen Schritten stehen; sie ist sicher nicht weit von hier, dachte ich bei mir. Vielleicht steht sie noch dort oben auf der Höhe. Sie hatten einander etwas zu sagen oder hatten sich dort oben verabredet, wohin selten jemand kommt, und damit sie nicht mit ihm zusammen gesehen wird, hat sie ihn vorgehen lassen. Ich setzte mich auf die Bank, die um den Stamm der großen Balsampappel herumführt, und wartete. Ich glaube, daß das der größte Baum in ganz Stockholm ist. Viele Frühlingsabende habe ich mit meiner Mutter unter diesem Baum gesessen. Vater war niemals dabei; er liebte es nicht, mit uns hinauszugehen.

Nein, sie kam nicht. Ich glaubte, ich würde sie von der Höhe herunterkommen sehen, aber sie war vielleicht einen andern Weg gegangen, oder sie war auch gar nicht dort gewesen.

Ich ging auf jeden Fall hinauf, machte einen Umweg, an der Kirche vorbei — da erblickte ich sie zusammengekrümmt auf einem der Treppenabsätze vor dem Kirchenportal sitzen, vornübergebeugt, das Kinn in die Hand gestützt. Sie saß da und sah geradewegs in die Sonne, die am Untergehen war. Darum sah sie mich nicht sofort.

Schon das erste Mal, als ich sie sah, fiel mir auf, wie unähnlich sie allen andern Frauen war. Sie ähnelt weder einer Dame von Welt noch einer Frau aus dem Mittelstand, noch einer Frau aus dem Volke. Vielleicht doch am meisten einer der letztgenannten, besonders wie sie nun dort auf der Kirchtreppe saß mit dem hellen Haar ohne Hut und frei der Sonne ausgesetzt, denn sie hatte ihren Hut abgenommen und ihn neben sich gelegt. Aber sie war eine Frau aus einem urwüchsigen Volk oder aus einem, das niemals existiert hat, einem Volk, wo noch keine Klassenaufteilung begonnen hat und wo »das Volk« noch nicht zur Unterklasse geworden ist. Tochter eines freien Stammes.

Plötzlich sah ich, daß sie dort saß und weinte. Nicht mit Schluchzern, nur mit Tränen. Sie weinte wie jemand, der viel geweint hat und kaum merkt, daß er weint.

Ich wollte mich abwenden und fortgehen, aber in demselben Augenblick merkte ich, daß sie mich schon gesehen hatte. Ich grüßte etwas förmlich und wollte vorbeigehen. Aber sie erhob sich sofort von dem niedrigen Treppenabsatz, mit gleicher Leichtigkeit und Geschmeidigkeit, als stände sie von einem Stuhl auf, und kam auf mich zu und gab mir die Hand. Sie trocknete rasch ihre Tränen, setzte ihren Hut auf und zog einen grauen Schleier übers Gesicht.

Eine Weile standen wir stumm da.

– Es ist hübsch hier oben heut abend, sagte ich endlich.

– Ja, sagte sie, ein schöner Abend. Und wir hatten einen schönen Sommer. Der ist nun sehr bald zu Ende. Die Blätter färben sich schon gelb. – Schauen Sie, dort die Schwalbe!

Eine einsame Schwalbe strich so nahe an uns vorbei, daß ich einen kühlen Hauch über den Augenlidern empfand, sie machte eine rasche Kurve, die für das

Auge zu einem pfeilschnellen Winkel wurde, und verschwand ins Blaue.

– Es ist dies Jahr so früh warm geworden, sagte sie. Dann pflegt es auch zeitig Herbst zu werden.

– Wie geht es dem Herrn Pfarrer? fragte ich.

– Ich danke vielmals, antwortete sie. Er ist vor ein paar Tagen aus Porla zurückgekommen.

– Und hat er sich etwas erholt?

Sie wandte ihren Kopf ab und sah mit halbgeschlossenen Augen in die Sonne.

– Nicht von meinem Standpunkt aus gesehen, antwortete sie leise.

Ich verstand. Es war also so, wie ich es mir gedacht hatte. Nun ja, es war ja auch nicht schwer zu erraten...

Eine alte Frau ging vorbei und fegte welkes Laub zusammen. Sie kam immer näher an uns heran, und wir schritten langsam auf der Anhöhe weiter. Ich dachte an den Pastor. Zunächst hatte ich ihn mit der Gesundheit seiner Gattin geschreckt, aber das half kaum zwei Wochen lang; dann schreckte ich ihn mit seiner eignen Gesundheit und dem bleichen Tod, das half sechs Wochen. Und das half so lange nur, weil er von ihr getrennt war. Ich fange zu glauben an, daß Markel und seine Kyrenaiker recht haben: die Menschen kümmern sich nicht ums Glück, sie suchen nach Wollust. Sie suchen nach Wollust auch *gegen* ihr eigenes Interesse, gegen ihre Ansichten und ihren Glauben, gegen ihr Glück... Und die junge Frau, die in so aufrechter und stolzer Haltung neben mir einherschritt, während ihr Nacken mit all dem hellen Seidengewirr tief unter ihren Sorgen gebeugt war – sie hatte genauso gehandelt: die Wollust gesucht und sich nicht um das Glück gekümmert. Und zum erstenmal frappierte es mich jetzt, daß genau die gleiche Handlungsweise mich mit Abscheu erfüllte, wenn es dem alten Pfarrer galt, aber mit unendlicher Zärtlichkeit, ja, mit einer verlegenen Würde wie angesichts göttlicher Nähe, wenn es die junge Frau betraf.

Die Sonne glühte jetzt matter durch den dicken Dunstkreis über der Stadt.

– Sagen Sie mal, Frau Gregorius – darf ich Sie etwas fragen?

– Ja, gern.

– Der, den Sie lieben – ich weiß ja durchaus nicht, wer das ist – was sagt er zu der ganzen Geschichte: Was will er tun? Wie will er das Problem lösen? Denn er kann ja nicht recht zufrieden sein, so wie alles ist –?

Sie schwieg lange. Ich begann zu glauben, daß meine Frage dumm gewesen war und daß sie nicht antworten wollte.

– Er will, daß wir verreisen sollten, sagte sie endlich.

Ich stutzte.

– *Kann* er das auch? fragte ich. Ich meine, ist er ein freier Mann, Vermögen, unabhängig von Anstellung oder Beruf, ein Mann, der tut, was ihm gefällt?

– Nein. Dann hätten wir das ja schon vor langer Zeit getan. Er hat seine ganze Zukunft hier. Aber er will sich in einem fremden Lande, weit weg, ein neues Leben aufbauen. Vielleicht in Amerika.

Ich mußte innerlich lächeln. Klas Recke und Amerika! Aber ich erstarrte, wenn ich an sie dachte. Ich dachte: dort, weit weg, wird er aus den gleichen Gründen untergehen, aus denen er hier oben schwimmt. Und was dann aus ihr werden soll...

Ich fragte: – Und Sie selbst – *wollen* Sie das auch?

Sie schüttelte den Kopf. Ihre Augen standen voller Tränen.

– Ich möchte am liebsten sterben, sagte sie.

Die Sonne ging allmählich in dem grauen Dunst unter. Ein kühler Windzug wehte durch die Bäume.

– Ich will sein Leben nicht zerstören. Will nicht eine Bürde für ihn werden. Warum will er wegreisen? Nur meinetwegen. Er hat seine ganze Existenz hier, seine Stellung, seine Zukunft, seine Freunde, alles.

Ich konnte darauf nichts antworten, sie hatte ja nur zu recht. Und ich dachte an Recke. Sein ganzer Vorschlag erschien mir in so merkwürdigem Licht. Ich hätte niemals so etwas von ihm erwartet.

– Sagen Sie, Frau Gregorius – ich darf doch Ihr Freund sein, Sie betrachten mich als solchen, nicht wahr? Es ist Ihnen nicht unangenehm, daß ich mit Ihnen von diesen Dingen rede?

Sie lächelte mich durch ihre Tränen und ihren Schleier an – ja, sie lächelte!

– Ich habe Sie sehr gern, sagte sie. Sie haben für mich getan, was niemand anders hätte tun können oder wollen. Sie dürfen mit mir von allem reden, wovon Sie zu reden wünschen. Ich habe es so gern, wenn Sie reden.

– Hat er, Ihr Freund – ist es schon lange, daß er den Wunsch geäußert hat, Sie sollten beide zusammen fortreisen? Hat er schon lange davon gesprochen?

– Niemals vor heute abend. Wir haben uns hier getroffen, kurz bevor Sie kamen. Er hat niemals vorher mit mir darüber gesprochen. Ich glaube noch nicht einmal, daß er vorher daran gedacht hat.

Ich fing an zu begreifen... Ich fragte:

– Ist also jetzt etwas Besonderes passiert... da er auf diesen Gedanken verfallen ist? Etwas Beunruhigendes?

Sie senkte den Kopf:

– Vielleicht.

Die Alte mit dem Besen fegte wieder ganz in unserer Nähe das Laub zusammen, wir gingen in Richtung auf die Kirche zurück, langsam, schweigend. Wir blieben an der Treppe, wo wir uns zuerst getroffen hatten, stehen. Sie war müde: sie setzte sich wieder auf den Treppenabsatz und stützte ihr Kinn in ihre Hand und hielt ihren Blick hinaus in die ergrauende Dämmerung gerichtet.

Wir schwiegen lange. Um uns herum war es still, aber über uns säuselte der Wind mit einem schärferen Ton als vorher durch die Baumkronen, und es war keine Wärme mehr in der Luft. Sie schauderte wie frierend.

– Ich will sterben, sagte sie. Ich möchte so schrecklich gern sterben. Ich fühle, daß ich alles, was mir zukommt, bekommen habe, alles. Ich kann niemals mehr so glücklich werden, wie ich diese Wochen gewesen bin.

Es ist selten ein Tag vorbeigegangen, ohne daß ich geweint habe; aber ich bin glücklich gewesen. Ich bereue nichts, aber ich will sterben. Und doch ist es so schwer. Ich finde, daß Selbstmord etwas Häßliches ist, besonders bei einer Frau. Ich habe solchen Abscheu vor aller Gewalt gegen die Natur. Und ich will auch ihm keinen Schmerz bereiten.

Ich schwieg und ließ sie sprechen. Sie kniff die Augen zusammen.

– Ja, Selbstmord ist abstoßend. Aber es kann noch abstoßender sein, zu leben. Es ist schrecklich, daß man so oft nur zwischen dem zu wählen hat, was einem mehr oder minder zuwider ist. Wer doch bloß sterben könnte!

Ich habe keine Angst vor dem Tod. Nicht einmal, wenn ich glauben würde, daß es ein Leben nach dem Tode gibt, würde ich ihn fürchten. Ich habe weder etwas Schlechtes noch etwas Gutes getan, das ich hätte anders machen können; ich habe getan, was ich tun mußte, im kleinen wie im großen. Erinnern Sie sich daran, daß ich mit Ihnen einmal von meiner Jugendliebe gesprochen habe und daß ich es bereute, daß ich mich ihm nicht hingegeben habe? Ich bereue es jetzt nicht mehr. Ich bereue nichts, nicht einmal meine Heirat. Nichts hätte dennoch anders kommen können, als es gekommen ist.

Aber ich glaube nicht, daß es eine Existenz nach dem Tode gibt. Als Kind habe ich mir die Seele immer als einen kleinen Vogel vorgestellt. In einer illustrierten Weltgeschichte, die mein Vater besaß, sah ich auch, daß die Ägypter sie als einen Vogel abbildeten. Aber ein Vogel fliegt nicht höher als der Horizont reicht, und der reicht nicht weit. Er gehört ja ebenfalls zur Erde. In der Schule hatten wir einen Lehrer in Naturkunde, der uns erklärte, daß nichts von dem, was auf der Erde existiert, von ihr verschwinden kann.

– Ich fürchte, daß er sich in dieser Beziehung gründlich geirrt hat, warf ich ein.

– Das ist schon möglich. Aber ich schwor auf jeden Fall meinem Vogelglauben ab, und die Seele wurde etwas Unbestimmteres für mich. Vor einigen Tagen habe ich alles gelesen, was ich über das Thema Religion und damit zusammenhängende Fragen – pro und contra – erreichen konnte. Das half mir ja, in manchem Betracht meine Begriffe zu klären, aber das, was ich wissen wollte, bekam ich dennoch nicht zu hören. Es gibt Menschen, die so ausgezeichnet schreiben, und ich glaube, daß diese Menschen einfach alles beweisen können. Ich habe immer gefunden, daß derjenige recht hat, der am besten und am gefälligsten schreibt. Viktor Rydberg habe ich geradezu verehrt. Aber ich verstand, daß über Leben und Tod doch niemand Bescheid wußte.

Aber – und hierbei röteten sich ihre Wangen und nahmen im Dunkeln eine warme Farbe an – in der letzten Zeit habe ich mehr über mich erfahren als jemals zuvor in meinem ganzen Leben. Ich habe meinen Körper kennengelernt. Ich habe gelernt und begriffen, daß mein Körper und ich eins sind. Es existiert keine Freude und keine Trauer und überhaupt kein Leben ohne ihn. Und mein Körper weiß ja, daß er sterben muß. Er fühlt das, ebenso wie ein Tier es fühlt. Darum weiß ich jetzt, daß es für mich nach dem Tode nichts gibt.

Es war dunkel geworden. Die Geräusche der Stadt drangen jetzt im Dunkeln verstärkt an unser Ohr, und man begann dort unten in den schlingernden Straßen längs der Kais und der Brücken die Laternen anzuzünden.

– Ja, sagte ich, Ihr Körper weiß, daß er einmal sterben muß. Aber er *will* nicht sterben. Er will nicht sterben, bevor er verbraucht und von den Jahren gezeichnet ist. Verzehrt ist vom Leid und verbrannt von Lust. Erst dann will er sterben. Sie glauben, daß Sie sterben wollen, weil alles im Augenblick so schwarz aussieht. Aber Sie wollen es nicht, ich weiß, daß Sie es nicht wollen können. Lassen Sie die Zeit vergehen. Nehmen Sie den Tag, wie er kommt. Alles kann anders werden, ehe Sie glauben. Auch Sie selbst können anders werden. Sie sind stark und gesund; Sie können noch stärker werden; Sie gehören zu denjenigen, die wachsen und sich erneuern können.

Ein Schauder erfaßte ihre Gestalt. Sie erhob sich:

– Es ist spät, ich muß nach Hause gehen. Wir können nicht zusammen von hier weggehen, es wäre nicht gut, wenn uns jemand sähe. Gehen Sie dort den Weg, dann gehe ich in anderer Richtung. Gute Nacht!

Sie reichte mir ihre Hand. Ich sagte:

– Ich würde so gern Ihre Wange küssen. Darf ich das?

Der Wind riß an meinen schütteren Haaren, als ich meinen Kopf entblößte. Und sie nahm ihn zwischen ihre weichen Hände und küßte meine Stirn – feierlich, als gälte es eine Zeremonie.

22. August

Was für ein Morgen! Ein leichter Hauch von Herbst in der glasklaren Luft. Und still.

Traf Fräulein Mertens bei meinem Morgenritt und tauschte im Vorbeireiten ein paar muntere Worte mit ihr. Ich liebe ihre Augen. Ich glaube, daß in ihnen mehr Tiefe ist, als man bei flüchtigem Hinsehen sieht. Und dann ihr Haar... aber darüber hinaus gibt es auch nicht mehr viel zu rühmen. Ja doch, einen ziemlich guten Charakter hat sie bestimmt auch.

Ich ritt eine Runde durch den Tiergarten und dachte die ganze Zeit über an sie, die dort oben auf der Kirchtreppe saß und in die Sonne schaute und weinte, und die den Tod herbeisehnte. Und wahrlich: wenn keine Hilfe kommt, wenn nichts geschieht – wenn nicht das eintrifft, woran ich denke – dann ist jeder Versuch, sie mit Worten zu trösten, nur lächerliches Geschwätz, das empfand ich selbst, während ich mit ihr sprach. Dann hat sie recht, hundertfach recht, den Tod zu suchen. Sie kann weder reisen noch bleiben. Reisen – mit Klas Recke? Für ihn eine Last und ein Klotz am Bein werden? Ich segne sie dafür, daß sie das nicht will. Sie würden beide untergehen. Er hat ausgesorgt hier, sagt man, steht mit einem Fuß in seinem Ministerium und mit dem andern in der Finanzwelt; ich habe die Leute ihn einen Mann mit Zukunft nennen hören, und wenn er Schulden hat, dann ist das für ihn wohl kaum schlimmer als für viele andere »Männer mit Zukunft«, ehe sie am Ziel sind. Er hat genau das Maß an Begabung, das einem Mann vorwärts zu helfen pflegt – natürlich in dem richtigen Milieu; eine Elementarkraft ist er nicht. »Sich ein neues Leben aufbauen« ... nein, das liegt ihm nicht. Und sie kann nicht in ihrem alten Leben stehen bleiben. Eine Gefangene in Feindesland. Ihr Kind unter dem Dach des fremden Mannes gebären und gezwungen sein, zu heucheln und ihn zu belügen und seinen widerlichen Vaterstolz mitanzusehen – der vielleicht vermischt ist mit Argwohn, den er nicht einzugestehen wagt, dessen er sich aber bedienen wird, um ihr Leben noch mehr zu vergiften... Nein, sie *kann* das ganz einfach nicht, es endet mit einer Katastrophe, wenn sie es versucht... Sie muß frei werden. Sie muß selbständig sein und über sich selbst und ihr Kind verfügen können. Dann wird sich alles für sie ordnen, dann wird das Leben für sie möglich und gut. Ich habe mir bei meiner Seele etwas geschworen: sie soll frei werden.

Ich befand mich vorhin, während meiner Sprechstunde, in einem Zustand grauenhafter Spannung. Ich glaubte, er würde heute kommen, mir war, als fühlte ich das in meiner Haut... Er kam nicht, na, auch gut; wann er auch kommen mag, wird er mich nicht unvorbereitet finden. Was Donnerstag passiert ist, das soll sich nicht wiederholen. Jetzt gehe ich aus und esse zu Mittag. Ich wünschte, ich würde Markel treffen, dann könnte ich ihn zum Mittag im »Hasselbacken« einladen. Ich möchte reden und Wein trinken und Menschen sehen.

Kristin hat schon das Mittagessen fertig und wird außer sich sein, aber das tut nichts zur Sache.

(Später)

Es ist vollendet; es ist getan. Ich habe es getan.

Eigentümlich, wie es zuging. Merkwürdig hat der Zufall es für mich geordnet. Ich könnte fast versucht sein, an eine Vorsehung zu glauben.

Ich fühle mich leer und leicht wie ein ausgeblasenes Ei. Vorhin, als ich die Wohnzimmertür hinter mir hatte und mich selbst im Spiegel sah, stutzte ich bei dem Ausdruck meines Gesichts: eine gewisse Leere und etwas Geglättetes, etwas, ich weiß nicht, wie ich es ausdrücken soll, das mich an die Uhr ohne Zeiger denken ließ, die ich in meiner Tasche trage. Und ich muß mich selbst fragen: das, was du heute getan hast – war das also dein ganzer Inhalt, existiert in deinem Innern nichts darüber hinaus?

Dummheiten. Das ist ein Gefühl, das vorübergeht. Ich bin etwas müde im Kopf. Das wird mir wohl erlaubt sein.

Die Uhr zeigt halb acht; die Sonne ist gerade untergegangen. Es war Viertel nach vier, als ich ausging. Drei Stunden also... Drei Stunden und einige Minuten.

... Ich ging also aus, um zu Mittag zu speisen; ich ging quer über den Kirchhof; ich ging durch die Gasse; ich blieb einen Augenblick vor dem Fenster des Uhrmachers stehen, erhielt von dem Mann da drin einen grinsend buckligen Gruß und erwiderte ihn. Ich erinnere mich, daß ich folgende Überlegung anstellte: jedesmal, wenn ich einen Buckligen sehe, fühle ich mich aus Sympathie selbst etwas bucklig. Vermutlich ein Reflex des von Kindesbeinen an eingebläuten Mitgefühls mit dem Unglück... Ich kam die Drottninggata herauf; ich ging in das Havanna-Magazin und kaufte ein paar ordentliche Upmann-Zigarren. An der Fredsgata bog ich um die Ecke. Als ich zum Gustav Adolfs Torg kam, warf ich einen Blick durch das Fenster von Rydbergs* im Gedanken daran, daß Markel dort möglicherweise bei seinem Absinth sitzen könnte, wie er es manchmal zu tun pflegt, aber dort saß nur Birck mit einem Glas Zitrone. Das ist ein langweiliger Kerl, mit dem hatte ich keine Lust, zu zweit Mittag zu essen... Vor der Zeitungsfiliale kaufte ich ein *Aftonblad*. Vielleicht steht etwas Neues über die Dreyfus-Affäre drin, dachte ich... Aber die ganze Zeit ging ich und fragte mich, wie ich Markel erreichen könnte. Ihn bei seiner Zeitung anzurufen, lohnte sich nicht, er ist um diese Zeit niemals dort; und wie ich noch überlegte, ging ich in ein Zigarrengeschäft und telefonierte. Er war gerade weggegangen... Auf dem Jakobs Torg sah ich von weitem Pastor Gregorius auf mich zukommen.

---

* Ein damals bekanntes Stockholmer Restaurant. *Anm. d. Übers.*

Ich bereitete mich schon darauf vor zu grüßen, als ich entdeckte, daß er es nicht war. Es war nicht einmal eine besondere Ähnlichkeit vorhanden.

– Soso, dachte ich bei mir, dann werde ich ihm also bald begegnen.

Denn nach einem weitverbreiteten Volksglauben, der, wie ich mich dunkel erinnere, bei irgendeiner Gelegenheit von meiner Erfahrung bestätigt worden war, soll ein solcher Irrtum eine Art Vorzeichen sein. Ich erinnerte mich sogar daran, daß ich in einer pseudowissenschaftlichen Zeitschrift »für psychische Untersuchungen« eine Geschichte von einem Mann gelesen hatte, der nach einem solchen »Vorzeichen« augenblicklich in eine Seitenstraße abbog, um einer Begegnung auszuweichen, die ihm unangenehm war – und dabei demjenigen, dem er ausweichen wollte, genau in die Arme lief... Aber ich glaubte nicht an diese Dummheiten, und meine Gedanken setzten die ganze Zeit über ihre schweigende Razzia auf Markel fort. Mir fiel ein, daß ich ihn mehrere Male um diese Tageszeit in dem Kiosk für Erfrischungsgetränke am Markt getroffen hatte; ich begab mich dorthin. Er war natürlich nicht da, aber ich setzte mich auf jeden Fall auf eine der Bänke unter den großen Bäumen an der Kirchhofsmauer, um ein Glas Vichysprudel zu trinken, während ich mein *Aftonblad* überflog. Ich hatte die Zeitung gerade entfaltet und ein Auge auf die wie üblich fette Überschrift: *Die Dreyfus-Affäre* geworfen – als ich knirschende Schritte im Sande hörte und Pastor Gregorius vor mir stand.

– Sieh mal an, Herr Doktor, schönen guten Tag. Darf ich mich neben Sie setzen? Ich hatte gerade vor, vor dem Mittagessen ein kleines Glas Vichy zu trinken. Das kann wohl nicht gefährlich für das Herz sein?

– Ja, Kohlensäure ist ja nicht gut, antwortete ich, aber mal ein kleines Glas kann nicht viel schaden. Wie geht es Ihnen nach der Kur im Bad?

– Sehr gut. Ich glaube, daß sie mir außerordentlich gut bekommen ist. Ich war vor einigen Tagen, ich glaube am Donnerstag, in Ihrer Sprechstunde, Herr Doktor, aber ich kam zu spät. Sie waren ausgegangen.

Ich antwortete, daß ich oft auch eine halbe Stunde oder so nach Schluß der Sprechstunde anzutreffen sei, aber an diesem Tage leider gezwungen war, etwas früher als gewöhnlich fortzugehen. Ich bat ihn, morgen wiederzukommen. Er wußte nicht, ob er Zeit hatte, aber er wollte es versuchen.

– Es ist sehr hübsch in Porla, sagte er.

(In Porla ist es häßlich. Aber als Stadtmensch hat Gregorius die Gewohnheit, es »auf dem Lande« immer hübsch zu finden, wie es dort auch aussehen mag. Außerdem hatte er bezahlt und wollte bis zum Äußersten dafür auch etwas haben. Deshalb fand er es hübsch.)

– Ja, antwortete ich, es ist ganz hübsch in Porla. Wenn auch weniger als in den meisten andern Orten.

– Ronneby liegt vielleicht hübscher, stimmte er zu. Aber dorthin ist die Reise ja so weit und so teuer.

Ein halbwüchsiges Mädchen servierte den Sprudel, zwei kleine Viertelliterflaschen.

Plötzlich bekam ich eine Eingebung. Da es auf jeden Fall geschehen mußte: – warum nicht hier? Ich sah mich um. Niemand war im Augenblick in der Nähe. An einem weit entfernten Tisch saßen drei alte Herren, von denen ich einen kannte, einen pensionierten alten Rittmeister; aber die redeten laut miteinander und erzählten Geschichten und lachten und konnten nicht hören, was wir sagten, oder hören, was wir taten. Ein schmutziges, barfüßiges kleines Mädchen kam behutsam zu uns und bot Blumen feil, wir schüttelten den Kopf, und sie verschwand ebenso leise wie sie gekommen war. Vor uns lag der Sandplatz des Marktes fast leer in der späten Mittagsstunde. Von der Ecke bei der Kirche ging ab und zu ein Fußgänger schräg herüber zur Ostallee. Eine warme Sommersonne vergoldete die alte gelbe Fassade des Dramatischen Theaters zwischen den Linden. Auf dem Trottoir stand der Direktor des Theaters und unterhielt sich mit dem Regisseur. Der Abstand machte sie zu Miniaturen, deren Linienspiel nur derjenige verstehen und deuten konnte, der sie schon kannte. Den Regisseur verriet sein roter Fez, der zu einem kleinen Funken in der Sonne wurde, den Direktor verrieten seine delikaten Handbewegungen, die zu sagen schienen: ja, Herrgott, jede Sache hat zwei Seiten! Ich war überzeugt davon, daß er ungefähr so sprach, ich sah das leichte Achselzucken, mir war, als hörte ich den Tonfall. Und ich bezog diese Worte auf mich und meine Angelegenheit. Ja, jede Sache hat zwei Seiten. Aber man mag die Augen noch so weit für die beiden Seiten offen halten, zum Schluß muß man sich doch für die eine von beiden entscheiden. Und ich hatte schon lange meine Wahl getroffen.

Ich holte das Uhrgehäuse mit den Pillen aus der Westentasche, nahm eine Pille zwischen Daumen und Zeigefinger, wandte mich etwas zur Seite und tat so, als würde ich sie einnehmen. Dann nahm ich einen Schluck aus meinem Wasserglas und tat, als ob ich sie damit herunterschluckte. Der Pfarrer zeigte sich sofort interessiert:

– Mir scheint, Sie medizinieren, Herr Doktor? sagte er.

– Ja, sagte ich. Herzleiden, wohin wir blicken. Meins ist ebenfalls nicht auf der Höhe. Das kommt davon, daß ich zuviel rauche. Könnte ich das Rauchen nur seinlassen, würde ich nicht nötig haben, dies Zeug hier zu nehmen. Es handelt sich um ein ziemlich neues Medikament; ich habe es in deutschen Fachzeitschriften sehr empfohlen gesehen, aber wollte es gern bei mir selbst erproben, ehe ich es in meiner Praxis anwende. Nun habe ich mehr als einen Monat damit experimentiert, und ich habe gefunden, daß es ausgezeichnet ist. Man nimmt eine Pille ein Weilchen vor dem Mittagessen; das verhindert das »Speisefieber«, die Unruhe und das Herzklopfen gleich nach der Mahlzeit. Darf ich Ihnen eine anbieten?

Ich reichte ihm die Dose mit dem aufgeklappten Deckel so, daß er nicht sehen konnte, daß es ein Zifferblatt war; das hätte ihm Veranlassung zu unnötigen Fragen und Geschwätz geben können.

– Ich habe zu danken, sagte er.

– Ich kann morgen ein Rezept für Sie ausschreiben, fügte ich hinzu.

Er nahm ohne weitere Fragen eine von den Pillen und schluckte sie mit etwas Wasser herunter. Mir war, als stände mein Herz still. Ich stierte geradeaus vor mich hin. Der Marktplatz lag öde und ausgetrocknet wie in einer Wüste da. Ein stattlicher Schutzmann ging langsam vorüber, blieb stehen, knipste mit den Fingern ein Staubkorn von seinem tadellos gebürsteten Uniformmantel und setzte seine Runde fort. Die Sonne schien weiter ebenso warm und golden auf die Mauern des Dramatischen Theaters. Der Direktor machte nun eine Geste, die er selten gebrauchte, die jüdische Geste mit nach außen gewendeten Handflächen, die Geste des Geschäftsmannes, die bedeutet: ich wende die Innenseite nach außen, ich verberge nichts, ich lege die Karten offen auf den Tisch. Und der rote Fez nickte zweimal.

– Der Kiosk hier ist alt, sagte der Pastor. Wohl der älteste seiner Art in Stockholm.

– Ja, antwortete ich, ohne den Kopf zu drehen, er ist alt.

Die Uhr der Jakobskirche schlug dreiviertel fünf.

Ich zog mechanisch meine Uhr heraus, um nachzusehen, ob sie richtig ging, aber meine Hand war so ungeschickt und zitterte so, daß mir die Uhr zur Erde fiel und das Glas entzweiging. Als ich mich herunterbeugte, um sie aufzuheben, sah ich, daß eine Pille am Boden lag; es war die, die ich vorhin einzunehmen vorgespiegelt hatte. Ich zerstampfte sie mit meinem

Fuß. In diesem Augenblick hörte ich, wie das Glas des Pastors auf seinem Tablett umfiel. Ich wollte nicht hinsehen, sah aber doch seinen Arm schlapp herunterfallen und seinen Kopf zur Brust absinken und die brechenden Augen weit offen...

Es war schon lächerlich, zum dritten Mal, seitdem ich nach Hause gekommen war, stand ich auf und sah nach, ob meine Tür auch richtig geschlossen war. Was habe ich zu fürchten? Nichts. Nicht das Geringste. Ich habe meine Aufgabe sauber und delikat bewältigt, was man sonst auch darüber sagen mag. Der Zufall half mir auch. Glücklicherweise sah ich die Pille am Boden und zertrat sie. Wenn ich nicht meine Uhr hätte fallen lassen, würde ich sie vermutlich nicht bemerkt haben. Es war also ein glücklicher Zufall, daß ich meine Uhr fallen ließ...

Der Pfarrer starb an Herzschlag, ich habe selbst das Attest ausgeschrieben. Er war in der großen Sommerhitze herumgelaufen, bis ihm warm wurde und es ihm den Atem verschlug; er trank ein großes Glas Vichy allzu rasch aus und ohne es ausschäumen zu lassen. Ich erklärte das dem stattlichen Schutzmann, der umgekehrt und zurückgekommen war, dem erschrockenen kleinen Serviermädel und einigen Neugierigen, die sich angesammelt hatten. Ich hatte dem Pastor geraten, das Wasser etwas stehen und ausschäumen zu lassen, bevor er es trank, aber er war durstig und wollte nicht auf mich hören. »Ja«, sagte der Schutzmann, »ich sah gerade, wie hitzig und durstig der alte Herr sein Getränk austrank, als ich vorhin vorbeiging, und ich dachte bei mir: das kann nicht gut für ihn sein«... Unter den Passanten, die stehenblieben, war ein junger Priester, der den Toten kannte. Er übernahm es, Frau Gregorius so schonend wie möglich zu benachrichtigen.

Ich habe nichts zu fürchten. Warum taste ich dann unaufhörlich an meiner Wohnungstür herum? Deshalb, weil ich ein Gefühl habe, als liege der unerhörte atmosphärische Druck der Meinungen anderer Leute, der Lebenden, der Toten und der noch Ungeborenen, gesammelt dort draußen und drohe, die Tür zu sprengen und mich zu zerschmettern, mich zu pulverisieren... Deshalb fingere ich an dem Türschloß herum.

... Als ich endlich wegkommen konnte, setzte ich mich in eine Straßenbahn, die erste, die ich bekommen konnte. Sie führte mich weit weg bis nach Kungsholmen. Ich ging dann die Chaussee weiter bis zur Traneberger Brücke. Wir hatten dort einmal gewohnt, einen Sommer lang, als ich vier oder fünf Jahre alt war. Dort angelte ich meinen ersten kleinen Barsch mit Hilfe einer gebogenen Stecknadel. Ich erinnerte mich genau an die Stelle, an der ich gestanden hatte. Ich blieb auch diesmal lange dort stehen und atmete den wohlbekannten Geruch von stillstehendem Wasser und sonnengetrocknetem Teer ein. Genau wie damals hopsten flinke kleine Barsche im Wasser herum. Ich erinnerte mich, wie begierig ich ihnen damals zugeschaut und wie ich mir gewünscht hatte, sie fangen zu können. Und als es mir endlich geglückt war und ein ganz kleiner Barsch, der kaum drei Daumen lang war, am

Angelhaken zappelte, schrie ich wild auf vor Entzücken und lief direkt nach Hause zu Mamma mit dem kleinen Fisch, der in meiner zur Faust geballten Hand zuckte und bebte... Ich wollte, daß wir ihn zu Mittag essen sollten, aber Mama gab ihn der Katze. Und das war auch amüsant. Sie mit ihm spielen zu sehen und dann zu hören, wie die Gräten zwischen ihren Raubtierzähnen knirschten.

Auf dem Heimweg ging ich zu »Piperska Muren«, um Mittag zu essen. Ich glaubte nicht, daß ich hier einen Bekannten treffen würde, aber dort saßen zwei Ärzte und winkten mir, ich solle mich zu ihnen setzen. Ich trank nur ein Glas Pilsner und ging dann weg.

Was soll ich mit diesen Zetteln anfangen? Bisher pflegte ich sie in das Geheimfach des Sekretärs zu legen, aber das ist nicht gut. Ein nur einigermaßen erfahrenes Auge sieht einem alten Möbelstück wie diesem hier sofort an, daß es ein Geheimfach birgt und findet es mit Leichtigkeit. Wenn trotz alledem etwas passieren sollte, etwas, was man nicht voraussehen konnte, und man verfiele auf die Idee, hier eine Haussuchung vorzunehmen, würde man sie sofort dort finden. Aber wo soll ich sie denn verwahren? Ich weiß: ich habe eine Menge Kartons auf dem Bücherbord, Attrappen in Form von Büchern, voll mit wissenschaftlichen Aufzeichnungen und andern alten Papieren, sorgfältig geordnet und mit Etiketten auf den Buchrücken. Ich kann sie unter den Aufzeichnungen über Gynäkologie verstecken. Und ich kann sie mit meinen älteren Tagebuchzetteln mischen, ich habe ja früher auch Tagebuch geführt, niemals eine längere Zeit regelmäßig, aber periodisch...

Übrigens ist das bis auf weiteres egal. Ich werde immer Zeit finden, sie zu verbrennen, wenn es notwendig sein sollte.

— — — — —

Es ist vollendet, ich bin frei. Jetzt will ich es von mir abschütteln, will an etwas anderes denken.

Ja – woran denn?

Ich bin müde und leergebrannt. Ich fühle mich völlig leer. Wie eine Blase, in die ich ein Loch gestochen habe.

Ich bin hungrig, das ist es. Kristin soll das Mittagessen aufwärmen und es auftischen.

23. August

Es hat die ganze Nacht geregnet und gestürmt. Der erste Herbststurm. Ich lag wach und hörte, wie zwei Zweige der großen Kastanie vor meinem Fenster sich aneinanderrieben und knirschten. Ich erinnere mich, daß ich aufstand und eine Weile am Fenster saß und sah, wie die Wolkenfetzen einander jagten. Der Widerschein der brennenden Gaslaternen verlieh ihnen einen schmutzig-ziegelroten und feuerfarbenen Schein. Mir kam es vor, als böge sich die Kirchturmspitze im Sand. Die Wolken formten sich zu Gestalten, sie wurden zu einer wilden Jagd schmutziger roter Teufel, die in Hörner bliesen und pfiffen und schrien und sich einander die Fetzen vom Leibe rissen und allerlei Hurerei betrieben. Und während ich so dasaß, brach ich plötzlich in Lachen aus: ich lachte den Sturm aus. Ich fand, daß er zu viel Aufhebens von der Angelegenheit machte. Es erging mir wie dem Juden, als der Blitz gerade in dem Augenblick einschlug, da er sein Schweinekotelett aß: er glaubte, es sei wegen des Schweinefleischs. Ich dachte an mich und meine Angelegenheiten, und ich glaubte, der Sturm dächte an das gleiche. Schließlich schlief ich auf meinem Stuhl ein. Ein Kälteschauer weckte mich, ich ging zu Bett und schlief nicht mehr ein. Und so kam dann also ein neuer Tag.

Jetzt ist es morgengrau und still, aber es regnet und regnet. Und ich habe einen schrecklichen Schnupfen und habe bereits drei Taschentücher verbraucht.

Als ich beim Morgenkaffee die Zeitung entfaltete, sah ich, daß Pastor Gregorius tot ist. Ganz plötzlich, Herzschlag... in dem Erfrischungskiosk im Kungsträdgården... Einer unserer bekannteren Ärzte, der sich zufällig in seiner Gesellschaft befand, konnte nur konstatieren, daß der Tod eingetreten war... Der Verstorbene war einer der beliebtesten Prediger in der Hauptstadt, dem man gern lauschte... Eine sympathische und weitherzige Persönlichkeit... Achtundfünfzig Jahre alt... Betrauert von seinen Nächsten, seiner Gattin, geborene Waller, sowie der bejahrten Mutter.

Ach ja, Herrgott, wir müssen alle diesen Weg wandern. Und er hat lange einen Herzfehler gehabt.

Aber er hatte also eine alte Mutter. Das habe ich nicht gewußt. Sie muß außerordentlich alt sein.

... Dieses Zimmer hier hat etwas Düsteres und Unangenehmes an sich, besonders an solchen Regentagen wie heute. Alles hier ist alt und dunkel und etwas vermottet. Aber neue Möbel sagen mir nicht zu. Auf jeden Fall glaube ich, daß ich mir neue Gardinen für das Fenster anschaffen muß, sie sind zu dunkel und zu schwer, und sie schließen das Licht aus. Die eine ist auch am Rande etwas angesengt seit jener Nacht im Sommer, als die Kerze flatterte und sie Feuer fing.

»Jene Nacht im Sommer«... Ich muß mal nachdenken, wie lange das her sein kann? – Zwei Wochen. Und mir kommt es vor, als sei seitdem eine ganze Ewigkeit verflossen.

Wer konnte ahnen, daß seine Mutter noch lebte...

Wie alt wäre meine Mutter, wenn sie noch lebte? Oh, nicht so sehr alt. Knappe sechzig Jahre.

Sie würde weißes Haar haben. Es würde ihr vielleicht etwas schwerfallen, bergauf zu gehen und Treppen zu steigen. Ihre blauen Augen, die heller waren als die Augen aller andern Menschen, würden jetzt im Alter noch heller sein, und sie würden unter dem weißen Haar freundlich lächeln. Sie würde sich freuen, daß es mir so gut ergangen ist, aber noch mehr würde sie über Bruder Ernst trauern, der in Australien ist und niemals schreibt. Ernst bereitete ihr niemals etwas anderes als Trauer und Sorge. Darum liebte sie ihn am meisten. – Aber wer weiß, er wäre vielleicht anders geworden, wenn sie hätte leben dürfen. – Sie starb zu früh, meine Mutter. Aber es ist gut, daß sie tot ist.

(Später)

Vorhin, als ich in der Dämmerung nach Hause kam, blieb ich wie versteinert auf der Schwelle zum Wohnzimmer stehen. Auf dem Tisch vor dem Spiegel stand ein Strauß dunkler Blumen in einer Vase. Die Dämmerung fiel. Sie erfüllten das Zimmer mit ihrem schweren Duft.

Es waren Rosen. Dunkle, rote Rosen. Ein paar davon fast schwarz.

Ich stand unbeweglich in dem schweigenden, in der großen Dämmerung daliegenden Zimmer und wagte kaum, mich zu rühren und kaum zu atmen. Es war mir, als bewegte ich mich in einem Traum. Die Blumen im Spiegel – das waren ja die dunklen Blumen aus meinem Traum.

Einen Augenblick lang bekam ich Angst. Ich dachte: das ist eine Halluzination; ich bin dabei kaputtzugehen, es geht zu Ende mit mir. Ich wagte nicht, mich vorwärts zu bewegen und die Blumen in meine Hand zu nehmen, aus Furcht, in die leere Luft zu greifen. Ich ging in mein Arbeitszimmer. Auf dem Schreibtisch lag ein Brief. Ich öffnete ihn mit zitternden Fingern im Gedanken daran, er könnte einen Zusammenhang mit den Blumen haben; aber es war eine Einladung zu einem Mittagessen. Ich las sie und schrieb ein Wort als Antwort auf eine Visitenkarte: »komme«. Danach ging ich wieder ins Wohnzimmer: die Blumen waren noch da. Ich klingelte nach Kristin; ich wollte sie fragen, wer die Blumen gebracht hatte. Aber niemand kam auf mein Signal; Kristin war ausgegangen. Ich war allein in der Wohnung.

Mein Leben beginnt sich mit meinen Träumen zu vermischen. Ich kann nicht länger Traum und Leben auseinanderhalten. Ich kenne das, ich habe in dicken Büchern davon gelesen: das ist der Anfang vom Ende. Aber einmal muß das Ende ja kommen, und ich fürchte mich vor nichts. Mein Leben wird mehr und mehr zu einem Traum. Und vielleicht ist das niemals anders gewesen. Ich habe vielleicht die ganze Zeit geträumt, geträumt, daß ich Arzt bin und daß ich Glas heiße und daß es einen Pfarrer namens Gregorius gab. Und ich kann jeden Augenblick als Straßenkehrer oder Bischof oder Schuljunge oder Hund – was weiß ich, erwachen...

Ach, Dummheiten. Wenn Träume und Vorzeichen einzutreffen beginnen, und wenn es sich nicht um Dienstmädchen und alte Weiber, sondern um höher organisierte Individuen handelt, dann sagt die Psychiatrie, daß ein Zeichen beginnender geistiger Desorganisation vorliegt. Aber wie wird das erklärt? Es wird so erklärt, daß man in den allermeisten Fällen niemals das, was »eintrifft«, geträumt hat; man *glaubt* nur, daß man es geträumt hat, oder auch, daß man alles schon einmal vorher bis in die geringsten Einzelheiten hinein erlebt hat. Aber meinen Traum von den dunklen Blumen habe ich aufgeschrieben! Und die Blumen selbst, die sind keine Halluzination, sie stehen dort und duften und sind lebendig, und jemand hat sie hergebracht.

Aber wer? Es gibt ja nur einen Menschen, von dem man es vermuten kann. Sollte sie also verstanden haben? Verstanden und es gebilligt und diese Blumen als ein Zeichen dafür und als Dank gesandt haben? Das ist ja Wahnsinn, das ist unmöglich. So etwas gibt es nicht, kann nicht geschehen. Das wäre allzu schrecklich. Das wäre nicht anständig. Es gibt Grenzen für das Begreifen einer Frau! Wenn dem so ist, dann verstehe ich überhaupt nichts mehr, dann will ich nicht mehr mitspielen.

Es sind doch schöne Blumen. Soll ich sie auf meinen Schreibtisch stellen? Nein. Sie sollen dort stehenbleiben, wo sie stehen. Ich will sie nicht anrühren. Ich habe Angst vor ihnen. Ich habe Angst!

24. August

Mein Schnupfen hat sich zu einer richtigen Influenza entwickelt. Ich habe die Tür für meine Patienten verschlossen, um sie nicht anzustecken, und ich bleibe zu Hause. Ich habe die Einladung zum Mittag bei Rubins abgesagt. Ich kann nichts tun, nicht einmal lesen. Ich habe gerade Patience gelegt mit einem alten Kartenspiel, das ich von meinem Vater geerbt habe. Ich glaube, daß wohl gut und gern ein Dutzend alter Kartenspiele in der Schublade des entzückenden Mahagonispieltisches liegen, einem Möbelstück, das mich ganz allein ins Verderben locken könnte, wenn ich die geringste Neigung zum Spielen hätte. Die Tischplatte ist mit grünem Tuch ausgeschlagen, wenn man sie aufklappt, sie hat am Rande längliche Vertiefungen für die Spielmarken und die allerhübschesten eingelegten Arbeiten.

Ja, viel mehr hat er mir auch nicht als Erbschaft hinterlassen, mein guter Vater...

Regen und Regen... Und es regnet nicht Wasser, sondern Schmutz. Die Atmosphäre ist nicht mehr grau, sie ist braun. Und wenn der Regen mal eine Weile schwächer wird, hellt sie zu schmutzgelb auf.

Über den Patiencekarten auf meinem Tisch liegen die Blätter einer zerpflückten Rose. Ich weiß nicht, warum ich hier saß und die Blätter abpflückte. Vielleicht weil ich daran denken mußte, wie wir als Kinder früher Rosenblätter in einem Mörser zu zerkleinern und sie zu harten Kugeln zu rollen pflegten, die wir auf eine Schnur reihten und Mama zu ihrem Geburtstag als Halskette gaben. Sie rochen so gut, diese Kugeln. Aber nach ein paar Tagen schrumpften sie zusammen wie Rosinen und wurden weggeworfen.

Die Rosen – ja, das war ja nun auch so eine Geschichte. Das erste, was ich sah, als ich heute morgen ins Wohnzimmer kam, war eine Visitenkarte, die auf dem Spiegeltisch neben der Blumenvase lag: Eva Mertens. Ich verstehe noch in diesem Augenblick nicht, wie es mir gestern passieren konnte, sie nicht zu sehen. Und wie zum Teufel und mit allen Geistern der Hölle geredet konnte dies süße, gute Mädchen auf die Idee verfallen, mir unwürdigem Sünder Blumen zu schikken? Die tiefere Ursache kann ich zwar, wenn ich meinen Scharfsinn strapaziere und meine Bescheidenheit überwinde, erraten; aber der Anlaß? Der Vorwand? Wie ich es auch überdenke, kann ich keine andere Erklärung finden als diese: Sie hat gelesen oder gehört, wie davon gesprochen wurde, daß ich bei dem bedauerlichen Todesfall zugegen war; sie nimmt an, daß ich tief erschüttert bin und hat mir deshalb diesen Sympathiebeweis senden wollen. Sie hat einer plötzlichen Eingebung folgend und impulsiv gehandelt und so, als wäre es ihrerseits etwas ganz Natürliches. Das Mädchen hat ein gutes Herz...

Wenn ich ihr erlaubte, mich zu lieben? Ich bin so allein. Vorigen Winter hatte ich einen graugestreiften Kater, aber als es Frühling wurde, lief er weg. Ich erinnere mich jetzt an ihn, wenn der Widerschein des ersten Kaminfeuers auf dem rotflammigen Teppich tanzt: genau dort vor dem Kachelofen pflegte er zu liegen und zu spinnen. Ich strengte mich vergebens an, seine Zuneigung zu gewinnen. Er schleckte meine Milch und wärmte sich an meinem Feuer, aber sein Herz blieb kalt. Was ist aus dir geworden, Murre? Du hattest schlechte Anlagen. Ich fürchte, du bist auf Abwege geraten, sofern du noch auf dieser Erde wandelst. Heute nacht hörte ich eine Katze auf dem Kirchhof kreischen, und mir war, als kennte ich deine Stimme wieder.

– – – – –

Wer hat gesagt: »Das Leben ist kurz, aber die Stunden sind lang?« Es würde auf einen Mathematiker wie

Pascal passen, aber es war wohl Fénélon. Schade, daß ich es nicht gewesen bin.

— — — — —

Warum dürstete es mich nach einer Handlung? Vielleicht hauptsächlich, um meiner Unlust ein Ventil zu schaffen. »L'ennui commun à toute créature bien née«, wie Königin Margarete von Navarra sich ausgedrückt hat. Aber es ist lange her, daß die Unlust ein Privileg für »hochwohlgeborene Wesen« war. Nach mir selbst und einigen Personen, die ich kenne, zu urteilen, sieht es so aus, als wäre sie dabei, sich mit wachsender Aufklärung und Wohlstand auch unter dem gemeinen Volk zu verbreiten.

Die Tat kam auf mich zu wie eine große seltsame Wolke, sie schoß einen Blitz ab und zog vorbei. Und die Unlust blieb.

Aber es ist ja auch ein verfluchtes Influenzawetter. An solchen Tagen kommt es mir vor, als stiege alter Leichengeruch vom Friedhof herauf und dränge sich durch Wände und Fenster. Der Regen tropft aufs Fensterblech. Ich empfinde es, als tropfe es auf mein Gehirn, um es auszuhöhlen. – An meinem Gehirn ist ein Fehler. Ich weiß nicht, ob es zu schlecht oder zu gut ist, aber es ist nicht, wie es sein sollte. Als Entgelt weiß ich wenigstens selbst, daß ich das Herz an der rechten Stelle habe. Tropf-tropf-tropf. Warum sind die beiden kleinen Bäume an Bellmanns Grab so ärmlich und dünn? Ich glaube, daß sie krank sind. Vielleicht gasvergiftet. Er sollte unter hohen rauschenden Bäumen ruhen, der alte Carl Mikael. Ruhen, ja – ist es uns vergönnt zu ruhen? Richtig? Wer das wissen dürfte... Mir fallen ein paar Zeilen aus einem berühmten Gedicht ein:

> *L'ombre d'un vieux poète erre dans la gouttière*
> *avec la triste voix d'un fantôme frileux.**

»Der Schatten eines alten Dichters irrt in der Dachrinne mit der traurigen Stimme eines frierenden Gespenstes.« Baudelaire hatte Glück, daß er nicht zu hören brauchte, wie das auf schwedisch klingt. Im ganzen genommen haben wir eine gräßliche Sprache. Die Worte trampeln einander auf die Zehen und schubsen einander in den Rinnstein. Und alles klingt so konkret und roh. Keine Halbtöne, keine leichten Andeutungen und sanften Übergänge. Eine Sprache, die geschaffen scheint zum Gebrauch der unausrottbaren Gewohnheit des Pöbels, überall mit der Wahrheit herauszuplatzen.

Es wird immer dunkler: Dezemberdunkelheit im August. Die schwarzen Rosenblätter sind schon runzlig geworden. Aber die Karten auf meinem Tisch leuchten mitten in dieser grauen Umgebung in grellen, lachenden Farben, als wollten sie daran erinnern, daß sie einstmals erfunden worden sind, um die Schwermut eines kranken und wahnsinnigen Fürsten zu zerstreuen. Aber ich schaudere bei dem bloßen Gedanken an die Mühe, sie zu sammeln und die verkehrt liegen-

---

* Die Baudelaire-Zitate sind dem ersten der vier Gedichte in *Les Fleurs du Mal* entnommen, die den Titel *Spleen* tragen. *Anm. d. Verf.*

den auf die richtige Seite zu wenden und sie zu einer neuen Patience zu mischen, ich kann nur hier sitzen und sie ansehen und lauschen, wie »Herzbube und Pikdame düster von ihrer begrabenen Liebe flüstern«, wie es in demselben Sonett heißt.

*Le beau valet de cœur et la dame de pique
causent sinistrement de leurs amours défunts.*

Ich hätte Lust, in die schmutzige alte Kneipe hier schräg gegenüber hinaufzugehen und mit den Mädchen Porter zu trinken. Eine saure Pfeife zu rauchen und mit der Wirtin ein Spielchen zu machen und ihr gute Ratschläge für ihren Rheumatismus zu geben. Sie war vorige Woche hier und klagte ihre Not, fett und rund wie sie ist. Sie hatte eine dicke Goldbrosche unter dem Doppelkinn und bezahlte bar mit einer Fünferbanknote. Ein Gegenbesuch würde ihr schmeicheln.

Es klingelte an der Flurtür. Jetzt öffnet Kristin... Was kann das sein? Ich habe ja mitgeteilt, daß ich niemanden empfange... Ein Detektiv?... Der den Kranken spielt, als Patient auftritt... Komm nur herein, mein Junge, ich werde dich schon behandeln...

Kristin öffnete einen Spalt der Tür und warf einen Brief mit schwarzen Rändern auf meinen Tisch. Einladung, der Beerdigung beizuwohnen...

─ ─ ─ ─ ─

– Meine Tat, ja... »Sofern Monsieur die Historia in heroischen Versen wünscht, kostet sie 8 Schilling...«*

---

* Aus Holberg, *Barselstuen*. Anm. d. Verf.

25. August

Ich sah im Traum Gestalten aus meiner Jugend. Ich sah sie, die ich in einer längst vergangenen Mittsommernacht küßte, als ich jung war und niemand getötet hatte. Ich sah auch andere junge Mädchen, die damals zu unserem Kreis gehörten; eine, die in dem Jahr, als ich Abiturient wurde, konfirmiert wurde und immer mit mir über Religion sprechen wollte; eine andere, die älter war als ich, und die gern in der Dämmerung mit mir hinter einer Jasminhecke stand und flüsterte. Und eine dritte, die mich immer verulkte, die aber so böse und ausfallend wurde und in krampfhaftes Weinen ausbrach, als ich es ihr gleichtat... Sie promenierten bleich in einer bleichen Dämmerung, ihre Augen standen weit offen und blickten erschrocken, und sie gaben sich Zeichen, als ich mich näherte. Ich wollte zu ihnen sprechen, aber sie wandten sich ab und antworteten mir nicht. Ich dachte im Traum: Das ist ganz natürlich, sie kennen mich nicht wieder, ich habe mich so verändert. Aber im selben Augenblick verstand ich, daß ich mich selbst betrog und daß sie mich durchaus wiedererkannten. Als ich aufwachte, brach ich in Tränen aus.

28. August

Heute war die Beerdigung, in der Jakobskirche.

Ich bin hingegangen: Ich wollte sie sehen. Ich wollte sehen, ob ich einen Funken ihrer Sternaugen durch den Schleier fangen konnte. Aber sie saß tief gebeugt unter ihrem schwarzen Trauerschleier und hob nicht die Augenlider.

Der Pfarrer ging aus von den Worten des Jesus Sirach: »Denn es kann vor Abend wohl anders werden, als es am Morgen war; und solches alles geschieht bald vor Gott.«

Er gilt als ein Kind dieser Welt. Und wahr ist, daß ich oft gesehen habe, wie sich seine weißen Hände zu diskretem Applaus formten. Aber er ist ein hervorragender geistlicher Schönredner, und er war offenbar selbst tief ergriffen von den alten Worten, die unüberschaubar von Geschlecht zu Geschlecht bei unvermuteten Todesfällen und an in Hast geöffneten Gräbern geklungen haben und die dem Schaudern der Menschenkinder vor der unbekannten Hand, die wie ein Schatten über ihrer Welt liegt und ihnen ebenso rätselhaft Tag und Nacht und Leben und Tod beschert, einen so erschütternden Ausdruck verleihen.

»Stillstand und Verweilen ist uns nicht vergönnt«, sagte der Pfarrer. »Es wäre für uns nicht nützlich, nicht möglich, nicht einmal erträglich. Das Gesetz der Verwandlung ist nicht nur das des Todes: es ist vor allem das Gesetz des Lebens. Und dennoch stehen wir jedesmal erneut voller Überraschung und sind von Schauder ergriffen angesichts der Veränderung, wenn wir sie so plötzlich vollendet sehen und so anders, als wir es uns gedacht hatten... Das sollte nicht so sein, meine Brüder. Wir sollten denken: Der Herr wußte, daß die Frucht reif war, ob auch wir es nicht sahen, und er ließ sie in seine Hand fallen«... Ich fühlte, wie meine Augen feucht wurden und verbarg meine Rührung unter dem Hut. Ich vergaß in dieser Stunde fast, was ich über die Ursache dessen wußte, daß die Frucht so rasch gereift und abgefallen war... Oder richtiger: ich fühlte, daß ich im Grunde nicht mehr davon wußte als irgendein anderer. Ich wußte nur ein wenig von den allernächstliegenden Anlässen und Umständen, aber dahinter verlor sich die lange Ursachenkette im Dunkel. Ich empfand meine »Handlung« als Glied in einer Kette, als Welle in einer Bewegung; eine Kette und eine Bewegung, die lange vor meinem ersten Gedanken und lange vor dem Tag begonnen hatten, da mein Vater zum ersten Mal meine Mutter begehrte. Ich fühlte das Gesetz der *Notwendigkeit:* fühlte es rein körperlich wie ein Zucken durch Mark und Bein. Ich empfand keine Schuld. Es gibt keine Schuld. Das Zucken, das ich empfand, war das gleiche, das mich zuweilen bei sehr großer und ernster Musik oder bei sehr einsamen und lichten Gedanken durcheilt.

Ich war viele Jahre nicht in der Kirche gewesen. Ich erinnerte mich daran, wie ich als Junge von vierzehn, fünfzehn Jahren in diesen gleichen Bänken gesessen und vor Wut gegen den fetten ausstaffierten Schurken am Altar die Zähne zusammengebissen und bei mir selbst gedacht hatte, daß dieser Humbug vielleicht noch zwanzig, höchstens dreißig Jahre würde dauern können. Einmal, während einer langen, langweiligen Predigt, faßte ich den Beschluß, selbst Pfarrer zu werden. Ich fand, daß die Pfarrer, die ich gesehen und gehört hatte, in ihrem Beruf Stümper waren und daß ich das alles viel besser als sie machen würde. Ich würde aufsteigen, Bischof, Erzbischof werden. Und wenn ich Erzbischof geworden war – dann würde man unterhaltsame Predigten zu hören bekommen. Dann würden die Leute in Scharen in den Dom von Uppsala strömen! Aber bevor noch der Pfarrer zum Amen gekommen war, war meine Geschichte schon zu Ende: ich hatte einen guten Freund in der Schule, mit dem ich über alles sprach: ich war in ein Mädchen verliebt; und dann hatte ich meine Mutter. Um Bischof werden zu können, mußte ich ja lügen und mich auch vor ihnen verstellen, und das war unmöglich. Einige Menschen muß man haben, denen gegenüber man aufrichtig sein kann... Ja, Herrgott, zu dieser Zeit, dieser unschuldigen Zeit... Es ist seltsam, so dazusitzen und sich in eine Stimmung und in Gedankengänge längst entschwundener Jahre zurückzuversetzen. Man merkt daran, wie vergänglich die Zeit ist. Das Gesetz der Verwandlung, wie der Pfarrer sagte (das hat er übrigens einem Stück von Ibsen entnommen). Das ist wie wenn man eine alte Fotografie von sich selbst sieht. Und ich dachte weiter: Wieviel Zeit kann mir noch bleiben, Zeit, aufs Geratewohl in dieser Welt der Rätsel und Träume und der undeutbaren Phänomene herumzuirren? Vielleicht zwanzig Jahre, vielleicht mehr... Wer bin ich in zwanzig Jahren...? Wenn ich im Alter von sechzehn Jahren durch irgendeinen Spuk eine Vision von meinem jetzigen Leben hätte haben können, wie würde ich das empfunden haben? – Wer bin ich in zwanzig Jahren, in zehn Jahren? Was halte ich dann von meinem Leben heute? Ich bin in diesen Tagen herumgegangen in Erwartung der Erinnyen. Sie sind nicht gekommen. Ich glaube nicht, daß es welche gibt. Aber wer weiß...

Sie haben es vielleicht nicht eilig. Sie meinen vielleicht, daß sie Zeit hätten. Wer weiß, was sie mit den Jahren aus mir machen können. – Wer bin ich in zehn Jahren?

So flatterten meine Gedanken wie gesprenkelte Schmetterlinge, während die Zeremonie ihrem Abschluß entgegenging. Die Pforten der Kirche wurden geöffnet, man drängte sich unter Glockenklang zum Ausgang hin, der Sarg schwankte und wippte im Torgewölbe wie ein Schiff, und ein frischer Herbstwind schlug mir entgegen. Da draußen war ein Himmel in Grau und eine spärliche bleiche Sonne. Ich fühlte mich selbst etwas in Grau und dünn und bleich, wie man es wird, wenn man lange in einer Kirche eingeklemmt sitzt, besonders wenn es sich um ein Begräbnis oder das Abendmahl handelt. Ich begab mich zur Badeanstalt in der Malmtorgsgata, um ein finnisches Dampfbad zu nehmen.

Als ich mich entkleidet hatte und ins Bad kam, hörte ich eine wohlbekannte Stimme:

– Hier ist es warm und schön wie in einer kleinen Filiale der Hölle. Stina! Bürsten in drei Minuten!

Es war Markel. Er saß zusammengekauert auf einem Gestell dicht unterm Dach und verbarg seine abgenagten Knochen unvollständig hinter einem frisch aus der Presse gekommenen *Aftonblad*.

– Schau mich nicht an, sagte er, als er mich erblickte. Pfaffen und Zeitungsschreiber soll man nicht nackt sehen, sagt der Prediger Salomo.

Ich knüpfte ein nasses Handtuch um meinen Kopf und streckte mich auf einer Pritsche aus.

– Apropos Pfaffen, fuhr er fort, ich lese, daß Pastor Gregorius heute beigesetzt worden ist. Du warst vielleicht in der Kirche?

– Ja, ich komme gerade daher.

– Ich hatte Dienst auf der Zeitung, als die Mitteilung von dem Todesfall kam. Der Mann, der die Notiz heraufbrachte, hatte eine lange Sensationsgeschichte daraus gemacht und deinen Namen darein verwickelt. Das fand ich unnötig. Ich habe alles umredigiert und das meiste gestrichen. Wie du weißt, repräsentiert unser Blatt die aufgeklärte Bevölkerung und macht nicht so viel Aufhebens davon, wenn einen Pfarrer der Schlag rührt. Aber ein paar schöne Worte mußten auf jeden Fall gesagt werden, und das ist mir ja immer etwas schwergefallen... »Sympathisch«, das ergab sich ja von selbst. Aber das reichte ja nicht. Also fiel mir ein, daß er wahrscheinlich an Herzverfettung oder so etwas ähnlichem litt, da er an Schlaganfall starb, und da hatte ich die Charakteristik fertig: eine sympathische und weitherzige Persönlichkeit.

– Lieber Freund, sagte ich, du hast eine schöne Aufgabe in diesem Leben.

– Ja, die sollst du nicht auslachen! antwortete er. Ich will dir etwas sagen: es gibt drei Arten von Menschen – Denker, Zeilenschinder und Vieh. Zu den Zeilenschindern rechne ich zwar insgeheim die allermeisten Leute, die Denker und Dichter genannt werden, aber das gehört nicht hierher. Die Sache der Denker ist es, die Wahrheit herbeizuschaffen. Aber es existiert ein Geheimnis um die Wahrheit, das eigentümlicherweise sehr wenig bekannt ist, obgleich ich finde, es sollte offen zutage liegen – das Geheimnis, daß es sich mit der Wahrheit verhält wie mit der Sonne: ihr Wert für uns hängt ausschließlich von der richtigen Entfernung ab. Wenn man den Denkern freien Lauf ließe, würden sie unsern Planeten direkt in die Sonne hinein steuern und uns zu Asche verbrennen. Es kann kaum wundernehmen, daß ihre Aktivität dem Vieh zuweilen Angst einflößt, so daß es ruft: Lösche die Sonne aus, auslöschen zum Teufel! Wir Zeitungsschreiber haben die Aufgabe, den richtigen und nützlichen Abstand zur Wahrheit zu bewahren. Ein wirklich guter Zeitungsschreiber – es gibt nicht viele von dieser Sorte! – *versteht* mit dem Denker und *fühlt* mit dem Vieh. Es ist unsere Sache, die Denker gegen die Raserei des Viehs und das Vieh vor allzu starken Dosen Wahrheit zu schützen. Aber ich gebe gern zu, daß die letztgenannte Aufgabe die leichtere und die ist, die wir werktäglich am besten erfüllen, und ich gebe auch zu, daß wir darin eine wertvolle Hilfe von einer Menge unechter Denker und klügeren Viehs bekommen...

– Lieber Markel, antwortete ich. Du sprichst weise Worte, und wenn ich auch einen gewissen Verdacht hege, daß du mich weder zu den Denkern noch zu den Zeilenschindern, sondern zur dritten Sorte rechnest, würde es mir doch ein wirkliches Vergnügen bereiten, mit dir zu Mittag zu speisen. An jenem Unglückstage, als ich den Pastor im Getränkekiosk traf, war ich vorher genau in dieser Absicht herumgelaufen und habe dich überall gesucht. Kannst du dich heute freimachen? Dann fahren wir ins Hasselbacken hinaus...?

– Eine ausgezeichnete Idee, antwortete Markel. Eine Idee, die ganz allein geeignet ist, dich in den Rang der Denker zu versetzen. Es gibt Denker, die die Finesse haben, sich unter dem Vieh zu verstecken. Das ist die nobelste Sorte, und zu der habe ich dich immer gerechnet. Um wieviel Uhr? Um sechs, ausgezeichnet.

Ich ging nach Hause, um mich von den schwarzen Hosen und dem weißen Schlips zu befreien. Zu Hause erwartete mich eine angenehme Überraschung: meine neue dunkelgraue Redingote, die ich vorige Woche bestellt hatte, war fertig und nach Haus geliefert worden. Eine blaue Weste mit weißen Tupfen gehörte auch dazu. Es ist schwer, passendere Kleidung für ein Hasselbacken-Mittag, das an einem schönen Spätsommertag eingenommen wird, anzufertigen. Aber ich war etwas unruhig, in welchem Aufzug Markel erscheinen würde. Er ist nämlich in dieser Beziehung völlig unberechenbar, einmal kann er gekleidet sein wie ein Diplomat und ein andermal wie ein Landstreicher – er kennt ja alle Menschen und ist es gewohnt, sich in der Öffentlichkeit genauso frei zu bewegen wie daheim. Meine Unruhe beruhte weder auf Eitelkeit noch auf Menschenfurcht: ich bin ein bekannter Mann, ich habe meine Position, und ich kann, wenn es mir Spaß macht, im

Hasselbacken mit einem Droschkenkutscher Mittag essen; und was Markel betrifft, so fühle ich mich durch seine Gesellschaft immer geehrt, ohne an seine Kleidung zu denken. Aber es verletzt meinen Schönheitssinn, an einem feingedeckten Tisch in einem eleganten Restaurant einen vernachlässigten Anzug zu sehen. Das kann mir das halbe Vergnügen verderben. Es gibt Großmogule, die es lieben, ihre Bedeutung dadurch zu unterstreichen, daß sie wie Lumpensammler gekleidet gehen: so etwas ist unanständig.

Ich hatte mich mit Markel an der Tornberg-Uhr verabredet. Ich fühlte mich leicht und frei, verjüngt, gleichsam wie von einer Krankheit genesen. Die frische Herbstluft schien mir wie von einem Duft der Jugendzeit gewürzt. Vielleicht kam das von der Zigarette, die ich rauchte. Ich hatte eine Sorte erwischt, für die ich mich früher mal begeistert, die ich aber seit vielen Jahren nicht geraucht hatte... Ich traf Markel voll perlenden Humors, angetan mit einem Schlips, der einer schuppig-grünen Schlangenhaut glich, und im ganzen so vornehm aufgetakelt, daß nicht einmal König Salomo in all seiner Herrlichkeit so schick war wie Markel. Wir setzten uns in eine Droschke, der Kutscher präsentierte die Peitsche, knallte damit, um sich und das Pferd zu ermuntern und fuhr los.

Ich hatte Markel darum gebeten, telefonisch einen Tisch am Verandageländer zu bestellen, er hat dort nämlich mehr Autorität als ich. Wir vertrieben uns die Zeit mit einem Aquavit, ein paar Sardinen und gesalzenen Oliven, während wir das Programm bestimmten:

Potage à la chasseur, Seezungenfilet, Wachteln, Obst. Chablis; Mumm extra trocken; Manzanilla.

– Du bist am Donnerstag nicht zu Rubins gekommen? fragte Markel. Die Frau des Hauses hat dich sehr vermißt. Sie sagt, daß du auf eine so nette Art schweigst.

– Ich war erkältet. Völlig unmöglich. Saß zu Hause und legte den ganzen Vormittag lang Patience, und als es auf die Mittagszeit zuging, legte ich mich ins Bett. Was waren da für Leute?

– Eine ganze Menagerie. Unter anderem Birck. Er ist seinen Bandwurm glücklich losgeworden. Rubin hat erzählt, wie das zugegangen ist: Birck faßte vor einiger Zeit den feierlichen Entschluß, auf sein Amt zu pfeifen und sich ausschließlich der Literatur zu widmen. Und als der Bandwurm davon hörte, faßte das kluge Tier ebenfalls einen Beschluß und begab sich in ein anderes Jagdgebiet.

– Nun, gedenkt er, mit seinem Entschluß Ernst zu machen? Ich meine Birck.

– Keine Rede davon. Er begnügt sich mit dem bereits erzielten Resultat und bleibt seiner Zollbehörde treu. Und jetzt will er glaubhaft machen, daß es nur eine Kriegslist war...

Mir war, als sähe ich Klas Reckes Gesicht an einem weit abgelegenen Tisch. Er war es wirklich. Er befand sich in einer *partie carrée* mit einem anderen Herrn und zwei Damen. Ich kannte niemand davon.

– Mit wem sitzt Recke dort zusammen? fragte ich Markel.

Er drehte sich um, konnte aber weder Recke noch seine Gesellschaft erblicken. Das Stimmengewirr um uns stieg im Takt mit dem Orchester an, das den Boulangermarsch intonierte. Markel wurde dunkelrot. Er ist ein leidenschaftlicher Dreyfus-Anhänger und faßte dies Musiknummer als eine Anti-Dreyfus-Demonstration auf, die von irgendeiner Leutnantsclique veranstaltet war.

– Klas Recke? Nahm er den Faden wieder auf. Ich sehe ihn nicht. Aber er ist wohl ausgegangen und gaukelt mit seinen zukünftigen Verwandten. Er wird sehr bald in den Hafen einsegeln, glaube ich. Ein Mädchen mit Geld hat ihre übrigens sehr hübschen Augen auf ihn geworfen. Aber apropos hübsche Augen, so hatte ich beim Rubinschen Mittag eine junge Dame namens Mertens als Tischdame. Ein nettes Mädchen, sogar ein entzückendes Mädchen. Ich hatte sie niemals vorher dort getroffen. Ich entsinne mich nicht, wie es kam, aber ich nannte zufällig deinen Namen, und sobald es ihr klargeworden war, daß wir gute Freunde sind, redete sie die ganze Zeit nur von dir und fragte mich über alles mögliche, worauf ich keine Antwort geben konnte... Dann, mit einemmal, schwieg sie und errötete bis in die Ohrläppchen. Ich kann es nicht anders deuten, als daß sie in dich verliebt ist.

– Du bist etwas eilig mit deinen Schlußfolgerungen, warf ich ein.

Aber ich dachte daran, was er von Recke gesagt hatte. Ich wußte nicht, was ich davon halten sollte: Markel redet so viel Zeug, an dem nichts dran ist. Er hat nun einmal diese Schwäche. Und ich wollte nicht fragen. Aber er sprach immer weiter von Fräulein Mertens, und er sprach sich so warm, daß ich mich veranlaßt fand, zu scherzen:

– Du bist offenbar selbst in sie verliebt, es brennt ja durch die Weste! Nimm sie, lieber Markel, ich bin kein gefährlicher Rivale. Mich schlägst du leicht aus dem Feld.

Er schüttelte den Kopf. Er war ernst und blaß.

– Ich bin aus dem Spiel, sagte er.

Ich sagte nichts, und es wurde still.

Der Kellner servierte den Champagner mit dem Ernst eines Tempeldieners. Die Musik begann mit dem Vorspiel zu *Lohengrin*. Die Wolken des gestrigen Tages hatten sich verflüchtigt und lagerten in rosigen Streifen am Horizont, aber darüber blaute der Horizont in einem tiefen, unendlichen Blau, blau wie diese wunderbare blaue Musik. Ich lauschte ihr und vergaß mich selbst. Die Gedanken und Grübeleien der letzten Zeit und die Handlung, in die sie gemündet waren, schienen mir als etwas bereits Vergangenes und Unwirkliches in der Bläue weit fortzufließen, als etwas Ausgeschiedenes und Abgetrenntes, das mich nie mehr bekümmern würde. Ich fühlte, daß ich nie mehr so etwas würde wollen oder vermögen können. War es also ein Wahn? Ich hatte ja doch nach bestem Wissen gehandelt. Ich hatte gewogen und geprüft, dafür und dagegen. Ich war der Sache auf den Grund gegangen. War es ein Wahn? Nun konnte es egal sein. Im Orchester brach in diesem Moment das geheimnisvolle Leitmotiv durch: »Nie sollst du mich befragen!« Und mir war es, als würde ich in dieser mystischen Tonfolge und in diesen fünf Worten eine plötzliche Offenbarung einer uralten und geheimen Weisheit lesen. »Nie sollst du mich befragen!« Auch den Dingen nicht auf den Grund gehen: dann gehst du selbst zugrunde. Nicht nach der Wahrheit suchen: du findest sie nicht und verlierst dich selbst. »Nie sollst du mich befragen!« Die Wahrheitsmenge, die dir dienlich ist, bekommst du geschenkt; sie ist vermischt mit Irrtum und Lüge, aber das ist so um deiner Gesundheit willen, ungemischt würde sie deine Eingeweide verbrennen. Versuche nur nicht, die Lüge aus deiner Seele auszujäten, dann kommt damit so vieles zutage, woran du nicht gedacht hast, du verlierst dich selbst und alles, was dir lieb ist. »Nie sollst du mich befragen!«

Wenn man vom Reichstag Mittel für die Oper bewilligt haben will, sagte Markel, dann muß man ihm einschärfen, daß die Musik einen »veredelnden Einfluß« hat. Ich habe selbst kürzlich in einem Leitartikel solchen Nonsens geschrieben. Übrigens ist das eine Art von Wahrheit, allerdings ausgedrückt in einer für unsere Gesetzgeber verständlichen Übersetzung. In der Originalsprache würde es heißen: Die Musik stachelt an und stärkt; sie steigert und bestätigt. Sie bestätigt den Frommen in seiner Harmlosigkeit, den Krieger in seinem Mut, den Ausschweifenden in seinem Laster. Bischof Ambrosius verbot chromatische Tonfolgen in der Kirchenmusik, weil sie seiner persönlichen Erfahrung nach unkeusche Vorstellungen weckten. Um

1730 gab es in Halle einen Pastor, der in der Musik von Händel eine deutliche Bestätigung des Augsburgischen Bekenntnisses sah. Ich habe das Buch. Und ein guter Wagnerianer baut eine ganze Weltanschauung auf ein Motiv aus *Parzival*.

Wir waren zum Kaffee gekommen. Ich reichte Markel mein Zigarrenfutteral. Er nahm eine Zigarre und betrachtete sie aufmerksam.

– Diese Zigarre hat ein seriöses Aussehen, sagte er. Sie ist bestimmt richtig. Ich bin sonst etwas beunruhigt in der Zigarrenfrage. Als Arzt weißt du sicherlich, daß die guten Zigarren die giftigsten sind. Darum war ich ängstlich, daß du mir eine Schundmarke geben würdest.

– Lieber Freund, antwortete ich, vom hygienischen Standpunkt ist unser Mittagessen hier ein Hohn auf die Vernunft. Und was die Zigarre betrifft, so gehört sie zur esoterischen Richtung in der Tabaksindustrie, sie wendet sich an die Auserwählten.

Das Publikum um uns herum war weniger geworden, das elektrische Licht wurde höher geschraubt, und draußen begann es zu dämmern.

– Ja, gewiß, sagte Markel plötzlich, jetzt sehe ich Recke. Ich sehe ihn im Spiegel. Und er ist sehr richtig in Gesellschaft der Dame, auf die ich geraten habe. Die andern kenne ich nicht.

– Na, und wer ist sie?

– Fräulein Lewinson, Tochter des Fondsmaklers, der kürzlich gestorben ist... Sie hat ungefähr eine halbe Million.

– Und du glaubst, daß er sich um des Geldes willen verheiraten wird...?

– Aber bitte, durchaus nicht. Klas Recke ist ein feiner Mann. Du kannst versichert sein, daß er es so anstellt, daß er sich erst leidenschaftlich in sie verliebt und sich dann aus Liebe verheiratet. Das wird er so gut organisieren, daß das Geld fast eine Überraschung für ihn sein wird.

– Kennst du sie?

– Ich habe sie ein paarmal getroffen. Sie sieht sehr gut aus. Nur das Nasenbein ist etwas zu scharf, und der Verstand übrigens auch. Eine junge Dame, die mit unbestechlicher Rechtschaffenheit Sonne und Wind zwischen Spencer und Nietzsche verteilt und sagt: »Dort und da hat der recht, aber dort wieder hat der andere ins Schwarze getroffen« – sie verursacht mir eine gewisse Unruhe, aber nicht von der rechten Sorte... Was hast du gesagt?

Ich hatte nichts gesagt. Ich saß in Gedanken versunken, und meine Lippen hatten sich vielleicht mit den Gedanken bewegt, vielleicht hatte ich für mich selbst etwas gemurmelt, ohne es zu wissen... Ich sah sie vor mir, sie, an die ich ständig dachte. Ich sah sie in der Dämmerung auf einer leeren Straße auf und ab gehen und auf jemand warten, der nicht kam. Und ich murmelte für mich selbst:

– Liebste, das ist deine eigne Angelegenheit. Das mußt du selbst durchleiden. Hier kann ich dir nicht helfen, und auch wenn ich es könnte, so wollte ich es nicht. Hier mußt du stark sein. Und ich dachte weiter:

Es ist gut, daß du jetzt frei bist und ganz dir selbst gehörst. Dann kommst du leichter darüber hinweg.

– Nein, Glas, das hier kann nicht so weitergehen, sagte Markel betrübt. Wie lange sollen wir deiner Meinung nach hier noch ohne einen Tropfen Whisky sitzen?

Ich läutete dem Kellner und bestellte Whisky und ein paar Decken, denn es begann kalt zu werden. Recke brach mit seiner Gesellschaft auf und ging an unserem Tisch vorbei, ohne uns zu sehen. Er sah überhaupt nichts. Er ging mit dem schnurgeraden Gang eines Mannes, der ein Ziel fest ins Auge gefaßt hat. Ein Stuhl stand etwas im Wege, er sah ihn nicht und stieß ihn um. Um uns herum war es leer geworden. Es rauschte herbstlich in den Bäumen. Die Dämmerung wurde grauer und verdichtete sich. Und eingehüllt in unsere roten Decken saßen wir noch lange da und sprachen von sowohl profanen wie hochstehenden Dingen, und Markel sagte Sachen, die allzu wahr waren, als daß man sie mit Schriftzeichen auf ein Papier heften könnte, und die ich vergessen habe.

29. August

Wieder ist ein Tag herum, und wieder ist es Nacht und ich sitze an meinem Fenster.

Du Einsame, du Liebe!

Weißt du es schon? Leidest du? Starrst du mit wachen Augen in die Nacht? Wälzt du dich vor Angst in deinem Bett?

Weinst du? Oder hast du keine Tränen mehr?

Aber vielleicht täuscht er sie bis zum letzten Augenblick. Er ist rücksichtsvoll. Er nimmt darauf Rücksicht, daß sie in Trauer ist. Er hat sie noch nichts ahnen lassen. Sie schläft gut und weiß von nichts.

Liebe, du mußt stark sein, wenn es soweit ist. Du mußt darüber hinwegkommen. Du wirst sehen, daß das Leben noch viel für dich bereit hat.

Du sollst stark sein.

4. September

Die Tage kommen und gehen, und der eine gleicht dem andern.

Und die Unsittlichkeit floriert weiterhin, wie ich merken kann. Heute war es abwechslungshalber eine Mannsperson, die wollte, ich sollte seiner Braut aus der Patsche helfen. Der Mann sprach von alten Erinnerungen und von Rektor Snuffe in Ladugårdslandet*.

Ich war unbeweglich. Ich las ihm meinen ärztlichen Eid vor. Der imponierte ihm in so hohem Grade, daß er mir zweihundert Kronen in bar und einen Wechsel in gleicher Höhe sowie seine unerschütterliche ewige Freundschaft anbot. Er war nahezu rührend; er machte einen Eindruck, als lebe er in bescheidenen Verhältnissen.

Ich warf ihn hinaus.

---

* Stadtteil in Alt-Stockholm. *Anm. d. Übers*.

7. September

Von Dunkel zu Dunkel.

Leben, ich verstehe dich nicht. Ich spüre manchmal ein seelisches Schwindelgefühl, das flüstert und warnt und murmelt, ich sei auf Abwege geraten. Ich empfand das gerade vorhin. Da nahm ich mein Gerichtsverhandlungsprotokoll vor: die Tagebuchblätter, in denen ich mit den beiden Stimmen in meinem Innern ein Verhör anstellte: sie, die wollte, und die andere, die nicht wollte. Ich las es immer wieder durch, und ich konnte zu keinem andern Schluß gelangen, als daß die Stimme, der ich zuletzt gehorchte, die war, die den rechten Klang hatte, und daß die andere hohl tönte. Die andere Stimme war vielleicht die klügere, aber ich würde auch die letzte Selbstachtung verloren haben, wenn ich ihr gehorcht hätte.

Und dennoch – dennoch –

Ich habe angefangen, von dem Pastor zu träumen. Das war ja vorauszusehen, und gerade deshalb erstaunt es mich. Ich hatte gedacht, ich würde dem gerade deshalb entgehen, weil ich es vorausgesehen hatte.

Ich verstehe, daß König Herodes Propheten, die herumgingen und die Toten zum Leben erweckten, nicht schätzte. Er hegte im übrigen Hochachtung für sie, aber diesen Zweig ihrer Tätigkeit mißbilligte er...

– – – – –

Leben, ich verstehe dich nicht. Aber ich sage nicht, daß es dein Fehler ist. Ich glaube eher, daß ich ein entarteter Sohn bin als du eine unwürdige Mutter.

Und es ist mir schließlich auch gekommen wie eine Ahnung –: vielleicht ist nicht beabsichtigt, daß man das Leben verstehen soll. Diese ganze Raserei, zu erklären und zu verstehen, diese ganze Jagd nach der Wahrheit ist vielleicht ein Abweg. Wir segnen die Sonne, weil wir genau in der Entfernung von ihr leben, die für uns nützlich ist. Einige Millionen Meilen näher oder entfernter, und wir würden verbrennen oder erfrieren. Wenn es sich nun mit der Wahrheit verhielte wie mit der Sonne?

Die alte finnische Sage sagt: Wer Gottes Antlitz schaut, muß sterben.

Und Ödipus. Er löste das Rätsel der Sphinx und wurde zum elendesten aller Menschen.

Nicht Rätsel raten! Nicht fragen! Nicht denken! Der Gedanke ist eine ätzende Säure. Du denkst zunächst, daß er nur dasjenige ätzt, was morsch und krank ist und verschwinden soll. Aber der Gedanke denkt nicht so; er ätzt blind. Er beginnt mit der Beute, die du ihm am liebsten und frohen Sinnes hinwirfst, aber du sollst nicht glauben, daß ihn das sättigt. Er endet nicht, bevor er das allerletzte, das dir lieb ist, zerfressen hat.

Ich hätte vielleicht nicht so viel grübeln sollen; ich hätte lieber meine Studien fortsetzen sollen. »Die Wissenschaften sind nützlich, weil sie den Menschen daran hindern zu denken.« Das hat ein Wissenschaftler gesagt. Ich hätte vielleicht auch das Leben leben sollen, wie es heißt, oder hätte »in Saus und Braus leben« sollen, wie man auch zu sagen pflegt. Ich hätte Ski laufen und Fußball spielen und frisch und munter mit Frauen und Freunden leben sollen. Ich hätte mich verheiraten und Kinder in die Welt setzen sollen: hätte mir Pflichten schaffen sollen. Solche Dinge geben einem Halt und Stütze. Vielleicht ist es auch dumm, daß ich mich nicht in die Politik gestürzt habe und in Wahlversammlungen aufgetreten bin. Auch das Vaterland stellt Forderungen an uns. Na, dazu kann ich ja vielleicht noch Zeit finden...

Erstes Gebot: du sollst nicht zu viel verstehen.

Aber wer dies Gebot versteht, der – der hat schon zu viel verstanden.

Ich rede irre, alles geht mir im Kreise herum.

Von Dunkel zu Dunkel.

9. September

Ich sehe sie niemals.

Oft gehe ich eine Weile an Skeppsholmen lang, nur weil ich dort zuletzt mit ihr gesprochen habe. Heute abend stand ich auf der Anhöhe bei der Kirche und sah die Sonne untergehen. Da fiel mir auf, wie schön Stockholm ist. Ich habe vorher nicht viel daran gedacht. Es steht immerfort in den Zeitungen, daß Stockholm schön ist, darum schenkt man dem keine Aufmerksamkeit.

20. September

Beim Mittag heute bei Frau P. sprach man von Reckes bevorstehender Verlobung wie von einer bekannten Sache.

... Ich werde immer unmöglicher in Gesellschaft. Ich vergesse zu antworten, wenn man mit mir spricht. Oft höre ich das nicht. Ich frage mich, ob mein Gehör abnimmt?

Und dann diese Masken! Alle gehen mit Masken. Das ist sogar ihr größtes Verdienst. Ich möchte sie nicht ohne sehen. Ja, auch mich selbst nicht ohne zeigen wollen! Nicht vor denen! Vor wem denn?

Ich ging so früh, wie ich konnte, von dort weg. Ich fror auf dem Heimweg; plötzlich sind die Nächte kalt geworden. Ich glaube, es wird ein kalter Winter werden.

Ich ging so für mich hin und dachte an sie. Ich erinnerte mich an das erste Mal, als sie zu mir gekommen war und meine Hilfe erbeten hatte. Wie sie sich plötzlich offenbarte und ihr Geheimnis preisgab, ohne daß das notwendig war. Wie warm ihre Wange damals erglühte! Ich erinnere mich, gesagt zu haben: So etwas soll man geheimhalten. Und sie: Ich *wollte* es sagen. Ich wollte, daß Sie wissen sollen, wer ich bin. – Wenn ich nun in meiner Not zu ihr gehen würde, so wie sie zu mir gekommen ist? Zu ihr gehen und ihr sagen: Ich halte es nicht aus, allein zu wissen, wer ich bin, ständig mit einer Maske zu gehen, ständig vor allen! *Einem* muß ich mich offenbaren; *einer* muß wissen, wer ich bin...

Oh, wir würden nur beide wahnsinnig werden.

Ich lief aufs Geratewohl durch die Straßen. Ich kam zu dem Haus, wo sie wohnt. In einem ihrer Fenster war Licht. Keine Rollgardine war da herabgelassen; sie braucht keine, auf der andern Seite sind große unbebaute Grundstücke mit Holzplätzen und ähnlichem, niemand kann hineinsehen. Ich sah auch nichts, keine dunkle Gestalt, keinen Arm oder Hand, die sich bewegte, nur gelben Lampenschein auf der Musselingardine. Ich dachte: Was macht sie jetzt, womit beschäftigt sie sich? Liest sie in einem Buch, oder sitzt sie mit dem Kopf in den Händen, oder ordnet sie ihr Haar zur Nacht... Oh, wenn ich dort wäre, wenn ich bei ihr sein dürfte... Dort liegen und sie ansehen und auf sie warten dürfte, während sie ihr Haar vor dem Spiegel ordnet und langsam ihre Kleider löst... Aber nicht wie ein Anfang, ein erstes Mal, sondern als Glied in der Kette einer langen, guten Gewohnheit. Alles, was einen Anfang hat, hat auch einen Schluß. Es sollte weder Anfang noch Schluß haben.

Ich weiß nicht, wie lange ich dort unbeweglich wie eine Statue gestanden habe. Ein wäßriger Wolkenhimmel, durch den der schwache Mondschein schimmerte, bewegte sich langsam über mein Haupt weg wie in einer abgelegenen Landschaft. Ich fror. Die Straße lag leer da. Ich sah eine nächtliche Wanderin aus dem Dunkel hervorkommen und sich mir nähern. Als sie halbwegs an mir vorbeigekommen war, blieb sie stehen, drehte sich um und sah mich an, mit hungrigen Augen. Ich schüttelte den Kopf: da ging sie weiter und verschwand im Dunkeln.

Plötzlich hörte ich, wie ein Schlüssel im Schloß der Haustür rasselte, die Tür wurde geöffnet und eine

dunkle Gestalt glitt heraus... War das wirklich sie...?
Die mitten in der Nacht ausgeht, ohne ihre Lampe
gelöscht zu haben...? Was ist das? Mir war, als bliebe
mein Herz stehen. Ich wollte sehen, wohin sie ging.
Ich ging langsam nach.

Sie ging nur bis zum Briefkasten an der Ecke, warf
einen Brief ein und ging eilends zurück. Ich sah ihr
Gesicht unter einer Laterne: es war kreidebleich.

Ich weiß nicht, ob sie mich sah.

– – – – –

Niemals wird sie die meine werden; niemals. Ich
habe niemals ihre Wange gerötet, und nicht ich war es,
der sie nun so wächsern gemacht hatte. Und niemals
wird sie mit Angst im Herzen über die nächtliche
Straße eilen mit einem Brief an mich.

An mir ist das Leben vorbeigegangen.

7. Oktober

Der Herbst wütet in meinen Bäumen. Die Kastanie
vor meinem Fenster ist schon nackt und schwarz. Die
Wolken fahren in schweren Schwärmen über die
Dächer, und ich sehe niemals die Sonne.

Ich habe mir in meinem Arbeitszimmer neue Gardinen angeschafft: ganz weiße. Als ich heute morgen
aufwachte, glaubte ich zunächst, es hätte geschneit;
im Zimmer herrschte genau das gleiche Tageslicht wie
wenn der erste Schnee gefallen wäre. Mir war, als röche
ich Neuschnee.

Und bald kommt er, der Schnee. Man spürt es in der Luft.

Er soll willkommen sein. Möge er kommen. Möge er fallen.

Blom

An einem gleißenden Augustmorgen Punkt acht Uhr öffneten sich die Tore von Långholmen für drei Anstaltspensionäre, die dort aus unterschiedlichem Anlaß unterschiedlich viel Zeit verbracht hatten, die Zeit genau angepaßt dem Grad und der Beschaffenheit ihrer durch eine Handlung bewiesenen Meinungsverschiedenheit mit dem Gesetz und der Gesellschaft. Sie kannten einander nicht, sie hatten kein Verbrüderungsgefühl wegen des gemeinsamen unglücklichen Schicksals, und sie sagten sich weder guten Morgen noch auf Wiedersehen.

Der erste, der kam, war ein untersetzter Mann mit einer Stirn wie ein Stier und groben Händen. Er hatte an einem dunklen Abend einen alten Arbeiter, den er nicht mochte, überfallen, ihm einige Zähne ausgeschlagen und in die Brust getreten, so daß er ein paar Tage Blut hustete. Er hatte einen Monat bekommen für eine Gewalttat mit geringer Körperverletzung, und er begab sich eilig zur nächsten Schenke.

Dann kam ein Mann, der ein unpersönliches Wesen, genannt Bankgesellschaft, um eine mittelgroße Geldsumme betrogen hatte. Die drei Monate, die er absitzen mußte, hatten seine rosenzarte, frische Punschhaut nicht allzusehr gebleicht. Er trug einen gutsitzenden dunkelblauen Sommeranzug mit schmalen weißen Streifen; an den Füßen hatte er neue gelbe Schuhe, in der Hand hielt er ein kleines elegantes Köfferchen in derselben Farbe wie die Schuhe, und er glich fast einem Handelsreisenden, der leise pfeifend aus einem Hotel kommt. Er pfiff immerhin nicht, bestieg aber eine Droschke mit hochgeschlagenem Dach, unter welchem ihn eine schwarzgekleidete Frau mit bleichen und vergrämten Zügen erwartete, rief dem Kutscher eine Adresse zu und verschwand in einer Staubwolke.

Zuletzt kam der frühere Schneidergeselle Blom, Oskar Valdemar Napoleon. Seine Gesichtsfarbe ging mehr ins Graue, denn er hatte mit neun Monaten den Diebstahl eines als Aushängeschild vor die Ladentür gehängten Jacketts zu büßen – es war ein Rückfall. In der rechten Brusttasche hatte er, abgesehen von den offiziellen Papieren mit ihren weniger schmeichelhaften Bemerkungen, eine Summe von achtzig Kronen – in einem blauen Umschlag neben einem Zeugnis vom

Gefängnisdirektor über gutes Benehmen auf Långholmen.

Als Resultat von neun Monaten Arbeit war es nicht viel, aber er hatte während der Zeit ja auch seinen Unterhalt gehabt. Für ihn war es jedenfalls eine bedeutende Summe, und sie war auch ein Hebel zu vielen Zukunftsplänen gewesen, von welchen die meisten auf offenbaren Unwahrscheinlichkeiten beruhten, zu vielen Träumen von einem neuen Leben, von Glück und Wohlstand und allgemeiner Achtung, besonders während dieser letzten Wochen, da er im Hinblick auf die in kurzem bevorstehende Freiheit von dem erniedrigenden Kahlschnitt verschont worden war und die Achtung für seine Menschenwürde wieder hatte keimen und um die Wette mit den Bartstoppeln auf Oberlippe und Kinn wachsen fühlen. Aber jetzt, wo er wirklich frei war und spürte, wie die kühle und leichte Brise ihm um die Schläfen strich, und das Sausen in den großen Bäumen hörte, schoben sich alle diese Pläne wie von selbst etwas in den Hintergrund, bloß bis auf weiteres natürlich, nur für einige Stunden oder vielleicht für einen Tag, und ein einziges großes Glücksgefühl stieg in ihm auf und umhüllte ihn, fast wie Schwindel. Er war auch sehr hungrig, denn er hatte an diesem letzten Morgen das Långholm-Essen kaum berührt, und er dachte mit Sehnsucht und Wohlbehagen an ein kleines Speiselokal an der Brännkyrkogata, das er seit langem kannte, und an ein großes Beefsteak mit Zwiebeln und ein oder vielleicht zwei Flaschen Bier – denk, Bier!

Auf der Långholmsbrücke stand ein Konstabler vom Wachdienst, der frei hatte, und fischte mit kleinen Safrankugeln Rotaugen. Blom stützte die Arme aufs Brückengeländer und sah zu; es machte ihm Spaß, zu tun, als ob er keine Eile hätte. Dort unten, im dichten Grün des ruhigen Wassers, im Schatten unter der Brücke, schwammen große rotäugige Fische zwischen den Safrankugeln des Gefängniswärters hin und her, rührten ein wenig daran, wandten sich zweifelnd ab und kamen wieder zurück; hin und wieder kam die eine oder andere Plötze mit roten Flossen und goldenem Rücken, schöne Fische, aber etwas lehmig im Geschmack, und zwischenhinein erglänzte auch die breite Silberseite einer jungen Brachse. Auf beiden Seiten des schmalen Långholmsunds tauchten große gebogene Weiden ihre graugrünen Blätter ins Wasser, und das Schilf bewegte sich leicht im Morgenwind. Und im Hintergrund, weit weg, standen Stockholms Kirchen und Türme in blauem Sonnendunst, wie mit einer feinen Nadel geritzt.

»Ja«, sagte Blom zum Gefängniswärter, »nun wird man wieder zu leben beginnen.«

»Ja, alles Gute, Blom«, antwortete der Wärter, ohne die Augen von der Rute zu lassen, die eben unter die Wasseroberfläche getaucht war – der Fisch hatte angebissen, nahm aber bloß die Safrankugel und überließ den Haken sich selber.

Ein Dampfer kam stotternd unter der Brücke hervor, auf dem Weg zur Stadt, und legte am nächsten Steg an. Blom fühlte einen Augenblick die Versuchung, mitzufahren, kam aber sogleich auf seinen ersten Gedanken zurück, das Speiselokal an der Brännkyrkogata, das Beefsteak, die Zwiebeln und das Bier; er verabschiedete sich vom Wärter und ging auf der Långholmsgata weiter. Er fühlte sich seit langem hier am Rand der Südstadt am meisten zu Hause, zwischen dem Skinnarviksberg, der Liljeholmsbrücke und Långholmen.

Als Blom satt und zufrieden aus seinem Speiselokal herauskam, war seine erste Unternehmung, einen neuen schwarzen Filzhut zu kaufen, denn der alte ging allzusehr ins Gelbbraune, und er hatte einmal gehört, daß der Hut den Gentleman ausmacht. Dann ging er in die nächste Rasierstube an der Hornsgata und ließ die Bartstoppeln vom Kinn und einem Teil der Wangen entfernen, behielt aber, abgesehen vom Schnurrbart natürlich, ein Paar kleine Backenbärtchen bei den Ohren. Danach ging er quer über die Straße in eine Kurzwarenhandlung, aus welcher er mit weißem Kragen, einer blauen Nachtmütze und einer leuchtenden hellblauen Halstuchschleife herauskam. Einige Schritte weiter die Straße hinauf blieb er vor dem Schaufenster eines Photographen stehen und spiegelte sich im Glas. Er war beinahe gerührt über die Verwandlung, die mit ihm geschehen war. Und da er nun las auf einem bandförmigen Streifen, der sich pittoresk dahinschlängelte zwischen den Porträts von Dienstmädchen, Schneiderinnen, Heilsarmeesoldaten, Militärs und einem Pastor mit Beffchen, daß er ein halbes Dutzend Aufnahmen in Visitenkartenformat für zwei

Kronen fünfzig bekommen könne, empfand er eine unwiderstehliche Versuchung, hinaufzugehen und sich photographieren zu lassen. Zum einen war der Tag für ihn bedeutungsvoll, so daß das Bild, das jetzt gemacht wurde, eine Erinnerung für das Leben sein konnte, zum anderen hatte er auch eine dunkle Ahnung, die er doch von sich zu weisen suchte, daß es vielleicht lange dauern könnte, bis er sich wieder in einem so würdigen Zustand befand, um sich auf einem Bild zu verewigen. Er hatte sich auch früher schon einige Male photographieren lassen, und er erinnerte sich mit Wohlbehagen an das angenehme Gefühl, das ihn durchfuhr, wenn er sein Ich gewissermaßen in veredelter Form, ohne Flecken auf dem Rock und störende Unebenheiten der Haut, schön glattgekämmt und mit würdigem und sympathischem Ausdruck besah. Er ging zu dem Photographen hinauf, kämmte sich sorgfältig vor einem Spiegel und setzte sich bewegungslos mit den Händen auf den Knien vor die Kamera.

»Ist es gut geworden?« fragte er, als die Sitzung beendet war.

»Der Herr wird aussehen wie ein Bankdirektor«, antwortete der Photograph, nachdem er einen Blick auf die Platte geworfen hatte.

Als er wieder auf der Straße stand, spürte er die guten Vorsätze mit mehr Kraft und Deutlichkeit mahnen als vorher. Er müßte nun in die Stadt hinuntergehen, einige gottesfürchtige und wohlwollende Personen aufsuchen, an die ihn der Gefängnisdirektor und der Pastor gewiesen hatten, um Arbeit und eine billige

Unterkunft zu finden. Aber es war noch früh am Tag, die Uhr des Uhrmachers dort drüben an der Ecke zeigte noch nicht ganz zehn, die Sonne schien so herzergreifend am blauen Himmel, und die Luft war lau und ruhig. Er konnte sich etwas Zeit gönnen, ein Stück gegen Liljeholmen hinausgehen, hinaus in den Wald.

Ja, der Wald, an ihn hatte er manches Mal gedacht, während er dort drüben saß, eingekerkert hinter Gittern.

Er war in einem Weiler an einem Waldhang aufgewachsen, fünf Kilometer südlich von Stockholm. Als er konfirmiert war, wurde er in der Südstadt bei einem kleinen, gläubigen Schneider in die Lehre gesteckt. Der Schneider war Baptist; Blom wurde auch Baptist und ließ sich taufen. Aber als er nachher zu einem anderen Schneider kam, der zur Staatskirche gehörte und fleißig den Namen des Teufels mißbrauchte, schlief sein neuer Glaube allmählich ein. Er machte neue Bekanntschaften und wurde der Bräutigam eines ältlichen Dienstmädchens, das ein Sparbuch hatte und ihm Geld gab. Auf diese Weise wurde es ihm zur Gewohnheit, sich zu vergnügen, nicht viel, aber trotzdem mehr, als was für arme Leute gut ist. An warmen Sommerabenden saß er oft im Restaurant, im »Mosebacke« oder im Parterre von »Ström«, und er trank Punsch, manchmal mit der Braut, aber manchmal auch mit einer kleinen dunkelhaarigen Schneiderin, deren Bekanntschaft er an einem Nachmittag bei Tekla machte, als sie im Dienstmädchenzimmer eine Einladung zum Kaffee hatte. Sie hieß Edit; sie hatte viel dichtes, dunkles Haar und einen sehr roten Mund. Sie war lange Zeit arbeitslos, wußte sich aber trotzdem immer zu helfen. Blom wünschte sich oft, daß Teklas treue Liebe zu ihm sich zusammen mit ihrem Sparbuch durch irgendeine Zauberei auf Edit übertragen würde. Aber Edits Herz war unbeständig, man konnte sich nie darauf verlassen, und Tekla gehörte und verblieb das Sparbuch. Na ja, wie die Sache nun einmal stand, gönnte er sich eben seinen kleinen Spaß mit dem Geld der einen und dem roten Mund der anderen.

Aber dann kam das Ende. Der Schneider, bei dem er war, ging in Konkurs, und er stand ohne Arbeit da. Tekla versprach, ihm zu helfen, und nahm Geld aus der Bank; sie wollte ihm dreißig Kronen leihen, bis er Arbeit bekäme. Am Abend, als er das Geld bekommen sollte, zwang sie ihn, länger bei ihr zu bleiben, als er Lust hatte. Und als er endlich gehen wollte und nur noch auf das Geld wartete, brach der Sturm los. Sie war um so wütender, als sie aus Furcht, die Herrschaft zu wecken, ganz leise sprechen mußte. Edit war am Nachmittag bei ihr oben gewesen, sie waren wegen etwas in Streit geraten, und Edit hatte die ganze Geschichte mit Blom ausgeplaudert, um sich zu rächen und um aufzuschneiden. Aber Tekla war keine von denen, die mit sich spielen lassen! Und sie nannte ihn Schweinehund und vieles andere und fuhr ihm mit den drei Zehnernoten vor der Nase hin und her und erklärte, daß er von ihr nie mehr auch nur eine Öre bekommen würde. Da schnappte er sich das Geld mit einem raschen Griff und verschwand. Er wußte, daß sie während der Nacht keinen Lärm zu machen wagte, denn die Herrschaft konnte erwachen.

Aber am nächsten Tag zeigte sie ihn wegen Diebstahls bei der Polizei an. Er leugnete erst, gab dann aber die Sache zu und erzählte den Verlauf. Die Darstellung der Klägerin war indessen ganz verschieden davon; die dreißig Kronen hätten auf einem Tisch gelegen, er habe sie genommen, ohne daß sie es sah, und sie habe sie ihm niemals versprochen. Das einzige, was ganz klar schien, war, daß er sie genommen hatte.

Deshalb saß er das erste Mal.

Nachher hatte er gelebt, wie es sich gerade so gab – zeitweise hatte er Arbeit, zeitweise hungerte und bettelte er, bis er eines Abends auf den Gedanken kam, an der Österlånggata ein Jackett zu stehlen, um einer Einziehung zur Zwangsarbeit zu entgehen.

Er war auf die Liljeholmsbrücke herunter gekommen. Milchkannen klapperten, und zottige Bauernpferde strebten mühselig mit ihren Karren den steilen Hang hinauf. Aus den hundert Fabrikschornsteinen um die Årstabucht stieg der Rauch ruhig und pfeilgerade in die Höhe wie von einem dem Herrn wohlgefälligen Opfer. Über den Eisenbahndamm dampfte der Kontinentexpreß gegen Süden – der Speisewagen vollbesetzt mit frühstückenden Passagieren, Anchovis auf den Gabeln. Aber in dem ruhigen Winkel zwischen

Strand und Brücke schwamm eine Entenfamilie hin und her, einige weiß, einige gesprenkelt, Andenken an die Tracht der Wildenten, und mitten in der Schar stand der Enterich auf einer schwimmenden Planke und schlief auf einem Bein, den Kopf unter den Flügeln.

Blom nahm einen Zwieback hervor, den er im Lokal an der Brännkyrkogata eingesteckt hatte, zerbröckelte ihn und warf die Brosamen den Enten zu. Gleich kam Leben in die Schar, sogar der Enterich hob den Kopf und öffnete das eine Auge, schloß es aber wieder. Er war ganz weiß, auch die geschlossenen Augendeckel waren weiß, so daß Blom plötzlich an die scheußlichen leeren Marmoraugen denken mußte, die er vor vielen Jahren an einem Sonntag im Nationalmuseum gesehen hatte. Die anderen stritten sich um die Zwiebackreste. Eine von ihnen war an einen Bissen geraten, der zu groß war, sie tauchte ihn wieder und wieder ins Wasser, um ihn aufzuweichen und zu zerkleinern; während der Zeit verfolgte eine andere ununterbrochen mit wachsamen Augen alle ihre Bewegungen, und als ihr das Zwiebackstück schließlich aus dem Schnabel rutschte, war die andere gleich dort und nahm es. Es gab keinen Streit; die erste begnügte sich damit, ihrerseits nun nachzufolgen und auf eine Gelegenheit zu warten, das Verlorene zurückzubekommen.

Blom lachte laut vor Vergnügen.

»Ja, das ist recht«, dachte er, »wer etwas hat, soll darauf achtgeben, ansonsten kommt ein anderer und nimmt's...«

Und er empfand es beinahe als Trost, das unschuldige weiße Tier ungestraft und ganz natürlich eine Handlung ausführen zu sehen, die in der Sprache der Menschen Diebstahl genannt wird und für die er so viel hatte leiden müssen.

Vom Land her kam eine gesprenkelte Ente dahergeschwommen, angelockt von den Zwiebackstücken, an der Spitze einer Schar graubrauner, daunenweicher Jungen mit kleinen, perlklaren, schwarzen Mausaugen. Ein paar kleine Mädchen mit Büchern unter dem Arm, auf dem Weg zur Schule, blieben stehen und betrachteten sie mit Entzücken und Verwunderung. »Schau, sind das Mäuse?« – »Nein, du siehst wohl, daß es Vögel sind.« – »Denk, daß sie vor dem Wasser keine Angst haben!«

»Das sind junge Entchen«, erklärte ihnen Blom. Und er fügte in belehrendem Ton hinzu: »Die sind geschaffen dafür, im Wasser zu gehen. Das ist nicht merkwürdiger, als daß die Fische schwimmen.«

»Denk!« sagte das größte Mädchen. Und sie hüpften ihren Weg weiter.

Blom erinnerte sich an eine Geschichte, die er einmal in einem Schulbuch gelesen hatte, von einem häßlichen Entchen, welches in einen Schwan verzaubert wurde. Er suchte nach einer Anwendung auf sich selber und fand sie teilweise in seiner Verwandlung neulich in der Rasierstube und der Kurzwarenhandlung; aber das schien ihm nicht ganz zu genügen, und er murmelte vor sich hin, während er über die Brücke weiterging: »Warte, die sollen mal sehen! Wart bloß...«

Es war sehr warm, und als er auf die andere Seite der Brücke kam, wo die Nesseln und Kletten staubgrau am Straßenrand standen, zog er sein Jackett aus, steckte den Griff des Spazierstocks durch den Aufhänger, warf ihn sich über die Schulter und ging, eine muntere Melodie pfeifend, weiter den Liljeholmsväg hinaus.

Ein Stück vor ihm lief eine junge Frau mit einem Bündel in der Hand, und er beschleunigte seinen Schritt, um zu sehen, wie sie von vorn ausschaute. Und als er näher kam, stand ihm plötzlich sein Herz beinahe still, denn er glaubte, Edit zu sehen. Im gleichen Augenblick wandte sie sich um.

»Nein, schau, Valdemar!«

Als der erste Ausdruck von Überraschung einmal aus ihrem Gesicht verschwunden war, lächelte sie freundlich und schien nicht unangenehm berührt, ihn zu sehen. Sie wollte zu einem Bekannten, der etwas weiter draußen wohnte, und sie setzten ihren Weg gemeinsam fort. Er fand sie verändert, dicker als früher und ihre Haut röter, wie wenn sie viel Bier getrunken hätte. Sie fragte ihn, wo er während der langen Zeit, in welcher sie einander nicht gesehen hatten, gewesen sei. Er empfand eine gewisse Befriedigung darüber, daß sie von seiner »zweiten Reise« nicht zu wissen schien, und erfand aus dem Stegreif etwas von einer langwierigen Krankheit und einer Stelle bei einem Schneider in Södertälje.

Edit schwatzte ununterbrochen. Sie sprach von gemeinsamen Bekannten und klagte über Kränkungen, die sie erduldet hatte. Tekla war von allen die ärgste gewesen. Aber nun war sie verheiratet mit einem Kerl vom Abfuhrwesen, der ihr Geld schon vertrunken hatte und sie jeden Tag schlug; und das geschah ihr recht. Sie berichtete auch eine Masse über sich selber, aber auf eine Weise, die kaum den Anspruch auf Glaubwürdigkeit erheben konnte.

Blom ließ sie sprechen und sagte selbst nicht viel. Er dachte an die neun Monate, die er allein verbracht hatte.

Er nahm sie vorsichtig am Arm und wies sie auf einen Gehweg, der in den Wald hineinführte, und sie verstummte mitten im Sprechen und folgte ihm, ohne etwas zu sagen. Der Weg führte in tiefes Waldesdunkel, einen Zaun und eine Hecke entlang, die einen Privatgarten säumten, aus dem einige große Silberpappeln ihre hohen und ausladenden Kronen ausbreiteten. Auf der anderen Seite erhob sich in einer Senke ein Tannenwald, bewachsen mit Moos, Farn und dunklem Gestrüpp.

Über den Wipfeln der Tannen segelte langsam eine weiße Sommerwolke.

Blom erwachte davon, daß ein großer Regentropfen schwer auf seinen rechten Augendeckel fiel. Er erhob sich halb und rieb sich die Augen – hatte er geschlafen? Er war allein, und es regnete. Es regnete noch nicht stark; es waren nur die ersten großen Tropfen. Aber eine schwarze Wolke stand mitten über ihm...

Wo war Edit?

Er hatte sein Jackett mit dem Stock ein Stück weit weggeworfen; er stand auf und zog es an. Plötzlich überkam ihn ein böser Gedanke, und blitzschnell griff er in die Brusttasche.

Sie war leer. Der blaue Briefumschlag war weg – der Umschlag mit dem Geld und den Empfehlungen des Gefängnisdirektors.

Er spürte ein Würgen im Hals, er erstickte fast.

Ein plötzlicher Windstoß schoß wie ein Blitz durch das Blattwerk der Silberpappeln, und ein rasender Regenschauer peitschte ihm ins Gesicht.

Aprilveilchen

I

Im April vor vielen Jahren ging spätabends ein junger Mann auf dem Weg zu einer Einladung mit langen Schritten durch den Humlegården. Er hatte zu Hause über seinen Büchern gesessen und ganz vergessen, daß er noch ausgehen mußte; ein Telephonanruf hatte ihn geweckt und an seine Pflichten erinnert, er hatte sich in höchster Eile in den Frack gestürzt... Eigenartig: er war an einem Ort eingeladen, wohin er immer gerne ging, und am Morgen, gleich beim Erwachen, hatte er sich gefreut auf das kleine Vergnügen des Abends – und dann alles vergessen!

Nun stand er an der Ecke Floragata-Karlaväg, vor dem Haus, in welches er sollte. Dort verharrte er plötzlich, denn aus einem Fenster ertönte Gesang. Einige Vorbeigehende waren stehengeblieben und lauschten. Eine schimmernde, sehr tiefe und gleichsam plötzlich aufflammende Frauenstimme. – »Schläfst du, meine Seele?«

Er stand wie entrückt. Im ersten Stock, eben dort, wohin er sollte, war alles erleuchtet, und ein Fenster stand weit offen. Dorther kam der Gesang. Einen Augenblick lang glaubte er, die Stimme zu erkennen, bildete sich ein, sie gekannt zu haben, die sang, aber vielleicht nicht in Wirklichkeit, vielleicht nur in einem Traum. Und gerade *dieses* Lied! – »Schläfst du, meine Seele?«

II

»Wer hat gesungen?« fragte er den Gastgeber.
»Frau Grendel. Frau Professor Grendel. Hier ist übrigens ihr Mann, vermutlich kennen sich die Herren? Dozent Jerneld – Professor Grendel.«

Die beiden Herren schüttelten sich die Hände.

Sie kannten einander kaum, nur ganz flüchtig. Jerneld war Humanist, Grendel war Naturwissenschaftler. Professor Grendel sah aus wie ein gemütlicher Troll, weniger grauenerweckend als sein Namensvetter in der Beowulf-Sage, aber auf jeden Fall kein leckerer Anblick.

Frau Grendel – Frau Professor Grendel. Jerneld lächelte innerlich, unsichtbar. Lena Hilleström also, mit anderen Worten! Nun erinnerte er sich, daß er einmal, vor fünf, sechs Jahren, ihre Heiratsanzeige in einer Zeitung gesehen hatte. Lena Hilleström, die er einst als Schuljunge durch einen glücklichen Unglücksfall zufälligerweise splitternackt gesehen hatte, einmal im Sommer auf dem Lande. Sie war sechzehnjährig, und er gleich alt. Lena Hilleström! Die erste Offenbarung des Weibes in seinem Leben! Lena, Lena, Lena Hilleström! – Frau Professor Grendel.

»Darf ich vielleicht bitten, Frau Professor vorgestellt zu werden?« sagte Jerneld zu Professor Grendel.

»Mit dem größten Vergnügen, wenn ich nur wüßte, wohin sie verschwunden ist.«

Es war eine große Abendeinladung mit vielen Leuten. Der Professor zog den Dozenten mit sich durch einige Zimmer, aber seine Frau war nicht zu finden. Und bald verloren sich auch der Professor und der Dozent aus den Augen. Jerneld kam vor ein Büchergestell zu stehen, entdeckte ein Buch, das seine Neugierde weckte, zog es heraus und setzte sich damit in einen Winkel. Das Buch hieß *Kenntniß von der Welt* und war im Jahre 1753 gedruckt, mit Oelreichs Imprimatur. Und indem er sich an die Erläuterung eines älteren Kollegen erinnerte, daß der Censor librorum Oelreich zu seiner Zeit der Ehemann gewesen sei, dem man wohl die meisten Hörner aufgesetzt hatte, wandte er die Blätter in dem alten Buch *Kenntniß von der Welt* mit besonderem Interesse um. Und er dachte: »Ich bin ja nicht mehr jung. Bald dreißig Jahre alt. Eine deutliche Wende! Es wird Zeit sein, zu versuchen, etwas Kenntnis von der Welt zu gewinnen!«

Das Zimmer, in dem er saß, hatte sich geleert; die meisten Gäste hatten sich in den großen Musiksalon zurückgezogen, wo ein berühmter Bellman-Sänger* zur Gitarre sang. Die spröde Stimme des Vortragenden forderte eine atemlose Stille unter seinen Zuhörern. Deshalb konnte Jerneld in seiner Ecke in der Nähe einer Türöffnung mit einer bestickten chinesischen Seidenportiere plötzlich einige Sätze aus einem geflüsterten Gespräch in dem kleinen Kabinett hinter der Portiere verstehen. Trotz des Geflüsters war es leicht, die Worte des Mannes von denen der Frau zu unterscheiden.

Er: »Du darfst nicht Unmögliches von mir verlangen. Du weißt doch, daß...«

Sie: »...unmöglich?...«

Er: »Ich versichere dir...«

Sie: »Du wagst es nicht. Du fürchtest dich vor deiner Frau.«

Er: »Du weißt, daß ich dich liebe. Aber du weißt auch, wie es mit mir steht; mir fehlt das Geld, um mich scheiden zu lassen. Wenn ich frei wäre!«

Sie: »Du fürchtest dich nicht nur vor ihr – du fürchtest auch den *Troll*. Armer großer Junge, der sich vor einem Troll fürchtet!«

Er: »Ich versichere dir, Lena...«

---

*Bellman, Carl Michael, 1740 bis 1795; trinkfreudiger Bohemien; dichtete, komponierte und sang volkstümliche Lieder. *Anm. d. Übers.*

Nun erhob sich plötzlich die Stimme des Bellman-Sängers aus weiter Ferne:

Endlich im Grünen draußen
sollst du dem letzten Liede lauschen.
Ulla, leb wohl, du Schöne.
Spielt voll, Instrumente, klingt!

Und als er geendet hatte, folgte ein minutenlanger schmetternder Applaus. Die Gäste strömten aus dem Musiksalon und verteilten sich in den Räumen.

Jerneld stellte *Kenntniß von der Welt* auf das Bücherregal zurück, von wo er es herausgenommen hatte. Er bemerkte nicht, daß er es verkehrt hineinschob.

Er mischte sich unter die übrigen Gäste.

Er wechselte einige höfliche Worte mit einer kleinen Prinzessin, deren Papa ein bekannter Branntweinbrenner war. Er plauderte eine ganze Weile mit einem jungen norwegischen Dichter, der keinen Frack trug, weil er keinen besaß, und der den exzentrischen Einfall gehabt hatte, Stockholm zu besuchen, obwohl er keinen Nobelpreis abzuholen hatte – er war zu jung und vor allem zu arm dazu. Er stieß auf einen Literaturprofessor mit schwarzem Bart und einer Nase von altem östlichem Adel und diskutierte mit ihm das Beowulf-Problem. Und mitten in dieser Diskussion spürte er plötzlich eine kräftige Hand auf seiner Schulter, er wandte sich mit einem nervösen Ruck um und sah Professor Grendel, der meinte: »Endlich habe ich sie gefunden! Ich muß Ihnen sagen, Herr Dozent, sie ist nicht eine von denen, die man vom selben Regal herunternimmt, auf das man sie gestellt hat! Aber hier ist sie, bitte sehr: Dozent Jerneld – meine Gemahlin!«

»Aber lieber August«, sagte die Frau, »einer Vorstellung bedarf es hier nicht. Du weißt doch, Dozent Jerneld und ich sind so etwas wie Kindheitsfreunde.«

Und zu Jerneld: »Wie wenig du dich verändert hast, Stefan, und wie nett, dich wieder einmal zu sehen! Ich habe manchmal an dich gedacht, du kannst mir glauben!«

Eben da wurde den Gästen gemeldet: »Das Souper ist serviert!«

Professor Grendel gehörte zu jenen, die sich darauf verstehen, ein schwedisches Buffet kahlzuschlagen. Und während er im Stehen Glas um Glas leerte, brutal alle Konkurrenten aus dem Wege drängend, bediente Dozent Jerneld die Frau des Professors an einem kleinen Tisch in einer Ecke.

»Bitte, kleine Lena«, sagte er zu ihr, als es ihm geglückt war, etwas zu erobern, was sie haben wollte. »Bitte, kleine Lena! Kleine Lena, Lena, Lena Hilleström.«

Und sie bedankte sich mit einem Lächeln, in dem er zugleich Sonnenschein, Mondschein und Sternenglanz erblickte.

Aber er hatte doch irgendwie die Empfindung, daß sie etwas bekümmere. Sie war manchmal ganz abwesend, in weiter Ferne. Ihre Augen schienen jemanden oder etwas zu suchen. Dann plötzlich schien sie sich wieder zu sammeln.

»Na, du bist also ein gelehrter Mann geworden?« sagte sie.

»Weit gefehlt. Das werde ich nie sein. Ich habe zu viele verschiedene Interessen.«

»Und was interessiert dich am meisten?«

»Ägyptologie, glaube ich.«

Sie lachte ihr Sternenlachen: »Weshalb gerade das?«

»Die Ägypter waren das gottesfürchtigste Volk, das es je gegeben hat. Und ich schwärme für die Frömmigkeit vergangener Zeiten. Nicht für die der Gegenwart.«

Sie überlegte einen Augenblick. Dann schien ihr plötzlich ein Einfall zu kommen.

»Ich dachte eben, ich könnte morgen ins Nationalmuseum gehen«, sagte sie. »Aber dort habe ich alles schon gesehen, außer der Ägyptischen Sammlung. Die will ich morgen sehen. – Etwa um zwei Uhr«, fügte sie hinzu.

Nun war das Buffet leergegessen, und Professor Grendel kam aufgeräumt und galant und servierte seiner Frau Bordeaux zum Truthahn. Und er stieß mit Jerneld an und trug ihm das Du an, indem er sagte: »Ich habe nun einmal das Privilegium des Rangs, und leider auch das des Alters. Zum Wohl, Junge!«

»Zum Wohl, Bruder!« antwortete Jerneld, wie es das Ritual vorschrieb.

»Wenn du denkst wie ich«, sagte der Professor, »so pfeifen wir auf das Eis und den süßen Wein und all die Frauenzimmer-Naschereien und gehen hinein und genehmigen uns einige anständige Whiskys.«

»Wir können doch deine Frau nicht ihrem Schicksal überlassen.«

»Autsch«, sagte Grendel, »muckse nicht, sondern komm jetzt!«

»Geh nur mit ihm, Stefan«, sprach sie. »Du wirst es nicht bereuen. Er ist so amüsant, wenn er etwas angeheitert ist.«

Jerneld folgte Grendel ins Billardzimmer, wo ein Bataillon von Flaschen und Gläsern in schon etwas erschütterter Schlachtordnung auf einem dazu hergerichteten Gestell die eine Wand entlang stand. An einem runden Tisch in einer Ecke saß ein Herr in sich zusammengesunken in einem Fauteuil, das Glas und die Whiskyflasche neben sich auf dem Tisch. Er schien halb zu schlafen, und das Glas war leer.

»Sitzest du hier, mein kleiner Zecher«, meinte Grendel. »Aber nun bekommst du Gesellschaft, ob du willst oder nicht. Sind die Herren miteinander bekannt? Nicht. Dozent Jerneld – Doktor Eckerman. *Dichter* Eckerman kann man auch sagen, wenn man sich mit ihm einen Spaß leisten will, aber das will ich nicht. Wollte ich das, sagte ich Dichter Ekelman, wie alle anderen!«

Doktor Eckerman ließ diese »Höflichkeiten« unbeantwortet. Er sah blaß aus und müde und vollkommen gleichgültig. »Es freut mich, Sie zu treffen«, sagte Jerneld. »Ich habe mir seit langem gewünscht, Ihre Bekanntschaft zu machen.«

»Ich bitte«, antwortete Eckerman und hob ein wenig sein leeres Glas, stellte es aber gleich wieder weg.

Professor Grendel goß für sich selbst einen Riesenwhisky ein, hielt dann die Flasche gegen das Licht, um zu prüfen, wieviel noch darin sei, und füllte anspruchslosere Portionen in die Gläser der andern. (Es standen zahlreiche Whiskyflaschen auf dem Gestell, aber er folgte seiner alten Gewohnheit.)

»Auf dein Wohl, Eckerman«, sagte er. »Du brauchst nicht dazusitzen und zimperlich zu tun. Glaubst du, ich weiß nicht, daß man über dich und meine Frau spricht? Aber das kümmert mich einen Dreck! Du hast ein hübsches Frätzchen im Vergleich mit mir – zugegeben. Aber was kann dir das helfen? Die Frauen wollen selber schön sein – um schöne Männer kümmern sie sich nicht. Und außerdem hat sie kein *Temperament*.«

Eckerman sah zur Decke hinauf und schwieg.

Grendel wandte sich an Jerneld: »Schade, daß du so spät gekommen bist. Da hast du sie nicht singen hören.«

»Doch«, sagte Jerneld, »ich hörte sie singen, als ich vor dem Hause stand. Ein Fenster war offen, und sie sang. Zwar wußte ich nicht, daß sie es war. Aber es stand eine richtige kleine Volksansammlung auf der Straße und lauschte. Sie sang ›Schläfst du, meine Seele?‹ von Emil Sjögren.«

»Eben dies! Und wenn man sie singen hört, könnte man wirklich glauben, sie habe Temperament. Das glaubte ich anfangs auch, aber ich bin betrogen worden! Temperament – nein! Im Vertrauen, Bruder: wenn ich was von dieser Ware haben will, und das will schließlich ein Mann von Zeit zu Zeit, muß ich mich anderswo umschauen.«

Jerneld fühlte sich verwirrt und wußte keine Antwort. Es war ihm unmöglich auszumachen, ob Grendel nur leicht beschwipst war oder vollgelaufen wie ein Elefant – oder stocknüchtern. (Denn so sah er aus.) Eckerman blickte noch immer zur Decke und schwieg.

Jetzt strömten zahlreiche Herren herein, um sich nach dem Souper einen Whisky zu genehmigen. Jerneld wollte dem Gespräch eine andere Richtung geben und fragte Grendel etwas, was sein Fach als Naturwissenschaftler betraf. Aber Professor Grendel würdigte ihn keiner Antwort, sondern begann statt dessen, im Falsett »Schläfst du, meine Seele?« zu singen. Er sang vollkommen rein und musikalisch – ein Meisterstück parodistischer Nachahmungskunst.

Auf dem Heimweg durch den Humlegården, als es im Osten über den Hausdächern an der Sturegata schon hell zu werden begann, erinnerte er sich plötzlich an etwas, das Lena Hilleström gesagt hatte.

Sie hatte gesagt, sie wolle morgen ins Nationalmuseum und die Ägyptische Sammlung sehen.

»Etwa um zwei Uhr.«

III

Zu jener Zeit, gegen Ende der neunziger Jahre, befand sich die Ägyptische Sammlung des Nationalmuseums in einigen kleinen halbdunklen Räumen tief unten im Kellergeschoß. In Anbetracht der geringen Anzahl von Ägyptologen in Schweden war es selbstverständlich, daß diese kleinen grabähnlichen Kammern öfter von Liebespaaren besucht wurden, die ein Versteck für ihr Geheimnis suchten, als von Ägyptologen. Museumsbesucher anderer Art störten äußerst selten den Schlaf der Jahrtausende, und auch nicht den des Wärters.

Jerneld blieb einen Augenblick in der Loggia des Museums stehen, bevor er hineinging. In der Hand hatte er einen Veilchenstrauß, den er auf dem Weg von einer alten Frau am Stureplan gekauft hatte. Er zögerte.

»Ein Veilchenstrauß«, dachte er, »das ist zu gewöhnlich. Ich hätte auf etwas anderes kommen sollen. Und der alte Hultbom, der Wärter dort unten, kennt mich, und er glaubt sicher nicht, daß ich einen Veilchenstrauß gekauft habe, um einer vornehmen ägyptischen Dame aus der jüngeren Thebenzeit den Hof zu machen.«

Er warf den kleinen Strauß über die Balustrade der Loggia und ging hinein. Es war genau zwei Uhr.

Als er in den Grabkeller hinunterkam, war sie schon da. Mit einem Veilchenstrauß an der Brust stand sie über einen Mumiensarg gebeugt.

Sie reichte ihm die Hand, die er küßte.

»Wer liegt in dem Sarg?« fragte sie.

»Niemand«, antwortete er. »Die Mumie ist weg. Aber auf Grund der Inschriften lag eine ältere Dame im Sarg, eine Dame mit dem Titel ›königliche Verwandte‹. Und ich bin eben damit beschäftigt, Beweise zu sammeln, daß sie zu Lebzeiten eine alte Tante jener Prinzessin war, die Moses im Schilf fand, als sie im Nil badete – übrigens keine sehr beliebte Badestelle, wegen der Krokodile...«

Sie lachte ihr Sonnenscheinlächeln, aber etwas blaß, wie wenn leichte Spinnwebwolken im April über die Sonne ziehen.

Jerneld sah sich um. Wärter Hultbom war unsichtbar.

»Lena«, sagte er. »Kleine Lena, Lena Hilleström – was *willst* du von mir?«

Ihr Lächeln erstarb.

»Ich weiß es nicht«, antwortete sie. »Vielleicht nichts. Aber sag mir, war's lustig gewesen gestern abend mit meinem Mann? Beim Whisky?«

»Er war ganz fidel. Aber wie kam es, daß du dich mit ihm verheiratet hast?«

»Er wollte mich unbedingt haben. Ich wollte nicht, aber sein Wille war stärker. Es ist etwas von Zauberei an ihm – glaubst du an Trolle?«

Plötzlich stieg eine Erinnerung an den vergangenen Tag in ihm auf – das Geflüster hinter der Portiere zum kleinen Kabinett, während er im Bibliothekszimmer saß und in einem alten Buch blätterte.

»Ich glaube an alles mögliche«, sagte er. »Aber noch habe ich keinen Troll getroffen.«

Sie war vor einer kleinen Statue aus schwarzem Stein stehengeblieben. »Was ist das?« fragte sie.

»Dies ist die Göttin Neith, die in späteren Zeiten mit der Göttin Isis verquickt wurde. Betrachten wir die Inschrift: ›Kein Sterblicher hat meinen Schleier gehoben.‹«

»Das ist gewiß mehr, als ich sagen kann«, meinte Lena leise.

»Du bist doch auch keine alte ägyptische Göttin«, sagte Jerneld. »Und es war nicht dein Fehler, daß ich dich als Schuljunge einmal ohne Schleier zu sehen bekam. Aber die Folgen für mich waren schrecklich. Im Herbst saß ich einmal in einer Religionsstunde und zeichnete nackte Mädchen an den Rand von Norbecks Theologie. Unser Religionslehrer, der nun in irgendeinem Landnest Bischof ist, entdeckte den Skandal und setzte Himmel und Erde in Bewegung, will sagen das Lehrerkollegium und meinen Vater, der glücklicherweise Kanzleirat im Kultusministerium war. Wäre er etwas anderes gewesen, hätte man mich von der Schule relegiert. Aber ich kam mit einer herabgesetzten Betragensnote davon und kriegte Schläge von meinem Vater.«

Nun lächelte sie ihm wieder zu – Sonne durch Aprilwolken... Sie nahm den Veilchenstrauß von ihrer Brust und gab ihn ihm. Sie gab ihm mehr. Und ihre lautlosen Küsse störten weder den Schlaf der Jahrtausende noch den des Wärters.

Der gleißende Sonnenglanz über Strömmen blendete ihre Augen, als sie durch das Museumstor herauskamen. Sie blieben einen Augenblick in der Loggia stehen. Er hielt ihre Veilchen in der Hand.

»Woran denkst du?« flüsterte sie.

»Ich denke daran, daß ich einmal sterben werde. Da will ich mich an heute erinnern.«

»Wenn du sterben wirst, findest du dies vielleicht nicht der Erinnerung wert. Da hast du anderes, woran du dich erinnerst. Oder du erinnerst dich überhaupt an nichts.«

Er hielt sich die Hand vor die Augen, blind vom Geglitzer der Sonne über Strömmen.

»Wohin gehst du?« fragte er.

»In die Stadt. Komm mit!«

»Läßt sich das machen?«

»Natürlich. Warum sollte es sich nicht machen lassen?«

»Wir treffen natürlich Bekannte. Fürchtest du das Gerede nicht?«

»Das habe ich mir abgewöhnt.«

Sie gingen schweigend der Stadt zu.

Sie sagte:

»Ich hätte wohl Lust, heute abend in die Oper zu gehen. Man spielt *Hoffmanns Erzählungen*. Willst du nicht mitkommen? Bestimmt – oh, das wird ein Vergnügen!«

»Aber was sagt dein Mann?«

»Der Troll Grendel wird heute abend ins ›Idun‹ gehen, und da kommt er immer erst am nächsten Tag nach Hause.«

»Hat er nicht ›Haarweh‹ von gestern abend?«

»Das glaube ich nicht. Um acht Uhr saß er am Schreibtisch und schrieb einen Zeitschriftenartikel, und um zwölf Uhr hielt er seine Vorlesung.«

»Nun beginne ich beinahe an Trolle zu glauben«, sagte Jerneld.

»Ja, an Trolle muß man glauben«, erwiderte Frau Professor Grendel. »Aber man soll sich nicht vor ihnen fürchten!«

Sie waren zu dem kleinen dreieckigen Platz zwischen Oper und Jakobskirche gekommen. Die Glocken der Kirche sangen und dröhnten. Eine junge Opernsängerin wurde begraben. Sie war von ihrem eifersüchtigen Liebhaber erwürgt worden.

Sie trafen Bekannte und begrüßten sie hastig im Vorbeigehen. Unter anderem begegneten sie dem kleinen norwegischen Dichter, den sie am Abend zuvor getroffen hatten. Er trug dieselben Kleider wie dort und war ohne Überrock, obschon von Nordosten her ein schneidender Wind blies, von den Schären, dem Bottnischen Meerbusen her.

Jerneld ging ins Vestibül der Oper, um die Billetts zu kaufen. Er erinnerte sich, daß es im ersten Rang einige rückwärtige Logen gab, wo man nicht gesehen werden konnte, wenn man ganz hinten saß, und er erhielt zwei von diesen nicht sehr gefragten Karten. (Die meisten wollen schließlich gesehen werden, wenn sie ins Theater gehen.)

Als er aus dem Vestibül der Oper herauskam – mit dem Veilchenstrauß in der einen und den Karten in der anderen Hand –, fand er Frau Professor Grendel im Gespräch mit Doktor Eckerman. Sie hatten sich zufälligerweise getroffen, während sie dastand und wartete.

Durch einen eigentümlichen Zufall hielt auch Doktor Eckerman einen Veilchenstrauß in der Hand.

Jerneld steckte die Theaterkarten hastig in die Manteltasche. Die beiden Herren begrüßten sich mit ausgesuchter Höflichkeit, aber vielleicht etwas steif. Und nach der Begrüßung sagte Doktor Eckerman nichts, Jerneld nichts und Frau Professor Grendel nichts.

Jerneld meinte, die etwas peinliche Stille brechen zu müssen, und sagte: »Wir hatten wirklich einen netten Abend gestern...«

»Ja, wir hatten es so nett mit Grendel. Er ist ja so freundlich und amüsant.«

Während Doktor Eckerman dies sagte, ließ er sein Veilchenbukett in eine Tasche gleiten, nahm rasch Abschied und ging gegen den Kungsträdgården hinunter.

Dozent Jerneld und Frau Professor Grendel kamen in eine Seitenstraße, eine vornehme und ruhige Straße. Sie schwiegen beide. Keiner wußte etwas zu sagen. Aber plötzlich stießen sie auf Professor Grendel, der vom Lantmäteribacken her auftauchte und anscheinend große Eile hatte, denn er blieb nicht stehen, sondern schrie im Vorbeigehen: »Diener Eckerman oder wie du heißt! Diener, kleines Lenastück! Hab' keine Zeit, mit euch zu schwatzen! Muß zu einer Generalversammlung! Wichtige Interessen wahrzunehmen!«

An der nächsten Straßenkreuzung blieb Frau Professor Grendel stehen und sagte: »Du mußt mir verzeihen, Stefan, mir ist nicht recht wohl. Ich habe ganz scheußliche Kopfschmerzen! Ich kann nicht in die Oper heute abend.«

IV

Jerneld irrte eine Stunde lang durch die Straßen, ohne zu wissen, wohin er ging. Aber schließlich stand er vor einem kleinen Restaurant in der Nähe des Observatoriums.

Er wohnte nicht weit davon und pflegte deshalb manchmal dort das Mittag- oder Abendessen einzunehmen.

Plötzlich bemerkte er, daß er ein Veilchenbukett in der Hand hielt. Seine erste Regung war, es wegzuwerfen, aber er tat es nicht.

Er ging hinein, bekam seinen Tisch am Fenster und legte die Veilchen neben das Gedeck. Die Bedienung, ein hübsches junges Mädchen von neunzehn, zwanzig Jahren, erschien mit der Speisekarte.

»Guten Tag, Herr Doktor«, sagte sie.

»Guten Tag, kleine Lena«, sagte Jerneld. (Sie hieß nämlich Lena.)

Er hatte ihr manchmal etwas den Hof gemacht, aber nicht mehr, als die Höflichkeit es verlangte – nicht mehr, als was Brauch und Sitte war an diesem Ort und an vielen anderen. Er war der »Sittlichkeit der Sitte« gefolgt, wie Nietzsche sagt. Es war deshalb beinahe natürlich, daß er das Veilchenbukett nun nahm und es an ihrem kleinen Ausschnitt an der Brust festmachte.

Jerneld schien es, als ob sie merkwürdig tief errötete. Sie war doch solche kleinen Freundlichkeiten gewohnt, und auch andere, massivere.

»Danke«, sprach sie leise. Und später, als sie servierte, was er bestellt hatte: »Denken Sie, daß es im April Veilchen gibt.«

»Die gibt's schon im Februar«, sagte er. »Da kommen sie von der Riviera. Woher diese hier kommen, weiß ich nicht, aber ich habe sie einer Alten am Stureplan abgekauft.« (Er vergaß in der Eile, daß er die Veilchen, die er von der Alten am Stureplan gekauft hatte, schon vor einer Ewigkeit weggeworfen hatte.)

Als sie ihm den Kaffee brachte, erinnerte er sich daran, daß er zwei Karten für die Oper in der Tasche des Überrocks hatte.

»Lena, haben Sie *Hoffmanns Erzählungen* schon gesehen?« fragte er.

»Nein, wo wird das gespielt?«

»In der Oper. Ödmann singt die Hauptrolle. Es ist ein romantisches und phantastisches Stück, und sehr schöne Musik. Ich habe zufälligerweise zwei Billetts. Aber Sie haben wohl heute abend nicht frei?«

Fräulein Lena errötete noch einmal merkwürdig tief. Und sie hatte Tränen in den Augen, als sie flüsterte: »Nein...«

Er saß da und starrte durchs Fenster hinaus. Die Sonne war verschwunden, und langsam wurde alles grau. Die Menschen, die an dem Fenster vorbeigingen, an dem er saß, verloren in dem grauen Licht ihre persönlichen Züge. Sie sahen wie tot aus. Einige kamen langsam, andere schneller daher, aber alle, wie wenn sie Maschinen wären. Wer langsam ging, war zum Langsamgehen, und wer schnell ging, zum Schnellergehen eingerichtet. Niemand schien so schnell oder so langsam zu gehen, wie er es wollte. Auch die lange Reihe nackter Pappelskelette vor der Technischen Hochschule... Friedhofsstimmung... Und das »Gespensterschloß« gegenüber, wo ein uralter Professor sitzt und Totenschädel sortiert...

Es begann im Lokal dämmrig zu werden. Zwei oder drei Gäste saßen da und kauten an ihren Speisen. Geklapper und Speisegeruch aus dem Küchenteil...

Plötzlich stand Fräulein Lena an seinem Tisch.

»Ich habe mit dem Oberkellner gesprochen«, flüsterte sie leise. »Ich habe mich für heute abend freigemacht. Wenn mir nur die Zeit reicht, nach Hause zu gehen, um mich umzuziehen!«

»Du hast bestimmt genug Zeit, kleine Lena«, sagte er. (Er hatte ihr nie zuvor »du« gesagt, aber sie nahm es ihm nicht übel.)

Er ging in den Vorraum hinaus, holte die Karten aus seiner Manteltasche hervor und gab ihr die eine.

»Ich gehe auch nach Hause und kleide mich um«, sagte er. »Dann treffen wir uns in der Loge – es ist eine hintere Loge im ersten Rang. Man sieht und hört gut, sitzt aber trotzdem etwas für sich allein und wird nicht von vielen gesehen...«

Er ging nach Hause und kleidete sich um, Frack und schwarze Halsbinde. (Der Smoking wurde zu jener Zeit in Schweden nur von einer kleinen Zahl bahnbrechender Snobs getragen, und Jerneld gehörte nicht zu ihnen.)

Als er in die Oper kam, saß sie schon in der Loge. Es gab da sechs Plätze, aber die vier anderen waren unbesetzt. Sie saßen ganz hinten, und nachdem der Vorhang sich geöffnet und es im Saal dunkel geworden war, konnte niemand sie sehen.

Hoffmanns Erzählungen ist, wie ja jedes Kind weiß, eine besonders romantische und phantastische Oper. Die Musik soll von einem gewissen Offenbach sein, traurig berühmt für seine frivolen Operetten. Und man erzählt sich, daß Bizet, der unsterbliche Schöpfer der *Carmen*, der Offenbachs elende Operetten tief verachtete, nach dem Anhören von *Hoffmanns Erzählungen* gesagt haben soll: »Der Mann ist jedenfalls eine Art Musiker.«

Die Deutschen schätzen im allgemeinen Wagner mehr als Offenbach. Das ist Geschmackssache. Auf jeden Fall ist es jedoch sicher, daß schöne Musik eine eigentümliche Macht über das Herz der Menschen besitzt. Und weder Fräulein Lena noch Dozent Jerneld waren in dieser Hinsicht eine Ausnahme.

V

Schweden war, trotz der unrichtigen Angaben in deutschen Konversationslexika (woher Dänen und Norweger gewöhnlich ihre Kenntnisse über Schweden haben) schon zur Zeit Oskars II. ein durchaus demokratisches Land mit starker Fluktuation zwischen den Gesellschaftsschichten. Es geschah mehrere Male, daß sich junge Leutnants mit Serviererinnen oder Tabakverkäuferinnen verheirateten und später Generäle wurden. Es erweckte deshalb nicht viel Aufsehen, als der vielversprechende junge Archäologe Dozent Jerneld (aus dem adligen Geschlecht Jerneld) sich mit Lena Hultbom, Kellnerin im »Abendstern« und Tochter eines Wärters im Nationalmuseum verheiratete. Einige Zeit danach wurde ein hübsches Mädchen geboren.

Dozent Jerneld konnte nicht zum General aufrücken, wurde aber in jungen Jahren Professor, wenn auch nicht in Ägyptologie. Und während er sich im Laufe der Jahre mehr und mehr in seine Studien vertiefte, konnte es geschehen, daß er zeitweise seine schöne junge Gattin vernachlässigte.

VI

Eines Abends im April ging Professor Jerneld mit seiner Frau auf dem Weg zu einer Einladung durch den Humlegården. Als sie zur Ecke Karlaväg–Floragata kamen, blieben sie einen Augenblick lang stehen und lauschten. Aus einem offenen Fenster im ersten Stockwerk (eben dort, wohin sie sollten) klang Musik. Jemand spielte die Barcarole aus *Hoffmanns Erzählungen* auf der Violine, mit Klavierbegleitung.

Jerneld wollte hinaufgehen, aber Lena verharrte wie verhext. »Ich will bis zum Ende zuhören«, flüsterte sie.

»Wer hat gespielt?« fragte sie die Gastgeberin, die dastand und mit Professor Grendel sprach.

»Ich war es, meine Gnädige!« antwortete der Professor. (Sie hatten sich flüchtig schon früher getroffen, bei einer Einladung.)

Frau Lenas Gesicht verriet vielleicht unfreiwillig eine gewisse Überraschung.

»So haben sich wohl Ihre Gnaden den Musikanten nicht vorgestellt?« sagte der Professor. »Meine irdische Hülle ist nicht schön. Aber in der Hülle sitzt eine Seele, und in der Seele ist Musik!«

»Lieber Grendel«, sagte Jerneld, »du bist bewundernswert. Du sprichst nicht wie ein Naturwissenschaftler, wenn du mit schönen Damen sprichst. Das ist ein sehr feiner Zug.«

»Du täuschst dich, Bruder«, antwortete ihm Grendel. »Ich sage ganz einfach, was ich meine. Als Naturwissenschaftler weiß ich gewiß nichts über die Seele, aber als Mensch weiß ich einiges. Vielleicht mehr als du, da ich länger gelebt und mehr gelitten habe als du!«

(Professor Grendel sah eigentlich nicht wie ein Märtyrer aus. Zwar war er seit sieben oder acht Jahren von seiner Frau geschieden, die nun in Rom mit einem jungen italienischen Bildhauer zusammenlebte, und man erzählte sich, daß es ihm sehr nahegegangen sei. Aber zum Entgelt war er in den letzten Jahren durch glückliche Spekulationen sehr reich geworden, und seine eherne Gesundheit ließ es zu, daß er noch mit fast fünfzig Jahren ein ausgesprochen munteres und lockeres Junggesellenleben führte, während er gleichzeitig mit unverminderter Energie an der Befestigung seines wissenschaftlichen Rufes arbeitete. Man sprach von ihm schon als von einem zukünftigen Nobelpreisträger.)

»Sie müssen mir meine Überraschung verzeihen, Herr Professor«, meinte Lena Jerneld. »Sie kam nur daher, daß ich keine Ahnung davon hatte, daß Sie Geige spielen können.«

»Das war fast das erste, was ich lernte«, sagte Grendel. »Mein Vater war Geiger in der Hofkapelle, und als er bemerkte, daß auch ich musikalisch war, versuchte er, mich zum Wunderkind auszubilden. Aber es glückte ihm gottlob nicht! Ich spiele nicht viel besser als mein Alter selig.«

... Jerneld trieb sich in den Zimmern herum und sprach hie und da mit einem Bekannten. Er kam in die Bibliothek hinein, ging zu einem Büchergestell und nahm die *Kenntniß von der Welt* heraus. Sie stand am selben Platz auf demselben Regal wie vor zehn Jahren. Er blätterte etwas darin und stellte sie zurück. Er hob die seidenbestickte chinesische Portiere zum kleinen Kabinett. Es war leer. Er wußte nicht, wie es kam, aber eine alte Melodie stieg in ihm auf: »Schläfst du, meine Seele?«

»Vielleicht hat Grendel recht«, dachte er. »Vielleicht gibt es eine Seele und in der Seele Musik.«

Aus dem Musiksalon drang die spröde Stimme des berühmten Bellman-Sängers, begleitet vom Knacken der Gitarre.

... Er kam ins Billardzimmer. In einer Ecke saß einsam Eckerman, eine Whiskyflasche neben sich auf dem kleinen runden Tisch. Jerneld ließ sich neben ihm nieder. Sie waren seit langem schon Duzfreunde geworden.

»Gemütlich, daß du gekommen bist«, sagte Eckerman. »Bleiben wir hier sitzen und genehmigen wir uns einen Tropfen gemeinsam. Aber sprechen wir nicht, das ist so fad.«

Professor Grendel fuhr Jerneld und Frau Lena in seinem großen Luxuswagen nach Hause; sie hatten beinahe denselben Weg. Er war voll der verrücktesten Geschichten, und er war ein Virtuose im Erzählen. Lena lachte Tränen. Zuletzt wollte er unbedingt, daß sie bei ihm zu Hause noch einen kleinen Nachtwhisky bekommen sollten. Jernelds schwache Proteste hatten keine Wirkung.

Er führte sie in seiner prachtvollen großen Wohnung herum und zeigte ihnen unzählige Kostbarkeiten und Kuriositäten. Er setzte sich ans Klavier und phantasierte. Er sprach über Gott und die Seele und weihte Frau Lena in die neueste pragmatische Philosophie ein. Zum Abschluß spielte er »Eine feste Burg ist unser Gott« auf der Baßgeige.

VII

Ein indisches Sprichwort heißt: »Du sollst dein Haus und alles, was darin ist, verlassen; es ist lauter Unreinheit.«

Und ein anderes indisches Sprichwort sagt: »Du sollst dein Haus nicht verlassen, denn du weißt nicht, ob es noch steht, wenn du heimkehrst.«

Professor Jerneld war zum Leiter einer archäologischen Expedition nach Kreta ausersehen worden. Und bevor er nach Kreta reiste, wog er die beiden widersprüchlichen Weisheiten lange ab. Aber er entschied sich für die erste – und außerdem war die Sache schon ausgemacht.

Eigentlich hatte die Absicht bestanden, seine Gattin solle mitfahren, und sie hatte sich auf die Reise gefreut. Aber es war ein kleiner Knoten in die Schnur geraten – es ging nicht alles wie am Schnürchen. In den späten Nachtstunden bei Professor Grendel hatte sie etwas zuviel getrunken (Grendel hatte unaufhörlich ihr Glas nachgefüllt), und bei der Heimkehr war es zum ersten Mal in ihrer zehnjährigen Ehe zu einem großen Krach gekommen. Sie packte vieles aus, was sie lange mit sich herumgetragen und verborgen hatte.

»Glaubst du, ich weiß nicht, daß du mich verachtest!« hatte sie gesagt. »Glaubst du, ich habe nicht verstanden, daß du mich genommen hast, weil du einer anderen böse warst, die du nicht bekommen konntest?«

Er wußte keine Antwort. »Du bist betrunken, kleine Lena. Geh zu Bett!«

»Glaubst du, ich hätte nicht begriffen, daß du jene Theaterkarten für jemand anders gekauft hattest, und auch die Veilchen?«

»Lena, kleine Lena, geh zu Bett!«

»Du hast aus mir eine feine Dame gemacht, und das findest du selbstverständlich großartig, und du willst, daß ich dir dankbar sein soll! Aber du hast kein Herz, und du glaubst an nichts, nicht einmal daran, daß ich eine unsterbliche Seele habe! Und was bist du langweilig – pfui Teufel, was bist du langweilig mit deiner Archäologie!«

Am nächsten Tag war es zu einer Art Versöhnung gekommen, aber beide spürten, daß sie nicht ganz echt war. Jedenfalls war klar, daß Lena kein weiteres Interesse für die Ausgrabungen auf Kreta hatte. Er reiste also ohne sie.

Auf Kreta und anderswo im östlichen Mittelmeer hatten die Archäologen zu jener Zeit eine neue (das will heißen sehr alte) Kulturschicht entdeckt, die man auf die schon früher bekannte Mykene-Kultur zurückführte. Man nimmt an, daß sie ihre Blütezeit vor der homerischen Zeit, im zweiten Jahrtausend vor unserer vulgären Zeitrechnung, gehabt hat, und man findet Spuren davon noch in der homerischen Dichtung. Man sieht an den Statuetten jener Zeit, daß die Damen sich damals etwas altmodisch gekleidet haben: steife Glockenröcke mit Volants, geschnürte Taille und entblößte Brust. Heutzutage zeigen die Damen eher den Rücken.

Professor Jerneld brachte bei seiner Heimkehr einige von diesen Statuetten für das Nationalmuseum in Stockholm mit.

Da hatte sich indessen Frau Professor Jerneld schon in Frau Professor Grendel verwandelt. Eine Scheidung pflegte man zu der Zeit gewöhnlich durch eine Reise nach Kopenhagen zu ordnen, aber ein Ausflug nach Kreta konnte ebenso nützlich sein.

Biographie

Hjalmar Söderberg wurde 1869, zwanzig Jahre nach Strindberg, in Stockholm geboren. Eine Zeitlang arbeitete er als Zollbeamter, aber für einen Flaneur wie ihn war die Routine der Behörde nicht das Richtige. Die meiste Zeit brachte er im Kreis der Stockholmer Caféhaus-Bohème zu.

Aber das schwedische Milieu war ihm wohl zu puritanisch, und so ging er seit 1906 zeitweise, 1917 für immer nach Kopenhagen, wo er 1941 gestorben ist.

Seine wichtigsten erzählerischen Werke gehören der Jahrhundertwende an; später schrieb er auch Theaterstücke und Essays über politische und religiöse Fragen.

Übrigens war Söderberg von Anfang an ein entschiedener Gegner des Nationalsozialismus. Im Schweden der dreißiger Jahre war das keineswegs selbstverständlich. Die »bellende deutsche Hundestimme« konnte er nicht ertragen.

BIBLIOGRAPHIE

Förvillelser. Roman. 1895. Deutsche Übersetzung von M. Franzos: *Irrungen*. 1914, 1918.
Historietter. Novellen. 1898. Deutsche Übersetzung von H. Ruddigkeit: *Historietten*. 1973.
Martin Bircks ungdom. Roman. 1901. Deutsche Übersetzung von F. Maro: *Martin Bircks Jugend*. 1904, 1986.
Främlingarna. Novellen. 1903.
Doktor Glas. Roman. 1905. Deutsche Übersetzung (anonym): *Doktor Glas*. 1907, von G. Dallmann: 1966, von H. Thiele: 1987, von V. Reichel: 1992.
Gertrud. Schauspiel. 1906. Deutsche Übersetzung von W. Boehlich: *Gertrud*. 1981.
Det mörknar över vägen. Novellen. 1907.
Hjärtats oro. Roman. 1909.
Den allvarsamma leken. Roman. 1912. Deutsche Übersetzung von M. Franzos: *Das ernste Spiel*. 1927.
Aftonstjärnan. Schauspiel. 1912. Deutsche Übersetzung von W. Boehlich: *Abendstern*. 1980.
Den talangfulla draken. Novellen. 1913.

Jahves eld. Essay. 1918.
Ödestimmen. Schauspiel. 1922.
Jesus Barrabas. Essay. 1928.
Resan till Rom. Novellen. 1929.
Den förvandlade Messias. Essay. 1932.
Sista boken. Essays. 1942.
Makten, visheten och kvinnan. Aphorismen. 1946.
Skrifter. Zehn Bände. 1919–1921.
Samlade verk. Zehn Bände. 1943.
Skrifter. Neun Bände. 1977–1978.
Erzählungen. Deutsche Übersetzung von Helen Oplatka. Zürich 1976.

Eine Auswahl aus dem Prosawerk von Hjalmar Söderberg, bestehend aus zwölf Erzählungen und einem Roman, ist im April 2000 unter dem Titel *Die Spieler* als hundertvierundachtzigster Band der ANDEREN BIBLIOTHEK im Eichborn Verlag AG, Frankfurt/Main, erschienen.

Die zwölf Erzählungen stammen aus den Bänden *Historietter* von 1898 (Tuschritningen, Nattvardens sakrament, Pälsen, Spleen, En koop te, Gycklaren); *Främlingarna* von 1903 (Det blå ankaret, Spelarne, Generalkonsulns middagar, Med strommen); *Det mörknar över vägen* von 1907 (Blom) und *Resan till Rom* von 1929 (Aprilviolerna). *Doktor Glas* wurde 1905, ebenso wie alle Werke Söderbergs, bei Bonniers in Stockholm verlegt. Copyright © The Estate of Hjalmar Söderberg. First published by Albert Bonniers Förlag AB, Stockholm.

Die deutsche Übersetzung der zwölf *Erzählungen* stammt von Helen Oplatka; den Roman *Doktor Glas* übersetzte Günter Dallmann. Als Textvorlagen diente für den Roman ein Band der Bibliothek Suhrkamp aus dem Jahre 1966, für die kürzeren Prosastücke die bei Manesse in Zürich erschienene Auswahl der *Erzählungen* von 1976. Für die deutsche Übersetzung Copyright © Manesse Verlag, Zürich 1976.

Dieses Buch wurde in der Korpus Bernhard Modern Antiqua von Wilfried Schmidberger in Nördlingen gesetzt und bei der Fuldaer Verlagsanstalt auf mattgeglättetes holzfreies 100g/m² Bücherpapier der Papierfabrik Schleipen gedruckt. Den Einband besorgte die Buchbinderei G. Lachenmaier in Reutlingen. Typographie und Ausstattung von Franz Greno.

1. bis 7. Tausend, April 2000. Von diesem Band der ANDEREN BIBLIOTHEK gibt es eine handgebundene Lederausgabe mit den Nummern 1 bis 999; die folgenden Exemplare der limitierten Erstausgabe werden ab 1001 numeriert.

Dieses Buch trägt die Nummer:

2059